新蔵唐行き

志水辰夫

長崎—江戸　およそ980km
上海、寧波、杭州は江戸より近い

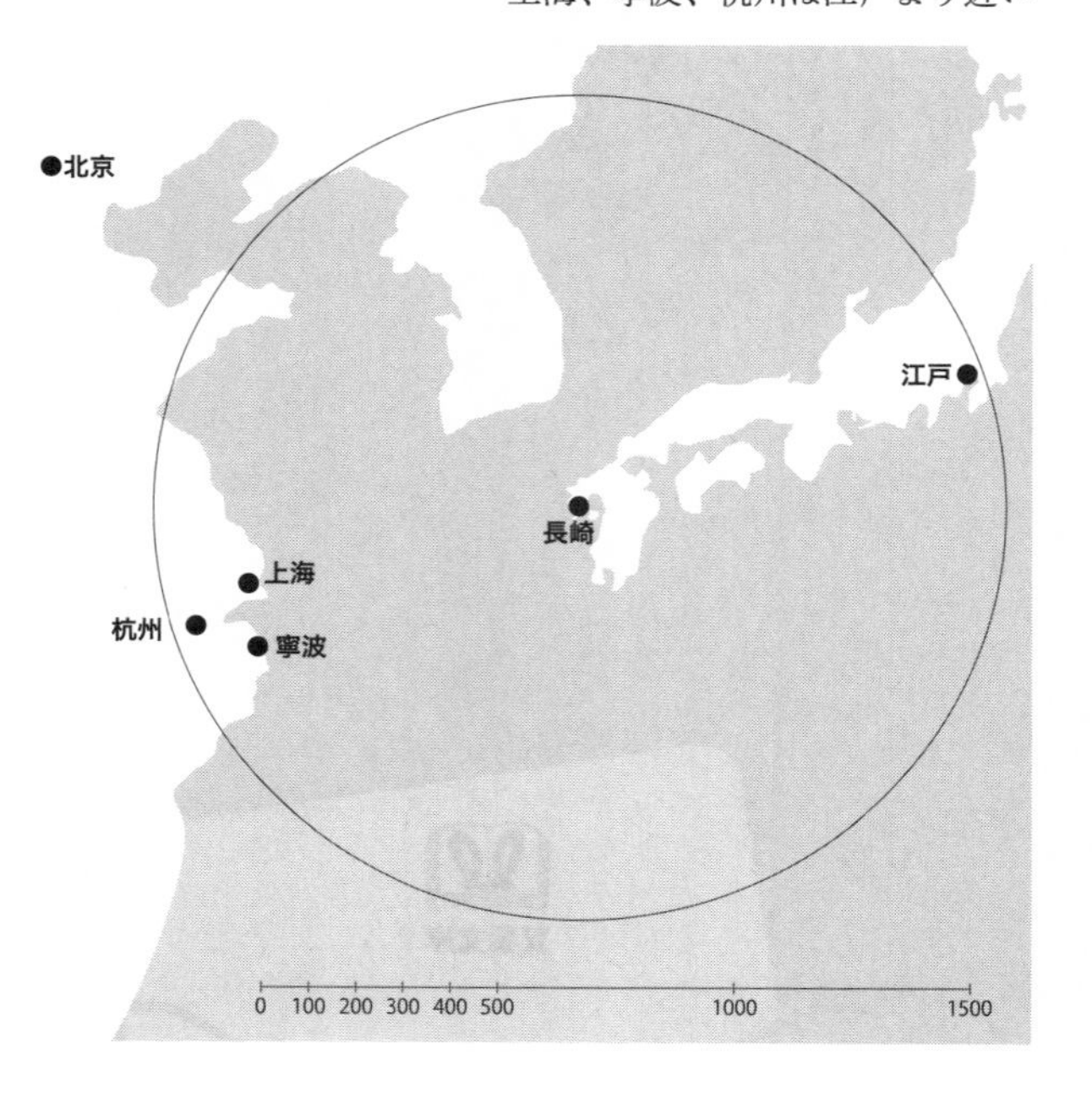

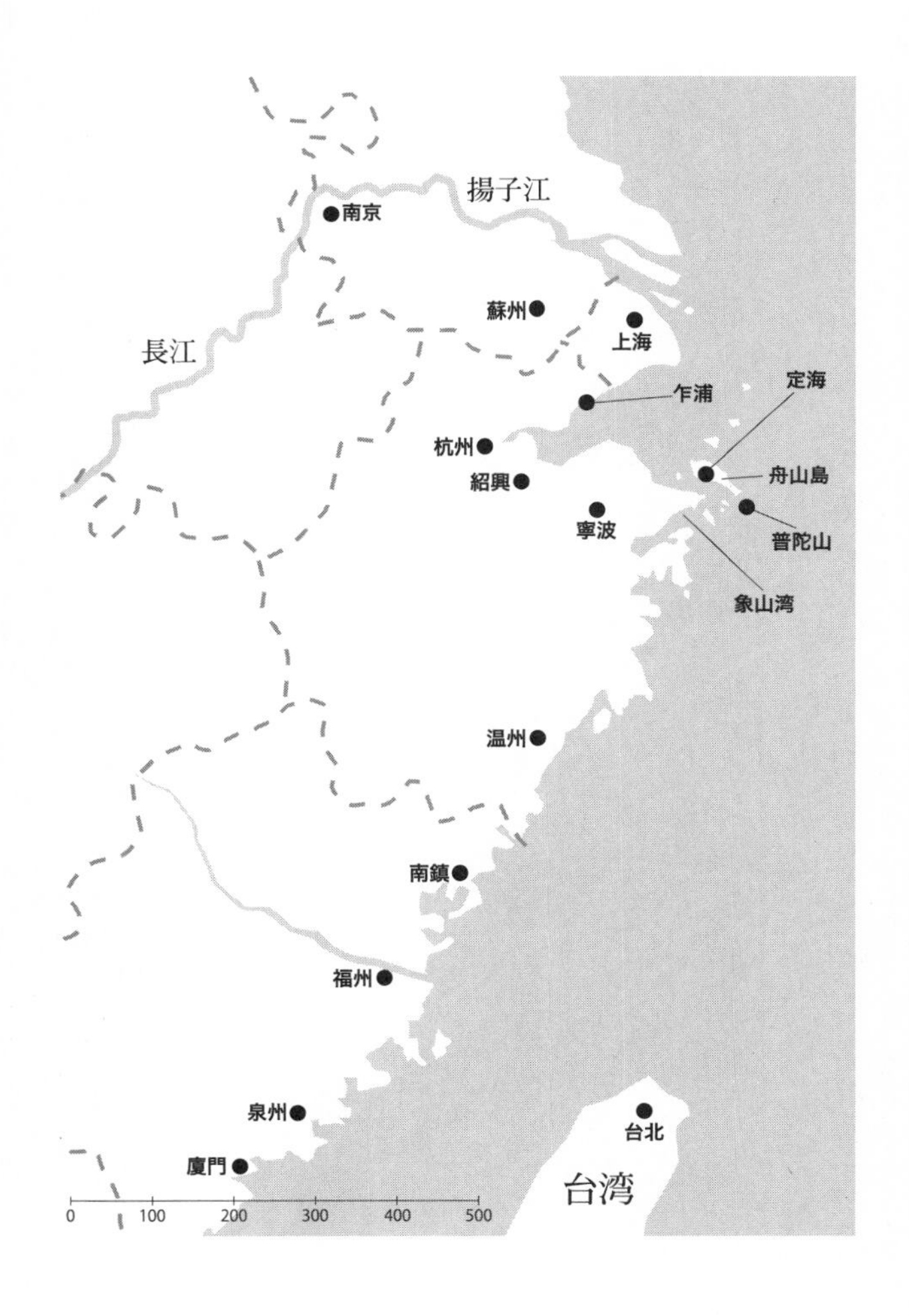
揚子江
南京
長江
蘇州
上海
乍浦
定海
杭州
舟山島
紹興
寧波
普陀山
象山湾
温州
南鎮
福州
泉州
台北
廈門
台湾
0
100
200
300
400
500

新蔵唐行き

一　長崎

港が見下ろせる墓地へ上り、葉桜の下で、岩船新蔵は素振りをしていた。

長崎に着いて三日目だった。

大坂で一年修業した帰りに立ち寄ったもので、この間新潟の廻船問屋三国屋の手代として暮らしてきた。

長崎までやって来たのは、五島列島の福江島に行ってみたかったからだ。

ところが長崎と福江を結ぶ廻船が、前日に出航したばかりだった。

つぎの便はその船がもどってきてからなので、少なくとも十日は先になるという。

それで市内見物などしながら過ごした。

新蔵が到着する四日前に、唐からやって来た交易船が入港していた。そのときの賑わいがまだ街に残っており、よそでは見ることのできない珍しい光景を見物できた。

とはいえ唐船や唐人町には立ち入れないから、外から見るだけだ。

それなら二日もあれば十分、三日目になると、することがなくなってしまった。

それで港を一望できる墓地に上がり、汗を流そうとしていたのだ。

女の悲鳴が聞こえてきたのは、素振りをはじめて間もなくのことだった。

墓参りに来た若い女が、中間風の男に襲われていた。

新蔵はその場へ駆けつけ、女を組み敷こうとしていた男の肩へ、鉄芯入りの木刀を叩きつけた。

へらへら笑いながら見ていたもうひとりの男が、あわてて木刀を振りかぶって立ち向かってきた。

そやつの首筋にも遠慮会釈なく木刀を叩き込んだ。

襲われていたのは、あどけなさが残っている十四、五くらいの娘だった。

太腿もあらわに地べたでもがいていた女に「行きなさい」と素早く呼びかけた。

娘は立ち上がるなり、転ぶような格好になって逃げて行った。水桶と花束、草履などが残されていた。

うめいている男ふたりを目の端でとらえながら、新蔵は女の後姿を見送った。

つぎの瞬間、はっと狼狽して身を沈めた。

もうひとりいたのだ。

横倒しになった墓石に腰を下ろし、どぶろくの入った椀を手にした男が、冷ややかに新蔵を見つめていた。

新蔵が木刀を振りかぶって間を詰めて行くと、おっと、と声をあげて立ち上がった。

怯みもしなければ、怖れてもいなかった。

ぼってりした締まりのない躰、敏捷そうにも、身軽そうにも見えない身ごなし、色白というより日陰で育った瓜といった顔色、それに濁った白目がついている。

それでも立ち上がったときは、右手に木刀を持っていた。

構えるでもなく、だらんと下げている。

年は三十半ばくらい。印半纏に股引、履き物はなくて裸足、三人とも同じ格好だ。半纏に描かれている鷹羽の文様も同じである。

にらみ合いまで行かなかった。

男が口をすぼめ、肩を落としたのだ。五体にみなぎっていた力が、一瞬にして消えた。人をばかにしたような冷笑を浮かべていた。

男は木刀を投げ出し、両手を拡げると、戦意のないことを示した。

「その先で素振りをしていた野郎だな。ご大家の若侍みてえな面ぁしてるけど、それにしちゃあ身なりや、髷がちがいやしねえか」

「見立てちがいだな。おれはただの商家の手代だ」

「その物言いからすると、長崎の人間じゃねえな」

「三日前に着いたところだ」

「なんでえ、おれたちと変わりねえのか。おれたちも四日前に着いたばかりよ。お江戸からはるばる四十日かけて、えれぇお殿様のお供をして来たところだけどよ。着いた途端、はいご苦労ときやがった。帰りはてめえの算段で、勝手に帰れってことらしい。長屋は三日以内に引き払えときた」

「それを承知で雇われてきたんじゃないのか」

「理屈はそうなる。しかし九州の端っこまではるばる長旅してきたってえのに、丸山(まるやま)のはした女郎も抱けねえお手当でお払い箱じゃあ、いい加減頭にこようというもんだぜ。せめて残(のこ)んの桜でも愛(め)でながら、腹いせ酒をあおろうってしてたら、赤い蹴出しをちらちらさせた若ぇ娘が、供も連れず現れた。若ぇやつがちんぽをおっ立てて押し倒したとしても、むりはねえと思わんか」

「するとおまえははじめから、ふたりを止めるつもりはなかったんだな」

「あるわけねえだろう。おれはいつも、とりをつとめることにしてる。若ぇやつにさんざんいたぶられ、ぐちょぐちょになって力尽きた女を、ゆっくりいただくことぐれぇ気持ちのいいものはないぜ。おっと、ここへきて、それはなかろうぜ」

かっとなった新蔵が腰を落として詰め寄ったので、男はあわてて後(うしろ)へ下がった。

「善人面するのはやめようぜ。おめえのその面ぁ、どう見たって人を殺(あや)めたことがある面だ。それがわかったから敬意を表して、身を引いたんじゃねえか」

新蔵がたじろぐと、それ見ろとばかり男は鼻を鳴らした。

「野郎ども、行くぜ」

まだ動けないふたりに冷淡な声を浴びせ、さっさと山を下りて行った。

福江島行きの乗合船に乗ったのは、それから二日後のことだった。

思わぬ商いが成立したとかで、臨時の船が出たのだ。

出帆は昼すぎという知らせをもらったから、昼めしをすませて港へ向かった。

海岸通りに連なっている家の軒先に、侍がひとり立っていた。野袴に草鞋ばき、編み笠、旅支度と、十分すぎる身ごしらえをしていた。

二十をいくらも超してなさそうな若侍だ。目が吊り上がり、顔を上気させていた。

一町（百メートル）ほど先の海上に、これから乗る弁才船が停泊していた。艀が往き来しているところを見ると、まだ荷役が終わっていないようだ。

侍のそばを迂回して海に向かうと、向こうの角から男がひとり出てきた。股引に半纏、草履、木刀は差していなかったが、一目見て、先日の墓地の男だとわかった。

男の後から、ちがう人影が出てきた。これも侍だ。四十前後、草鞋と袴姿、笠はかぶっていない。

侍が刀を抜いた。

「藤吉（とうきち）」

後から中間に呼びかけた。

中間がはっと振り返った。その一瞬は鈍さのかけらもない、豹（ひょう）かと思うほど俊敏な身ごなしだった。

藤吉は侍を見るなり、身をひるがえして走りはじめた。新蔵の方へ逃げて来たのだ。

新蔵の前へ、抜刀した侍が飛び出してきた。さっき軒先に身を潜（ひそ）めていた若侍だ。こちらは無言、振りかぶるなり、真っ向から藤吉に斬りつけて行った。

藤吉は瞬間、後へ跳んだ。もと来た道へ突進しはじめたのだ。白いものが閃（ひらめ）いたと見ると、ドスを抜いて腰だめにしていた。

追ってきた侍と藤吉がぶつかった。

侍がかろうじて身をかわした。

藤吉はそのまま前へ突っ走り、頭から海に飛び込んだ。

ふたりの侍が怒声を上げながら藤吉を追った。

海岸縁（べり）には石垣が築かれ、海は一尺（三十センチ）ほど下のところからはじまっている。水は透き通り、五間（九メートル）先、十間（十八メートル）先まで丸見えだ。

岸辺には、繋（つな）がれている何艘（そう）かの小船。

海に飛び込んだ藤吉は、どこにも浮かんでこなかった。

ふたりの侍が走り回り、小船の舫い綱を引いて海をのぞき込んだ。

騒ぎに気づいた通行人が、遠巻きにしてがやがや言いはじめた。ふたりは苛立って野次馬をにらみつけ、刀を振り上げてあっちへ行けと威嚇した。

野次馬は逃げなかった。

藤吉も浮かび上がってこなかった。

ふたりの侍は無念の声を上げ、刀を納めると去って行った。

桟橋には、新蔵を本船へ運んでくれる艀が待っていた。

男がふたり。若い方は船頭で、頭の薄くなった男は乗客のようだ。

新蔵が近づくと、若い船頭が興奮した声でまくし立てた。

「おとろしかー。斬られたばいねー。お客さん、見よったたっとねー」

長崎弁丸出しで、そういう風なことを言った。

斬られてねえよ、と新蔵は言い返した。

「海に飛び込んで逃げたんだ。浮かび上がってこないところを見ると、いまごろはこの船の船底にしがみついて、息を潜めているかもしれんぞ」

船頭が首をすくめて怖がった。老人がそれを見て、がはははと大口を開けて笑った。

五十かそこらの年配だろう。髷が糸くずみたいに小さくて、目が明後日の方を向いたとぼけた顔つきだ。その目が、ときどき光った。

「にいさん、なに屋だよ」

と聞かれ、廻船問屋の手代だと答えたら目が光ったのだ。それで越後から大坂まで、見習い修業に行かされた帰りだと言い足した。

「福江島のどこへ行くんだ。おれは玉之浦まで帰るところだけどよ」

「島を一周するつもりですが、とりあえず柏崎へ行ってみます。そのむかし、遣唐使が最後に船出したところだと聞きましたから」

「だったら玉之浦にも寄りなよ。柏崎からだと帰り道になる」

玉之浦の漁師で、六兵衛だと名乗った。新蔵に目をつけたのは、抜刀沙汰に平然としていたし、持ち歩いている杖とも木刀ともつかぬ棒が、身なりに合わない無骨なものだったからだという。

新蔵が持ち歩いている木刀兼用の仕込み杖のことだった。

もともとは、飯豊山中で武者修行をしていた武芸者からもらった鉄芯入りの木刀だ。十三歳のとき、山のなかで一心不乱に木刀を振っている男に出会った。それが人間業とも思えない太刀さばきで、見るなり目が離せなくなった。

翌日、さらにその翌日と、新蔵は欠かさず見に行った。そして四日目に、弟子にしてくださいと申し出た。

男は黙って新蔵の躰つきを見ていたが、振ってみろ、と木刀を渡してくれた。

持つと、ずしりと重かった。こわごわ振ってみたら、腕が止まらず、前へのめりそうになった。数回振ったら息切れしてきた。

「今日はそれくらいでいい。明日も来い」

と言われ、それから毎日通った。礼として、米や味噌を持って行ったこともある。

とはいえ、教えてもらったのはわずか一カ月だった。ある日行くと、髭を剃っている師がいて、今日でお別れだと言われた。

そのとき木刀を記念にくれたのだ。これを振るだけでよい。剣の道はそれにつきると。

以来どこへ行くときも、この木刀を持ち回っていた。

しかし三国屋の手代として大坂へ行くとなると、さすがにこの木刀では目立ちすぎる。

それでもっと目立たない杖につくり直した。

長さ三尺二寸（九十六センチ）、重さ六百匁（二・三キログラム）とだいぶ軽くした上、木刀の反りをなくしたから一見ただの棒に見える。道中は荷を先にくりつけ、肩にかついで、挟み箱を持つ中間のような格好をしていた。

船は八つ（午後二時）に長崎を出港した。

舳先に立って、長崎の港を見渡していた。

周囲から島が減り、間もなく東シナ海へ出ようとしていたとき、突然船尾で悲鳴が上がった。

「海坊主だ」

艫(とも)に突き出している舵(かじ)を伝い、ぶよぶよにふくれた生きものが這(は)い上がってきたのだ。海坊主にしては手があり、足があり、髪があった。髷がほどけてざんばら髪、春先の海に長い間浸(つ)かっていたせいで、冷えたのだろう、唸(うな)り声を上げながら歯をがちがち鳴らしていた。海坊主というより、生き返った土左衛門(どざえもん)にしか見えなかった。

「釣りをしてて船から落ちた。一刻（二時間）以上立ち泳ぎしながら、船が通ってくれるのを待ってた。着るものなんかいらん。それより腹が減った。なにか食わせてくれ」

藤吉は周囲の視線を気にもせず、傲然(ごうぜん)と言った。


おどろいたことに福江は、一万二千石の大名、五島(ごとう)家の城下町だった。海に面した石垣と二層の櫓(やぐら)が、港のはるか手前から見えていた。

帆柱を並べた弁才船や白漆喰(しっくい)壁の商家の蔵もあり、想像していたよりはるかに大きな島だった。

玉之浦の六兵衛とはここで別れた。右と左、これからは行く道がちがうからだ。

しばらく坦々とした陸路がつづいた。島とは思えないほど平坦地が多く、田や畑が何町歩も広がっていた。

一方で険しい山や入り組んだ海岸線もあり、船でしか行けないところも少なくなかった。

はじめから一周するつもりだったから、行く先々で船を雇った。港や、浦や、村落を訪ね、行く先々で話を聞いた。

柏崎へは三日目に着いた。

平たい地形の先に、人家が雑然と拡がっていた。ありふれた漁村だったが、千人を超える住民がいた。鯨が捕れるのだ。

かつての五島列島は、至るところで鯨が捕れた。鯨漁が五島最大の生業になっていた。それが潮の流れが変わったとかで、五、六十年前から鯨が寄りつかなくなり、栄華をきわめた漁村の大方は寂れてしまった。

柏崎が唯一の例外だったのは、いまでも年に一、二回鯨が上がるからだった。島の最北端に位置しているから、潮流が変わっても、鯨は近くを通ったのだ。

浜に行くと、鯨を引き揚げるときに使う轆轤が、何基も据えられていた。最盛期は九基あったというから当時の隆盛が偲ばれる。

柏崎はまた、唐の国へ向かう遣唐使船が、最後に日本を離れた地でもあった。

その岬にも行ってみたが、あっけらかんとした明るい海と空があるばかりで、ほかにはなんにもなかった。

正直、かなりがっかりした。

大坂にいるとき、五島出身の船乗りと知り合った。その男の口から、福江島が日本の西の端で、かつては唐への玄関口だったという話を聞いた。

それで現地まで行ったら、ほかの土地にはない話が聞けるだろうと思い、はるばるやって来た。それが、なんの収穫もなかった。

難破船や大嵐の話なら、海に面したところへ行くと、どこにでも転がっていた。

しかしよくよく聞いてみると、大昔の話だったり、又聞きの又聞きだったり、実際に目で見たという話はひとつもなかった。

柏崎は一日で切り上げ、玉之浦へ向かった。

はじめの半日は歩いたが、以後はすべて船旅になった。

地形が一変し、山々や、島や、湾が複雑に入り組み、陸路で行ける道はまったくなくなったからだ。

湾や入り江の複雑さ、奥深さが、半端でなかった。その分湾内は池かと思うほど穏やかで、外海へは出ることなく、玉之浦まで行くことができた。

「こんな波の静かな湾でしたら、海が時化(しけ)たときは安心して逃げ込めますね」

船を出してもらった漁師に聞いてみた。

「そうだな。よその国の船が避難してくることだって、珍しくはないたい」

「どこの国の船ですか」

「オロシャの船が逃げ込んできたばいな」

「そういう船を見かけたときは、どうするんですか」

「なんもしねえ。時化が収まったら、勝手に出て行くばってん」

船員が上陸してきて、水が欲しい、食いものが欲しい、と言い出したら話はべつ。黙って来て、黙って去って行く分にはそのまま、お上へ届け出ることもしないという。

「最近日本の船が難破したとか、流れ着いたとかいった話はありませんか」

「この二、三十年は、聞いたことがねえなあ」

と、ここでも実のある話は聞けなかった。

玉之浦は島や岬で前後を守られた、細長い町だった。湾が曲がりくねって奥深くまで延びているから、風が吹き抜けることもなく、湾の出入口も幅は一町ぐらいと、これ以上望みようがない天然の良港となっている。

福江島では三番目に大きな町だそうだ。そういえば人家も多く、大屋根を持つ寺、火の見櫓、石積みの波止場、金比羅神社、常夜灯と、大きな港町にあるものならなにもかもそろっていた。

船着き場にいた漁師に六兵衛の家を尋ねると、河津屋に行きなと、高台にそびえている大きな家を指さしてくれた。

ありふれた切り妻屋根だったが、ギヤマンかと思うほど色鮮やかな赤瓦が日射しを跳ね返していた。ほかの家にはない色だ。

母屋の周りに、何棟もの長屋と、玉石を並べた干し場がひろがっていた。長屋からは、なにか湯がいている匂いが漂ってくる。

筵（むしろ）で干されていたのはアゴ、つまりトビウオだった。越後でもよく獲（と）れる魚なのだ。働いていた女に声をかけていると、頭の上から呼びかけられた。

二階から手招いていたのが六兵衛だった。

「おう、来たか。遠慮はいらんから上がって来な」

上がり框（がまち）で草鞋を脱いでいると、たすき掛けをした女がすすぎを持って来てくれた。

「よう来た、よう来た」

六兵衛が出てきて顔をほころばせ、三十畳くらいある大部屋へ連れて行かれた。

長火鉢を脇に置き、五十年配の色の黒い男が帳面に向かっていた。

大きな顔が、なめした革のように黒光りしている。太い眉と、分厚い唇、それと不釣り合いな細い目、ひとつひとつはばらばらだが、よく見るとそれなりに落ち着いた顔だった。

「主人の九郎兵衛（くろべえ）さんだ。玉之浦の村長（むらおさ）で、河津屋の網元（あみもと）、早く言えば玉之浦の主（ぬし）だな」

それほど敬ってもいなそうな声で、六兵衛が引き合わせてくれた。

「はじめてお目にかかります。越後は新潟、三国屋という廻船問屋の手代をしております新蔵でございます。このたびは六兵衛さんからお声をかけていただきましたので、お言葉に甘えて寄らせていただきました」

「これはご丁寧に、恐れ入ります。河津屋九郎兵衛でございます。越後の廻船問屋さんが、わざわざこんなところまで足をお運びくださったというのは、なにか特別なわけでもあるのですか」

「若いうちは、できるだけ広く世の中を見てこい、と送り出されましたので、欲張ってあっちこっちへ足を運んでおります。すぐ役には立たなくとも、いずれは自分の、血や肉になってくれるのではないかと思いまして」

「それはそれは、殊勝（しゅしょう）なお心がけです。遠慮はいりませんから、好きなだけ滞在なすって、なんでも見て行ってください」

三国屋の商売について尋ねられたから、新潟の北東に位置する岩船（いわふね）城下で、荘園時代からの元地頭、小此木（おこのぎ）家が経営する商売のひとつだと打ち明けた。本業は農業と山林業だが、所帯が大きくなったので、廻船にまで手をひろげてしまったのだと。

「うちと同じだわ。本業が先細りになってきたら、なんだってやらざるを得んもんな」

六兵衛が独り合点した声で言い、主（あるじ）の前にしては遠慮のない声で笑った。

九郎兵衛と六兵衛がどういうつながりなのか、見ているだけではよくわからなかった。

主従にしては六兵衛の態度が大きすぎるし、かといって対等でもない。それなりの敬意と礼は尽くしているのだ。

その夜ふたりでめしを食ったとき、六兵衛が河津屋の内情を話してくれた。

玉之浦の河津屋もかつては鯨漁で栄え、最盛期には五百人もの漁師を抱えていた大網元だった。

その鯨が寄りつかなくなって五十年。

いまでは網元の看板も半ば下ろし、漁師の多くは、仕事や漁場を求めて玉之浦から去って行った。

河津屋も生き残る手段を模索し、仕事を小分けにして組合や講(こう)の組織にあらため、それぞれが独立した方式に切り替えた。

漁師も専門に応じて一本釣り、曳(ひ)き網、仕掛け網、底引き網など、十人から二十人程度の組合に分かれ、現在に至っている。

河津屋本体も、海産物の加工や干物を専門とする商売に切り替えた。これに福江島名産の藪(やぶ)ツバキの栽培と加工、つまり椿油(つばきあぶら)の生産が加わる。

いま河津屋で働いているものには女が多いそうだが、これは海難事故で男手を失った家族に働き口を提供しているからだ。

六兵衛はその世話役、早くいえば雑役、なんでも屋なのだという。

翌日から六兵衛の案内で、玉之浦を見て歩いた。一口に玉之浦といっても、長さにして二里（八キロ）もある細長い村落なので、一日では回りきれない。

独りのときはこいつを使いなよと、六兵衛が小船を一艘貸してくれた。

長さ十二尺（三メートル六十センチ）、板を貼り合わせた簡素な平底船だが、帆も使える。乗ってみると安定がよく、小回りが利き、なにより操船が楽だった。

はじめて見る船だったから聞いてみると、サバニという琉球（りゅうきゅう）の船だという。

舫い綱が切れて漂流したのか、はるばる玉之浦まで流れてきて、岩場に打ち上げられていた。それを六兵衛が見つけ、修理して、ふだん使いにしているのだという。

「こういう船がときどき流れてくるんですか」

「めったにないが、ないことはねえな。海さえつながってりゃ、なんだって流れてくる」

「琉球とは逆方向の、本州や蝦夷（えぞ）地の船が流れて来ることはありませんか」

「ここ何十年か聞いたことがないな。どうしてそんなことを気にするんだ」

「主家の若主人の乗った船が、行方不明になっているんです」

「いつごろの話だ」

「かれこれ五年になります」

六兵衛はふうんと言って、なにか考える振りをした。なんとなくわざとらしかった。

「魚の寄りつきを見張っている年寄りが、流されて行く船を見たことはあったな」

「いつごろのことですか」

「四、五年まえだったかな」

「その人に会わせてもらえませんか」

六兵衛は急に血の巡りが悪くなったような顔になり、新蔵をじろじろ見つめた。

「まあ、折りがあったら、聞いといてやるよ」

曖昧に言って話を逸(そ)らした。

夕方、新蔵が寝泊まりさせてもらっている長屋に、六兵衛が呼びに来た。用件は言わない。ついて来いと言うからついて行った。

玉之浦の先っぽにある一軒家まで行った。

「文爺(ぶんじい)、もどってきたかやぁ」

「うん、いまもどってきたとこだ」

四十年配の女とことばを交わし、庭先へ回ると、縁側で年寄りが煙草(たばこ)を吸っていた。

ふらふらと首を振り、その首が一瞬も止まらない。首ばかりか、なにか食っているみたいに、口までもぐもぐ動いていた。年はどう見ても八十は超えていそうだ。

「爺やん、ご苦労やったなあ。今日は、なんかあったか」

はーん、と老人は頓狂(とんきょう)な声を上げて六兵衛を見返した。

「わい、だれなー」

「河津屋の六兵衛や」

「はー、六兵衛かぁ」

老人は顔じゅうで笑うと赤児のように全身を揺すった。よろこんでいるのだった。

「今日は、海、どうやった」

「あい、なんもねー。アゴが飛び跳ねよっただけや」

「ブリは来ねいか」

「ブリは来ねいな。ここんとこ、寄りついてこん」

老人はそう言うと、煙草を吸った。新蔵も見つめたが、なにも言わなかった。幼児のような澄んだ目をしていた。

文爺はまた目を六兵衛にもどした。

「わい、だれなー」

六兵衛が新蔵の方を見て首をすくめた。

帰る道すがら、後の山を指さした。

「上にお堂があって、そこが魚の見張り場になってる。爺さんは毎朝、娘の手を借りて、そこまで上がって行く。一日じゅう海を見張ってるんだ。ときたま、ブリの大群が迷い込んでくる。すると爺さんが板木を叩き、町のものに知らせる。男どもはそれを聞くと船を出し、迷い込んできたブリを井持浦という湾へ追い込む。井持浦というのは、行ってみたらわかるが、奥行きが半里（二キロ）もある細長い湾だ。出入口が狭くて、幅一町とない。そこへブリを追い込んだら、出入口に網を渡して閉め切り、逃げられんようにする。文字通りの一網打尽よ。あとは好きなときに、いつでも獲れる」

「頭はぼけても、魚を見逃すことはないんですね」

「ない。ただの一度もない。あの文爺が、西の方へ流されて行く船を見たと言うたんだ。舵が壊れ、なすすべもなく流されている弁才船だったそうだが、要するにそれだけの話だったからな。見たからというて、陸のものはなにもできん。だからおれも、人に話したことはなかった」

翌日お堂がある山の上まで上がってみた。

それほど高くはなかったが、北へ開けて見晴らしが利いた。

西は茫洋と広がっている東シナ海。

海と、空しかない。わずかに小波は見えるが、船は一艘も浮かんでいなかった。

上方へ向かう肥後や薩摩の船は、天草寄りの五島灘を通るから、この沖は通らないのだ。あらゆる航路から外れているのだった。

文爺はお堂の回廊に坐り、首を振りながら海を見つめていた。修行中の釈尊のような、厳かな格好をしていた。

声をかけることもせず、下りて来た。

町へもどってきたときのことだ。法要が終わったばかりの寺の前を通りかかった。門の外まで出てきたひと組の男女が、帰って行く客に礼を言いながら見送っていた。

神妙な顔で頭を下げていた喪服の男が、おどろいたことに六兵衛だった。女も見たことがあるような気はしたが、黒紋付き姿だったから思い出せなかった。

女の方が先に気づいた。あっ、と口が開き、それこそ雷に打たれたみたいに躰がはじけた。その顔に浮かんだのは、喜色(きしょく)だった。

「あ、あ、あの」

なにか言いかけたが、あわてているから声にならない。飛びつくみたいに走って来ると、頭をぺこぺこ下げはじめた。

新蔵もようやく気がついた。長崎の墓地で助けてやった娘だったのだ。

「ど、ど、どうも、その節は、ほんとうに、ほんとうに、ありがとうございました。あのときは、ただただ怖ろしかったので、なにも考えず、夢中で逃げてしまいました。お礼ひとつ言うこともできず、そのままになってしまいまして」

「なんだ、あなただったんですか。その話だったら、もういいですよ」

「でも、あなたがいらしてくださらなかったら」

「あれはそこら辺の、野良犬に吠えられたようなものです。あんなこと、なかったことにして、忘れてしまいなさい。わたしのほうは、とっくに忘れてましたから」

「おい、おまえ、この娘にいったい、なにをしたんだ」

目を三角にして、六兵衛が突っかかってきた。鬼瓦（おにがわら）のような形相（ぎょうそう）をしていた。

仕方がないから、墓地でのことをおおまかに話した。思い出したのだろう。娘は顔を真っ赤にして、うつむいた。あどけなさは残っているが、釣り合いの取れた美しい顔立ちだ。

六兵衛は怖い目でにらみつけながら聞いていた。話し終えると、わかった、もういいから行けと、不機嫌に手を振って新蔵を追い払った。明らかに腹を立てていた。

夕方、長屋で晩めしを食っていると、六兵衛がやって来た。いきなりべたっと両手を突き、頭を畳にこすりつけた。

「早とちりしてすまんかった。ななえから詳しい話を聞いた。あの娘を助けてくれたんだそうで、この通りだ。心からの詫びと、礼を言わせてくれ」

それではじめて、娘の名前がななえだとわかった。六兵衛の餓鬼のころからの友人円造（えんぞう）の孫娘で、円造亡き後は、六兵衛が後見役を引き受けているのだという。

ななえの母親やえが、ここ玉之浦の生まれだった。ななえも六歳になるまで、円造夫婦のところで育てられた。

長崎には、日本と唐との交易を司る役として、唐通事という職種が置かれている。身分は地役人で、現在二十家あり、いずれも世襲、もとは唐人で日本に帰化したものたちの後裔である。交易船でやって来る唐人の通詞から積み荷の手配、在留中の唐人の管理まで、実務のすべてを取り仕切っている。

オランダ語の通事が通詞のみしかやらないのに対し、唐通事は業務のすべてをやる。その唐通事のなかで、筆頭をつとめているのが、神代徳次郎という唐大通事だった。ななえはこの神代の元で、右筆の仕事をしているという。

というのもななえは、毎年二回、交易船で長崎へやって来る唐の大富豪周士斐と、やえとの間に生まれた子だったからである。

ななえは六歳以後神代の元に引き取られ、唐通事に必要とされる実務や教養、清の公用語である南京語の習得など、あらゆる教育を授けられた。ななえはすべての分野で類まれな才能を発揮し、並みいる唐通事たちをおどろかせた。

男だったらまちがいなく大通事になれる器だと残念がられたのは、女は通事になれないからだ。それで神代はななえの才を惜しみ、個人の裁量でななえを雇い、右筆の仕事をさせているのだという。

河津屋が事業を再編成したとき、円造は十二人の仲間を率い、仕掛け網講を立ち上げて独立した。

円造はなかなかの遣り手だったから、かれらの講はしばらくの間、仲間内でもいちばんの稼ぎを上げていた。

それが二十数年近くまえ、この地を襲った大時化によって網のすべてを失い、そればかりか、働き盛りの男五人が波にさらわれる大打撃を受けた。

講の再建と、亡くなった男の遺族のため、円造は娘やえを売って、その金を差し出した。

やえの売られて行った先は、長崎の丸山遊郭である。源氏名を朝霧（あさぎり）と名乗ったやえは、美貌と気っ風で評判を取り、丸山遊郭でもいちばんといわれる売れっ子太夫になった。

この朝霧を深く愛し、身請けして、妻にしたのが周士斐だった。周は蘇州（そしゅう）出身の大商人で、長崎へは船主兼荷主として、年に二回やって来た日本通であった。

丸山遊郭の遊女は、日本人はじめ、オランダ人や唐人の相方をつとめたが、それぞれ専門が決まっていて、どこの国の人間でも相手にするわけではなかった。

格としては日本人相手がいちばん上、それからオランダ人、唐人という順になる。唐人の相方をするのはいやだ、という遊女も少なくなかったのである。

それに敢然と異を唱えたのが朝霧だった。唐人町から声がかかったのに行くものがおらず、妓楼の亭主が困っていたとき、それならわたしが行きましょうと、名乗り出たのが朝霧だった。そういう俠気（きょうき）も、父親円造の血を引いていたにちがいなかった。

その女伊達がことのほか周のお気に召し、とうとう身請けされて、妻になったのだ。
とはいえ相手が唐人となると、夫婦といえど一緒に暮らすことはできなかった。唐人も、オランダ人も、指定されたところ、つまり出島か、唐人町でしか住むことを許されなかったからだ。

したがって朝霧も身分は太夫のままで、声がかかるたび、丸山から唐人町へ出かけていた。ほかの客こそ取らなくなったが、その後も同じ廓内に住みつづけていたのだ。

こうしてななえが生まれたのだが、当初は廓で育てることができなかったため、祖父円造の元へ預けられ、六歳になるまで玉之浦で育てられた。

長崎へ帰ってからも、ななえは季節が変わるたび、玉之浦へ帰ってきた。幼児期を育ててくれた祖母まつと、祖父円造の最期を看取った孝行娘だったのである。

父親の周は年二回、合わせると年間四カ月を長崎で過ごしていたが、仕事の都合がつかなかったとかで、昨年はとうとう来ることができなかった。

それで今年こそと、二年ぶりの再会を楽しみにしていたところ、あろうことか、春先の流行風邪に罹り、やえがあっけなく他界してしまった。ほんのふた月前のことだ。

今回のななえは、長崎での四十九日をすませ、母の故郷である玉之浦へ、分骨を納めに帰ってきたところだった。

「そのななえの、危うかったところを助けてくれたいうんやから、おれとしてはこれほどうれしいことはない。はじめておぬしを見たときから、顔といい、姿、形といい、いったい何者だろうと怪しんでいたのよ。ただの手代風情には、どうしても見えなかった」

「ただの手代ですよ。ただし野望を持っている手代です。知りたいことはただひとつ、主家の若主人の安否と、行方です。これまでいろんなところを尋ね回りましたが、いかなる手がかりも得ることができませんでした。それがはじめて、舵の壊れた弁才船の話を聞くことができました。それだけでも福江島へ来て、よかったと思っているのです」

「そうか。そこまで思い詰めて、こんなところまでやって来たのか」

六兵衛は盛んにうなずきながら、新蔵の顔を、まとまりの悪い目でじろじろ見回した。試されているような気がして、新蔵も負けじと見返した。この気持ちだけは譲れないと、いつも思っているのだ。

「わかった。思いついたことがひとつあるから、旦那と相談してみる。明日まで待ってくれ」

そう言って、その日の六兵衛は帰った。

翌日、河津屋へ呼び出された。母屋へ行くと、今回は二階の奥にある帳台へ通された。

九郎兵衛と六兵衛が待っていた。人払いされているのか、ほかのものはだれも近づかなかった。

「六兵衛から聞きました。主家の若主人を探して、ここまで来られたそうですな。どういう経緯があってのことか、あらためてお聞かせ願えないかと思いまして」

九郎兵衛が言って頭を下げた。

新蔵はこれまでのことを、すべて話した。

蝦夷地松前より播磨の兵庫湊へ向けて出航した第八龍神丸が消息を絶ったのは、天保六年（一八三五）五月のことだった。季節外れの颶風が何度も襲ってきた年のことで、日本海の各地に、弁才船の難破沈没、大破破船といった被害がいくつか記録されている。

ところが第八龍神丸の行方は、八方手を尽くして捜索したにもかかわらず、まったくわからなかった。船体、漂流物はもちろん、十六人いた乗組員の遺体ひとつ見つかっていないのだ。

第八龍神丸の船籍並びに所有者は、播磨室津の豊島屋甚兵衛という名目になっていたが、航海そのものは、新潟の廻船問屋三国屋の傭船契約による代理航行だった。資金を三国屋が出し、商品も三国屋が仕入れて、その荷を運んでいたのである。

そのため船には、三国屋の宰領だった小此木孝義が乗り込んで指揮を執っていた。寄港地の選定から商品の売却まで、商売上の全権限をかれが握っていた。孝義は小此木家の当主唯義の嫡子である。いずれ小此木家を継承する人物だった。

新蔵は小此木家に仕える森番の子として生まれ、山や森を庭として育った。小此木家からとくに目をかけられ、七つになると小此木家が設置している手習い所へ行かされ、読み書き算盤はじめ、一人前の人間としてどこへ出されても恥ずかしくない教育や礼儀作法を仕込まれた。

その小此木家の嫡子が海難に遭い、行方知れずになった。小此木家には孝義のほか、男子がいなかった。六つ年下に佐江という妹がいて、いまではこの佐江が孝義に代わり、小此木家の業務を取り仕切っている。

当主の小此木唯義は数年前に隠居し、以後表には出ず、脇から佐江を見守っていた。ふたりとも孝義のいなくなったことで一言も弱音を吐いたことはないが、それは受けている傷手の裏返しであり、過ぎたことは忘れようとしている生き方の表れでもあった。なまじそれがわかっているから、ふたりの心中を思いやるたび、新蔵はいつもいたたまれない気持ちになってくる。

昨年大坂へ発つ前、新蔵は唯義の部屋へわざわざ呼びつけられた。

「一言釘を刺しておこうと思ってな」

のっけからいきなり言われた。

「おまえに行ってもらうのは大坂であって、蝦夷地ではないのだからな。うっかり手綱を放したら、蝦夷地はおろか国後、択捉まで行ってしまうんじゃないかと心配しているのよ。おまえの気持ちはよくわかるし、うれしいとも思うが、第八龍神丸のことはもう忘れろ。いいな。絶対に自分の力で探そう、なんてことをするんじゃないぞ」

と、くどいほど念を押されたのだ。

「わたくしはそこに、主人の言いしれぬ悲しみと、苦しみ、忘れようとしながらできない心の傷手を察し、より心苦しくならざるを得ませんでした。それでそのとき、はっきり心に決めたんです。主人の命には背くかもしれませんが、こうなったら絶対、自分の力で第八龍神丸を探し出さずにおくものかと。たとえできなかったとしても、その努力だけは欠かしたくなかったのです。玉之浦までやって来たのも、すべてそのため。ほかにはなんの望みもございません」

「そうか。それで文爺が見たという、舵の壊れた弁才船の話に執心したんだな」

六兵衛がうなずいて言った。

「この数年尋ね回ってつかんだ、唯一の手がかりでした」

「もしその船が、探している船かもしれんとわかったら、どうするよ」

「機会と手段さえあれば、どこの国であろうが、探しに行く覚悟はできています。たとえそれが唐天竺(からてんじく)、呂宋(るそん)、蓬莱(ほうらい)の彼方であろうとも、行けるところだったらどこまでも探しに参ります」

「仮に行けたとして、帰りはどうするよ。帰る手段はあるのか」

「行けば行ったで、今度はなんとかして、帰ってくる手段を探します。志を果たさず、異国の土になってしまう気はありません。絶対に帰ってきます。どんなことがあろうと、必ず生きて帰ってきますと誓った人が、郷里にいるのです」

「さようですか。よくわかりました。あとはこの六兵衛と、お話しになってください。わたしはこれ以上、この話には立ち入らないことにしますから」

と九郎兵衛が言い、この話はお終いになった。

退出して外へ出ると、六兵衛がついて来た。

波止場まで行って、常夜灯の見える石垣に腰を下ろした。

「おぬしが言うた、行けるところだったらどこへだろうが行く、ということばにひとつ心当たりがあってな」

背中でも痒いみたいな、煮え切らない言い方で新蔵の顔色をうかがった。

「それより、どんなことがあっても、必ず帰ってくる、ということばが気に入ったんだ。おれがその方法をつくってやるとしたら、行ってみるか。必ずここへ帰って来るという、約束つきでだ」

「行きます」

六兵衛を見返しながら即答した。

「その船が、唐まで流されて行ったかもしれん、と考えるなら、唐へ行く方法がひとつある。ただし、連れて行ってもらいたいものがひとりいる。その人間を連れて行った上で、今度はその人間を必ず連れて帰ってきてもらいたい。連れて行ってもらいたいのは、ななえだ」

思いもつかぬことを言われ、さすがにびっくりして、あとのことばが出なかった。

「半月前に、長崎へ入ってきた唐船を見たと言うたよな」

「見ました。漁師に船を出してもらい、遠巻きでしたが、一周してきました」

「あれが先に話した、周士斐という男の船なのだ。本人は都合がつかなかったとかで、今回も来ておらん。その代わり帰りの船で、やえとななえの親娘(おやこ)を、唐まで連れて行くことになっていた。船の名は萬慶号(ばんけいごう)。鄭琳忠(ていりんちゆう)という船長が、周の忠実な部下なのだ」

「その船長が周から、ななえ親娘を連れてこいと、命じられていたということですか」

「そうだ。周が自分の国で、親娘三人、水入らずで暮らしたいと願っているそうなのだ。ふたりとも覚悟を決め、唐へ渡る気になっていた」

「どうやって乗り込むんです」

「この先に、大瀬崎(おおせざき)というところがある。福江島のいちばん西の端だ。帰国する萬慶号をそこで待ち、船が来たらおれがふたりを小船に乗せ、送り届ける段取りになっていた。もちろんふたりは、唐へ渡った以上もう日本へは帰って来られない。やえも、ななえも、その覚悟だった。ところがなんちゅうことか、やえが流行風邪に罹ってしまい、三日寝込んだだけであっさり逝っちまった。これまで長い時間をかけて目論んできた計画が、なにもかもご破算だ。なにも知らずにやって来た船長の鄭にとっては青天の霹靂、やえが亡くなったと聞いて頭をかかえていたよ」

「ななえの気持ちはどうだったんですか」

「ななえも困った。母親と一緒なら、日本へ帰って来られなくても、悔いはない。しかし母親抜きとなると、話はちがってくる。父親には会いたいが、ひとりで異国暮らしをするほどの覚悟はない。と迷っていたところへ、おぬしが現れたのよ」

ただの世間話という口調で六兵衛は言った。

「おぬしが唐天竺だろうが、呂宋、蓬莱だろうが、主家の若主人がいるとなったら、どこへだって探しに行く。しかし日本へは絶対に帰ってくる、というから、おれも賭けてみようという気になった。だったらななえを連れて行ってもらい、連れて帰ってもらいたい。どうだ。その気があるなら、すぐにでも手配をしてやるが」

「お願いします。行かせて下さい。どんなことがあっても、必ずあの子を連れて帰ります」

「そのことばを聞いて安心した。こうなったら明日にでも長崎へもどり、船長の鄭に会って話をすすめてくるわ」

「わかりました。しかしそういう六兵衛さん、いったいあなたは何者なんですか」

「ただの世話役だと言うたろうが。お節介を焼くのが好きなんだ」

なにもかも、狐につままれたような話だった。翌日新蔵が目覚めたときは、六兵衛はもう玉之浦からいなくなっていた。

ななえまでいなかった。六兵衛に連れられ、長崎へ帰ったというのだった。

二　東シナ海

六兵衛がもどって来たのは、七月も十日を過ぎてからのことだった。

「おう。こないだの侍と、今度の船でまた顔を合わせたぞ。ふたりだったのがひとり増え、三人になった」

いきなり言い出したから、なんのことかわからなかった。海坊主を討ち取りに来た連中だよ、と言ったからようやく思い出した。

藤吉を追ってきた侍が、福江行きの船に乗っていたというのだ。今回は剣術使い風の侍が加わり、三人になっていた。

すると藤吉は、その後も福江島から出ず、どこかに潜んでいたようだ。

「萬慶号の長崎出帆が七月十八日と決まった。大瀬崎の沖へは、翌日やって来る。それまでに支度を調えておくんだ。ななえは四、五日したら来る」

俄然(がぜん)忙しくなった。まず翌日、ふたりしてサバニに乗り込み、外海を回って西岸で唯一船が着けられる大瀬崎先の枯れ浜まで船を回した。

玉之浦の西側に連なっている海岸線は、すべて切り立った岩壁ばかり、人家はもちろん、船を着けられる砂浜ひとつない。ふだんでも波が荒く、岸に寄りすぎて大波を食らったらひとたまりもないというので、はるか沖を回ってたどり着いたのだった。

オゴ瀬と名づけられている岩礁の裏に、小さく窪(くぼ)んだ入り江があった。そこだけごろごろ石が折り重なった磯になっており、打ち寄せる波の合間に、なんとか船を着けられる。サバニを岩磯に乗り上げると、安全な陸地まで引き上げた。

新蔵はその日からここで、ひとり暮らしをはじめた。この間必要な米、麦、塩、鍋などは船で運んできた。

海岸は岩だらけの荒れ地だが、陸側は半町も行くと砂だらけの平地になり、それが七、八町つづく。その先でまた玉之浦湾の先っぽにつながっていた。

人家は玉之浦湾まで行ったところに数軒あるきり。周りには、瘦せた畑がいくつかあるものの、人はまったく近づかない。大瀬崎へ通じる山は切り立っており、そこから落ちてきた水が、小さな川になってちろちろと流れている。

六兵衛が教えてくれたわずかな岩の窪みを、当面の棲家にした。頭上の岩が一尺ほど突き出しており、多少の雨風なら防げる。ただし南風が吹いてきたらもろに降りかかる。

六兵衛が頭上の鬱蒼(うっそう)とした茂みを指さした。

「あそこまで上がると、ここよりもっと大きな穴がある。キリシタンの隠れ穴いうて、子供のころは遊び場にしていた」

「前々から思っていたことですが、この島に隠れキリシタンはいないんですか。人目を忍んで隠れ住むには、絶好のところのように思えるんですが」

「そら、いるかもしれん。べつに詮議したことはないから、正確なところはわからんが」

「ということは、みんな知ってて、黙っているということですか」

「知ってるとか、知らんとかいうことじゃねえよ。無理に言うなら、知らんでもかまわんということかな。ただし念を押しておくが、玉之浦でそういうことをしゃべっていい相手は、おれと大将だけだからな」

鋭い目つきになって言った。

「むろん、人前では口にしません」

「ここは日本の、西の果てなんだ。国を売らなきゃならなくなったものには、最後の地であり、こっそり帰ってくるものには、最初の一歩をしるす土地でもある。どんな時代になっても、そういう人間は必ず出てくる。そのときのために、こういう方法を残してあるということよ。ここ何十年か用はなかったが、だからというて、もういらん、ということにはならん。なにか起こったとき、そういう方法もあると、道を残しておくことが大事なんだ。おれのような人間は、そのときのためにいる」

「よくわかりました。ななえを預かって行きますが、終わったら必ず連れて帰ります」

鎌を使って草を刈り、洞穴に敷いて寝床をつくった。水汲み場は川に足場をつくって確保した。

周囲を歩き回って調べてみたが、人はまったく近づいて来ないところだった。用のないものは立ち入らないという、暗黙の約束ごとができているのではないかと思った。

上の洞穴も探しに行き、間もなく見つけた。それほど広くはなかったが、海上を見晴らすにはこっちのほうがよかった。それで下の穴をななえ用とし、新蔵は上で寝起きすることにした。

ななえは四日後にやって来た。萬慶号が予定通り十八日に出航すると確認してから、長崎を離れたのだ。人目につきたくなかったから、今回は乗合い船を使わず、六兵衛の知り合いに船を出してもらい、すぐ先の浜まで送り届けてもらったという。

「萬慶号の船長は鄭琳忠といいまして、父のもとで四十年働いてきた、父がもっとも信頼している人です。日本語もかなり上手にしゃべれます。唐へ帰ったら、つぎに日本へやって来るのは年の暮れ、半年後になるそうです。新蔵さんにはできるだけ迷惑をかけないよう、精一杯気張りますから、どうか最後まで面倒を見てくださいませ」

ななえはそう言って頭を下げた。

「こちらこそ、お世話になります。わたしは支那語が、まるっきりしゃべれませんからね。向こうに行ったら、ななえさんが唯一の頼りなんです。迷惑をかけるとしたら、わたしのほうがはるかに多いと思いますよ」

萬慶号がやって来るまで、まだ四日あった。昼間は上の岩窟からひたすら海を見つめ、日が落ちると浜に出て、木刀の素振りで体を鍛えた。

六兵衛は毎日ようすを見に来た。そのつど魚、芋、野菜など、食いものを持ってきてくれた。

主食はもっぱらかてめしである。

玉之浦は米が穫(と)れないところなので、ふだんは米粒より混ぜものの方が多いかてめしを食っていた。混ぜるものは麦、ひえ、芋、豆、ひじき、菜っ葉、ジャコなどさまざまである。

七月十九日の朝を迎えた。

うつらうつらして、目を覚ますと、目の前をぼんやりと白いものが流れていた。夜が明けはじめていたのだった。

起き上がって背伸びをした。海の匂いを嗅ぎながら、潮風を胸一杯吸い込んだ。

朝靄(あさもや)の流れのなかから、黒い点がぼんやり浮かび上がってきた。

息を止めて目を凝らした。

靄の流れが心持ち薄くなった。見え隠れしていた点が、だんだんはっきり形を見せてきた。

まちがいなく船だった。

船首と艫が高くなっている。風を孕んで拡がっている帆と、三本の帆柱。唐船にまちがいなかった。

荷物を持って、山を走り下りた。その音を聞きつけ、ななえも洞穴から出てきた。

「来た」

ひとことですべて通じた。ななえもすぐさま自分の柳行李を襷に背負った。

新蔵は炊事場に走り、昨夜つくっておいた握りめしの包みを持って来た。食う間がないときのことを考え、夜のうちに毎回余分につくっておいた握りめしだ。

平地まで駆け下り、ごろた浜へ走って出ようとしたときだ。

突然新蔵が足を止めた。後から来るななえに、来るなと手を上げて制した。

音がしたのだ。

なにか引きずっているごろごろという音が、前方の岩の向こうから聞こえてきた。さらに、苦しそうな人間の息遣い。

足音を殺して近づいた。

いた。人間がいたのだ。

新蔵は荷物を放り出すなり、仕込み杖を振りかぶって飛び出した。

ふたりが乗るサバニを、横取りしようとしていたやつがいた。

そいつはいまにも、水の上へサバニの舳先を押し出そうとしていた。ずんぐりした図体が、必死になってサバニを押している。

「待てぃ」

叫んだ瞬間、そいつは後方へ跳躍して向き直った。けもののようななり声をあげ、身構えた手に匕首(あいくち)を握っていた。

その目が新蔵を見るなり、驚愕(きょうがく)と、恐怖で凍りついた。

あの海坊主こと、藤吉だったのだ。

全身どろどろに汚れていた。これまで水のなかにいたのか、ずぶ濡れだ。身にまとっているものもぼろぼろ。半纏は裂け、股引は破れ、はだしである。

顔、手足、肩、いたるところにおびただしい線が刻まれていた。引っ掻き傷ではない。すべて刀傷だ。それこそ切り刻まれていた。傷口のいくつかからは、いまでも血がにじみ出していた。

「きさまか。今度こそ許さん。おれの船を、どうするつもりだ」

「待ってくれ」

新蔵が詰め寄るより早く、藤吉は必死の形相になって叫ぶと、後へ飛び退(すさ)った。

「知らなかったんだ。許してくれ。船があったから、ただ借りようと。ほんとに、おまえさんの船だとは、知らなかったんだ」

口をわななかせて叫び、声を震わせ、ここぞとばかり、懸命にかぶりを振って見せた。

先ほど見せた猛々(たけだけ)しさはどこにもなく、ひたすら惨めに哀願していた。

「悪かった。船は返すから、見逃してくれ。これ、この通りだ」

匕首を左手に持ち替え、柄のほうを先にして差し出した。

「捨てろ」

匕首を新蔵のほうに向けて投げた。

「失せろ」

「わかった」

行こうとして背を向けた。その瞬間、新蔵がはっとして呼び返した。

「待て。きさま、いったいどこから来たんだ」

「そこの、海から上がってきた。追われて、海に逃げ、泳いだり、小船を使ったりして、
必死に逃げてきた。ふたつ、海を渡った」

「三人に襲われたのか」

うなずいた。

「いつのことだ」

「一昨日(おとつい)。暗くなってから、襲ってきた。振り切ろうとしたが、ものすごく執念深いや

つがひとりいて、逃げても、逃げても、追ってきた。海に逃げてもあきらめず、船に乗って、追ってきた。それから、ずっと逃げ回っている。二日間、なにも食ってねえんだ」

左肩がざっくりと割られていた。右の脇腹にも、それとわかる刀傷。これでまだ逃げ回っていたとは、信じられない体力だ。

後で気配がした。ななえが物陰から顔を出していた。先ほどからのやり取りをすべて聞かれていた。

「引っ込んでろ」

かっとなって、思わず罵声を上げた。

藤吉のほうへ向き直ったときは、なんのためらいもなくなっていた。

「待ってくれ。許してくれー」

藤吉が絶叫しながら海へ逃れようとした。足を取られて、転んだ。

「この通りだ。許してくれ。お願いだから見逃してくれ」

水のなかから顔を出し、両手を合わせると、風呂桶の水を抜いたような声で泣きわめいた。

ななえに一喝して向き直ったとき、新蔵の気配が一変したのを瞬時に悟ったのだ。

殺される、今度こそ逃れる術がないとわかった途端、藤吉のあらゆる誇りや、見栄は吹っ飛んだ。命乞いし、ひたすら情けにすがろうと、恥も外聞もなく、殺されたくない執念をさらけ出して哀願した。

新蔵は藤吉の匕首を拾い上げ、懐に納めた。

振り返ると、ななえが岩陰から、凍りついた目で新蔵を凝視していた。

新蔵はすまなかったと頭を下げ、態度をあらためると、ななえをやさしく手招いた。

サバニを肩で押して海へ下ろし、自分の荷や握りめしを取ってきた。

ななえに手を貸し、サバニに乗せた。

突っ立っている藤吉に言った。

「乗れ」

藤吉はおどろいたようだ。新蔵の真意を疑って迷ったが、言われるがまま、横から乗り込もうとした。そこじゃない、前だ、と新蔵が怒鳴りつけ、場所を替わらせた。

ななえを艫に坐らせ、自分は櫂（かい）を手にして真ん中へ坐った。

はじめは櫂を使った。沖に出てから帆を張った。サバニは軽快に走りはじめた。

気力が尽きたか、藤吉は前のめりになって突っ伏した。新蔵はそれを冷ややかな目で見据えていた。

「その方、怪我をしてますよ」

ななえが訴えるような声で言った。

「わかってます」

つい不機嫌な声を出してしまった。

ななえは墓地で自分を襲った連中の頭目が藤吉であったことに、気がついていなかったのだ。

萬慶号がこちらのサバニを見つけた。船の上で手を振っているのが見えてきた。


目の前に真っ黒な海がひろがっていた。

掻き分けられている波がほの白い。空は雲におおわれているのか、星もない夜だ。

真夜中の東シナ海を航走していた。

萬慶号に乗り移って、六日目の夜になる。寝る前にこうして、ひとわたり海を見る習慣ができた。

ヒキガエルが啼（な）いているような、耳障りな音が甲板の向こうから聞こえてきた。藤吉の寝息だった。四肢を思うさまひろげ、だらけきった犬のような格好で眠っている。

萬慶号へ引き上げたときはほとんど虫の息だった。生き延びるとはとうてい思えなかった。

かたちばかりの手当は一回してやった。あり合わせの晒（さらし）を使い、主な傷口にぐるぐると巻いただけ。そのときは、持ってあと数日だろうと思えたから、どうしてもぞんざいな扱いになったのだ。

　ところがこの男は、そんなことでくたばるような、やわな生きものではなかった。息も絶え絶えでありながら、めし時になるとがつがつ大めしを食らい、大ぐそをひり出し、そのつど血色がよくなった。

　囚人だから船室には入れなかった。甲板に放り出して茣蓙(ござ)一枚を与え、ごろ寝させた。それを苦にもしない生きものだった。

　物音がしたから振り返ると、船長の鄭が見回りに来たところだった。新蔵に気づくと横へ来て、同じように海へ目を向けた。

「これで日本は十回目になりますが、今回くらい波の静かな海ははじめてです。凪はもうすこしあってくれたほうが、船にとってはありがたいんですけどね」

　年が五十一、鍾馗(しょうき)のようなひげ面の、いかつい顔立ちの男である。長崎の旦那衆に負けない丁寧な日本語を話した。

　鄭に次ぐほかの親方衆、会計の責任者である和船でいえば知工(ちく)にあたる財副(ザイフウ)の汪(おう)や、航海の指図をする和船では親司(おやじ)にあたる夥長(ホウチヤン)の楊(よう)などもカタコト程度の日本語が話せた。

　六十名以上いる工社(コンジュ)、つまり水夫(かこ)はまったく日本語が話せなかった。長崎では唐人町に押し込まれ、日本人と接する機会がないのだから、覚える必要もないのだ。

ついでに言うと、鄭をはじめとする上層部とふつうの水夫とでは、ことばもほとんど通じなかった。出身や階層によって、話すことばがまったくちがうのだ。

「夜が明けたら、前方にうっすらと陸が見えはじめます。あの男を処分するとしたら、頃合いだと思いますが」

鄭が藤吉に目を走らせて言った。

「わかりました。それでは夜が明けたら、放り出すことにします」

陸がうっすら見えるというと、二十里（約八十キロ）から二十五里（約百キロ）離れていることになる。潮の流れが妨げにならなければ、なんとか漕ぎ寄せられる距離だ。

新蔵らが乗ってきたサバニは、萬慶号に乗り移ってからも船尾へ繋いだまま、曳いていた。明日これに藤吉を乗せ、海へ置き去りにするつもりなのだ。

数日分の食いものと、水、櫂は用意してやる。それから先は、本人の努力と運次第、生き延びたかったら、自分でなんとかするしかない。

ななえに見られたから、あのときは打ち殺さなかった。それでやむなく連れてきたが、いずれどこかで放り出すつもりだった。

ほんとはもっと早く放逐したかったのだ。しかし早すぎたら、やつのことだ、日本のどこかへ流れ着きかねなかった。

そしたら密出国した新蔵とななえを、まちがいなく訴え出るだろう。それを防ぐため、ここまで連れてきたのだった。

出自は熊野の漁師のせがれだと言った。八つのとき母親が亡くなり、翌年、藤吉とは十二しか年のちがわない後添えが来た。

はじめはそれほどでもなかったが、腹ちがいの弟が生まれると、継母の態度が一変した。ことごとに虐待され、いじめ抜かれた。

とうとう堪忍袋の緒が切れ、継母を殴り倒して出奔した。藤吉が十歳のときだ。行きがけの駄賃、そのとき継母を犯した。

ぶっ倒れた継母の着物がはだけ、局部が剝き出しになっているのを見た途端、むらむらとして抑えられなくなったという。

「十でやれたのか」

「浜の餓鬼ぁ、男と女がなにをするか、七つ八つになりゃぁみんな知ってますぜ。おれもそのときがはじめてというわけじゃなかった」

たてつづけに三回やった。三回目には継母が途中で気づき、目を開けて「いい加減におしよ」と言ったそうだ。

餓鬼のころから放埒だったし、腕っ節も強かった。世のなかぐらい自分の腕で、太く短く、押し通してやらぁと思っていた。

丁稚奉公をはじめいろいろな仕事に就いた。まっとうな人生を歩くつもりで、武家奉公をしたこともある。武芸にも精を出した。しかし運を切り開く前に、建前しかない武家社会に嫌気がさし、自分から道を外れた。

「それで、なにをやらかしたんだ」

「なんにもしておりやせんが」

「二度も殺されかけてるんだ。なんにもしてないとは言わせん」

「ああ、そのことですかい。誓って、なんにもしてませんぜ。奥方に横恋慕した直助(なおすけ)ってぇ野郎が、思いさえ遂げられたら死んでもいいって、奥方をとっつかまえてやっちまいやがったんです。おれは止めなかっただけ。ところが奥方が思いの外しぶとい女で、やられながらも直助に嚙(か)みついて、絞め殺されるまで離さなかった。当然やつは成敗(せいばい)されましたけどね。くそったれが、おれにそのかされたとなすりつけやがった。気がついたらおれが、女敵(めがたき)討ちとやらの張本人にされてたってぇわけで」

「直助が奥方を絞め殺したとき、おまえはどこにいたんだ」

「横で見てました」

「そうか。直助がいたぶったあと、じっくりいただくつもりだったんだな」

新蔵が冷ややかに言うと、藤吉は怯まずに言い返した。

「旦那もわかりやすい人だね。いまもあのときと同じ目で、おれを見なすった。あのとき小娘が見てなかったら、まちがいなくおれを叩き殺すつもりだったんでしょう」

「おまえもわかりやすい男だな。殺されるとわかった途端、恥も外聞もかなぐり捨てて、命乞いをはじめた」

「当たり前でしょうが。命はひとつしかねえんです。生きていりゃこその浮き世渡世、生きてさえいれば、またいつかいい目を見ることだってできやす。どっちかっつうと、できねえことのほうが多いけどよ」

萬慶号では、新蔵もななえも個室をもらっていた。ななえは船主周の部屋、新蔵は乗客用の部屋、ふたつは船尾の一段高いところに設けられ、隣り合っていた。

船室にもどって、ひと眠りした。

「ツォンクハン、ツォンクハン」

騒ぎ立てる声が聞こえてきて目を覚ました。

ツォンクハンとは、水夫が鄭に呼びかけるときのことばだ。日本語の船長にあたると聞いている。

甲板へ飛び出すと、冷たいものが頬をなでた。

真っ白いものに包まれていた。濃い霧が立ちこめていたのだ。

うろたえた乗組員が、叫びながら走り回っていた。右舷に向かっている。口々に指さして、大声を上げていた。

わが目を疑った。

霧のなかから巨大なものが、のしかかるように浮かび上がってきたからだ。際限もなく、あとからあとから浮かび上がってくる。

屹立(きつりつ)している柱が見えた。風をはらみ、いっぱいに張られた帆、帆、帆。

船だ。

帆船だ。これまで見たことがない異国船だ。そのおびただしい数、数、数。

幻ではないかと思った。しかし目の前に見えているのは、まぎれもない現実だった。

何十隻という巨大な異国船が、船体を斜めに傾けながら全速で帆走していたのだ。それは霧の中からつぎつぎに現れ、目の前一杯にひろがっていた。

三本の帆柱が見分けられた。高く突きだしている舳先と、風をはらんでふくれあがっている横帆。和船でもなければ唐船でもなかった。話でしか聞いたことがない紅毛の船。

いやそういえば、長崎のどこかのお宮で、絵馬を見かけた。

それにしても、尋常でない数だった。あとからあとから現れ、すでに先頭の船は萬慶号の前方を横切り、ふたたび霧のなかへ没しようとしていた。

騒ぎを聞きつけ、目を覚ましたのだろう。ななえが駆けつけてきた。顔がこわばっていた。

落ち着けと引き寄せ、手を握ってやった。むりやり笑ってみせたが、われながらわざとらしかった。新蔵の顔だってこわばっていたのだ。

鄭が舳先へ駆け上がり、大声を上げて腕を振り回しはじめた。航海長の楊が、ものすごい剣幕で水夫を怒鳴りつけていた。

乗組員がわれに返り、はじかれたように飛び散った。

持ち場へもどったのだ。帆を引く縄索に飛びつき、ぶら下がるようにして必死に引きはじめた。

財副の汪が通りかかったから聞いてみた。

「イギリス軍です。イギリス軍が攻めてきたんです」

水夫のかけ声が沸き起こった。必死の形相で綱を引いている。削ぎ竹で編まれた横帆が、ばっさ、ばっさと、音をたてて畳まれていた。

躰が前へつんのめりそうになった。

船が大きく傾きはじめたのだ。

舵棒に十人を超える水夫がしがみつき、歯を食いしばってわめき声を上げていた。

ようやく萬慶号が、のっぴきならない事態に陥りかけていると、新蔵も気づいた。

船はそのとき右舷からの風を受け、間切りながら北西へ向かっていたのだが、それはまさしく、前方を右へ向かっていた大船団のただ中へ突っ込んで行く針路だったのだ。

船の向きを変えるための操舵と操帆が、死力を尽くして行われた。

操作に失敗したのか、帆桁が唸りを上げて頭上を横切り、流れた桁が帆柱に叩きつけられ、鈍い音をたてた。数人の男がはじき飛ばされ、悲鳴と、苦痛のうめき声がはじけた。それはそのまま、萬慶号が上げている悲鳴にほかならなかった。

七十人もの人間が乗り組んでいる船の向きを、急激に変えることはそれほど簡単にできることではない。効果が現れてくるまで、気が遠くなるほどの忍耐と時間が必要なのだ。

目の前いっぱいにせり出してきた異国船の船体が、目と鼻の先を横切った。

風を切っている帆の音、蹴散らしている波の音がはっきり聞きとれた。

船上にいる兵士も見えた。拳を振り上げ、ものすごい顔で罵声を張り上げていた。

船の舷側に空けられている黒い穴が、目玉のようにこちらをにらみつけていた。

見えていたのは黒光りしている大筒、つまり大砲だ。おびただしい数の大砲が装備されていた。大きな艦になると、二段重ねになっている。片舷だけで二十を超える大砲が備えつけられているのだ。

突然ちがう方向から、ズドンと腹に響いてくる音が聞こえてきた。

さらにつぎの音。

なにか引き裂いた音がして、悲鳴が上がった。一番帆のどこかに大砲が当たったようなのだ。引き下ろされていた帆が途中で止まった。帆綱が切れ、帆の一枚が縦にぶらさがって激しい風音を立てはじめた。

船の行き足がなくなった。

帆はすべて下ろされた。

船全体が押し殺した静寂につつまれていた。

艫のほうから、あたらしい声が上がった。

ななえに待っていろと合図し、新蔵はようすを見に走った。
五、六町離れた後方に、やや小ぶりな船が止まっていた。帆柱は三本。張っている帆の形がほかの船とちがう縦帆で、見るからに速そうだ。
備えつけている大砲は数門だが、船首に据えられている砲の筒先は萬慶号に向けられていた。

脇に立っている兵士が見える。

いま二発撃ったのは、この船だったのだ。しかもつぎの砲撃命令を待っている。

船の陰から、小型艇が一艘現れた。

二十人からの兵士が乗っていた。

長い櫂を両舷から突き出し、櫂をそろえて漕ぎはじめた。

こちらへ向かって来る。

艇の先端に、白い帽子をかぶった兵士が立っていた。剣のようなものをかざし、それは萬慶号に向けられていた。

急いでななえのところにもどった。

「イギリス兵が向かってくる。この船に乗り込んでくる。あなたは船室にもどって、隠れてなさい」

ななえは萬慶号で唯一の女性だ。小柄だし、顔立ちが幼いから、唐へ行ったら男子に扮装させようかとも考えたが、顔つき、肌の色、躰のふくらみは、どう見ても若い女のそれだ。髪を結い直してお下げにし、子供っぽい格好にしてごまかすことにしていた。

新蔵の方は髪を弁髪（べんぱつ）にしてもらい、ひたいを剃り上げてもらった。髪が弁髪にするには短すぎ、長さが一尺くらいしかなかったが、見かけはなんとか唐人らしくなった。

どこの人間か聞かれたら、台湾のなんとか族と答える。ことばがしゃべれなくても、怪しまれないからだ。

藤吉は本人の希望で、坊主頭にした。大きな頭、それが凸凹だらけ、見るからに怪しげな容貌の生臭坊主ができあがった。

ななえを部屋へ連れ帰り、積み上げた布団の後に隠した。

もどってきたときは、右舷からイギリス兵がぞくぞくと這い上がってくるところだった。鈎（かぎ）を使って縄梯子を掛け、それを伝って上ってきた。

兵士みんなが鉄砲を持っていた。マスケット銃と呼ばれている火縄銃の一種だ。

甲板まで上がってくると隊伍を組み、鉄砲を抱え、つぎの命令を待っている。

はじめて見る紅毛人だ。

それにしては色が黒く、口ひげや顎ひげを生やし、頭には白い布を巻いていた。

これらの兵士とはちがう、肌の白い兵が三人いた。白い帽子に飾り紐のついた赤い上着、足下まである長い下袴と、服装もだいぶちがう。この三人は銃を持たず、剣をぶら下げていた。

指揮棒のようなものを持っているのが指揮官、あとのふたりは補佐役だろうと見た。

兵士の後から小柄な男が走り出てくると、金切り声を上げはじめた。頭は弁髪、着ているものは胡服、どう見ても唐人だ。イギリス人に唐人のことばを伝える通事だろう。

鄭が出て行った。通事が腕を振り上げ、きんきん声で鄭を怒鳴りつけた。床を踏みならし、唾を飛ばし、腕を振り回して怒っている。

鄭は拱手してただ頭を下げた。

謝れば謝るほど、通事は嵩にかかって罵倒した。指揮官の一言を、十言にも、二十言にもふくらましている。なにを言っているのかわからないのだが、イギリス軍の行く手を遮ったと非難しているようだ。

財副の汪が出てきて帳面のようなものをひろげ、指揮官に見せはじめた。それを通事がイギリス士官に伝える。指揮官の目が帳面に落ちたとき、鄭が通事の手になにか握らせた。通事は素早く懐に入れた。

いくつかやり取りがあり、兵士が四名ずつ二組に小分けされた。それに補佐役がついて五名、通事の加わった組は六名になる。

これから船内を調べるようだ。鄭が六名の組を案内し、財副がもうひと組を案内して、船倉へ下りて行った。

あとに指揮官と、鉄砲を構えた十名前後が残った。この連中は最初から同じ姿勢で立ちつづけていた。調練が行き届いていることはたしかだ。

指揮官は長さが一尺あまりある棒のようなものを持っていた。それを手でぽんぽんと叩き合わせて、拍子を取っていた。日本流に言えば扇子を弄んでいる。

背が高かった。六尺をはるかに超えている。年はどう見ても三十前だ。補佐役ふたりのほうがずっと年上だった。

指揮官はひとりになると、船の上をぶらぶら歩きはじめた。通事がいないから質問はできない。見て回るだけだ。

新蔵の前まで来て、足を止めた。手にした棒を片方の手に軽く打ちつけながら、新蔵の顔や体つきをぶしつけに見回した。

新蔵は胸の前で手を組み、頭を下げ、恭順の姿勢を取っていた。

頭を弁髪にしたとき、挨拶の仕方や、目上の人への敬意の表し方など、一通りの作法は教わった。もし怪しまれたら、土下座だろうが、地に頭をこすりつける叩頭礼だろうが、なんでもするつもりだ。

しかし間もなく、船倉を調べに行った一行がもどってきた。萬慶号が日本との交易船で、イギリス軍に敵対したわけではなかったことを、わかってもらえたようだ。

引き上げ方は、じつに迅速だった。それこそあっという間に、全員いなくなった。

気がついてみると、何十隻と連なっていた大船団が、いまやほとんど霧のなかへ姿を没しようとしていた。

鄭があらためて声を上げ、萬慶号もふたたび帆を上げた。

藤吉が這い寄って来た。

「でけえ毛唐でしたなあ。沓の長さがこんなにありましたぜ」

両手を一尺ほどにひろげて言った。

「あの男が見回っていたとき、おまえはどこにいたんだ」

「あそこに坐ってましたぜ。やつの目には、おれなんか映りもしなかったようですな。けど旦那は、目ぇつけられた。ほかのやつとはちがうことが、一目でわかったんだ」

「おれだって小さくなっていた」

「なに、いくら小さくなったつもりでも、見るものが見たらわかりまさぁ。おれはやつが旦那を怪しんで、しょっ引いて行くんじゃないかと、わくわくしながら見てたんだけどよ」

「おれがほかのものと、どうちがうんだ」

「背筋だね。旦那は小さくなってたつもりかもしれねえが、そんなこたぁねえ。背筋がぴんと伸びていた。ふだん、ぺこぺこしねえで生きてる人間ってことだ。おそらくあの男、こいつは臭ぇ。なんでこんなやつが、こんな船に乗ってるんだって、思ったにちげえねえ」

「そんなに偉そうに見えるんだったら、反省しなきゃいかんな」

「無理だよ。旦那は雑魚(ざこ)にゃなれねえ」

鄭がもどってきた。藤吉にじろっと目を送ったので、まずいと思ったか、藤吉は声もなく退散した。

「運のいい男だ。始末し損ねました」

藤吉の後姿に目を送って言った。

「いまからでは遅いですか」

「あれだけの船が通り抜けたあとですからね。周りがびっくりして、海を見つめてますよ。しばらく、ようすを見たほうがよいと思います」

「なぜこの船に乗り込んできたんですか」

「われわれを、清の海軍である水師(すいし)の軍艦かと思ったらしいんです。真っ向から突っ込んで行ったから、てっきり攻撃してきたと思ったんでしょう。見つけるのがもうすこし遅かったら、いまごろは大砲を撃ち込まれ、みんな海の藻屑になっていました」

「どうしてこんなところへ、イギリスの軍艦が現れたんですか」

「阿片ですよ」

新蔵の反応が鈍いのを見て、鄭は怪訝そうな顔をした。

「お恥ずかしいことに、なにも知らないのです」

「この国ではいま、阿片がもっとも儲かる商売になってるんです。持ち込んだのはイギリス、それを買い受けて、国中に売りさばいているのは、情けないことにわれわれの同胞です。阿片には強い魔力があり、ひとたび吸うと、二度とやめられなくなるといいます。しかも吸うたびに精力を吸い取られ、廃人になって死んでしまうまで、やめることができません。阿片の害があまりにもひどくなったのと、それを買うために支払う金額が莫大になって、国中の銀がなくなってしまいました。それでとうとう政府も放ってはおけなくなり、阿片の交易を禁止したんです。持ち込まれた阿片は没収、焼却、イギリス商人は国外へ追放されました。去年のことでした」

「はじめてうかがいました」

「イギリスが怒って反撃してくるかもしれないことは、ある程度わかっていました。しかしまさか、これほどの大船団を連ねて、攻め入って来るとは思わなかったはずです。それにしても、すごい数の軍艦でしたね。これまで見たことがない大型艦や、蒸気の力で走るという最新型の軍艦も交じってました。あの船団がいったいどこへ向かって行ったのか、それがすごく気になるのですが」

鄭は不安を隠しきれない顔で言った。

三　乍浦

唖然（あぜん）として目を疑った。

港内に停泊しているはずの船が、一隻もいなかったのだ。

乍浦（さほ）は杭州湾の入り口に位置し、日本と清とを結んでいる唯一の交易港である。その港に大型船や、ジャンクと呼ばれている外洋帆船がまったく停泊していなかった。

五カ月ぶりにもどってきた祖国だから、入港するときは手の空いている乗組員が甲板に集まり、陽気に騒いでいた。

それが港に船がほとんどいなかったものだから、愕然（がくぜん）として声を失っていた。

港の外に張り出している城壁へ近づくにつれ、事情が明らかになってきた。

石壁や墻（かき）のあっちこっちが崩れ、穴ぼこだらけになっていたのだ。

鈎形の袖壁や銃眼が、もとの形を留（とど）めないほど崩落していた。その間から、転がり落ちた丸太のような筒が見える。砲座から投げ出された大砲だった。城塞が砲撃を受け、破壊されていたのである。

波止場に土嚢を積み上げた、にわかづくりの防壁が築かれていた。菅笠状の帽子をかぶった男らが、いきなり入港してきた萬慶号を見てあわてふためいている。

全員が同じ服を着ているところを見ると、兵隊のようだ。萬慶号を見て敵だと勘違いしたらしい。

しかし城壁の下を通り過ぎ、交易船用の波止場がある官衙地区に入ると、砲撃の跡は見られなくなった。背後にひろがっている街も、見たところ無事のようだ。

波止場の正面にある平屋の建物から、萬慶号を見つけた男らがぞろぞろ出てきた。こちらも房の垂れた帽子をかぶっているが、色と形、着ている服のかたちが兵隊とちがう。歓声を上げて近づいてくる。交易所の役人たちだった。

小船が何艘か漕ぎ寄せてきた。萬慶号が船の上から係留用の綱を投げると、それを海から拾い上げて岸へ運んだ。

陸で待っていた連中が綱を受け取り、石製の杭に結びつけた。それからみんなして綱を引きはじめた。

萬慶号は長さ百二十尺(約三十六メートル)、幅三十尺(九メートル)、三本帆柱の、和船でいうと八百石積みに相当する大型船だ。いわゆるジャンクの一種だが、正しくは南京型沙船と呼ばれる平底型の川船だった。本来は長江のような河川を航行するためにつくられた船だ。

正規のジャンクは外洋を航海するためにつくられており、構造船と呼ばれ、竜骨を持っている。沙船より大きく、堅牢で、波切り能力もすぐれている。

ということは、東シナ海を横切り、長崎と乍浦を往復するぐらいの航海なら、南京型の川船で十分ということだった。事実長崎にやって来る唐船の大半は、この南京型だったのだ。

唐船の帆は、竹を薄く削いで網代に編み、間にクマザサなどを詰め込んで、細長い矩形に仕上げてある。この帆を何枚も折り重ね、張ったり下ろしたりするのだ。屏風を横にして吊り下げたところを想像すれば、だいたい当たっている。

和船と唐船とのいちばん大きなちがいは、船体の構造にある。

唐船は箱のような船室をいくつかつなぎ合わせて、ひとつの船にする。船室ひとつひとつが箱だから、出入口さえ閉めてしまえば、船体の一部が破壊されても、船室には累が及ばない。甲板に乗り上げてくる大波も、扉さえ閉めてしまえば、浸水しないのだ。

一方和船には、船室の仕切りというものがない。のっぺらぼうで、だだっぴろい。その分荷は目一杯積めるし、荷役、つまり積み下ろしも楽だ。

しかし甲板は板を差し掛けて、蓋をしてあるだけ。舷側を乗り越えてきた波は、もろに船内へ浸入する。荒天に弱く、海難事故の絶えなかった和船の最大の欠点がこれだった。人命より経済性を優先していたのである。

萬慶号が接岸すると、役人が乗り込んできた。

財副の汪が来て、手続きがすむまで、船室に隠れていろと言った。鄭は忙しくて、しばらく来られないという。

「形ばかりの検査だから、心配いらないね」

言われるがまま、船倉に小半刻（三十分）ほど潜んでいた。また汪が呼びに来て、甲板へもどってみると、水夫らが自分の荷物をまとめて集まっていた。

水夫には一定量の自分用の荷が認められている。これが家族へのお土産になったり、商人に売って小遣いになったりする。水夫らの唯一の役得だった。

「上陸するから、わたしについて来るね。役人の前を通るときは、わたしと同じような挨拶をするといいよ」

三人は汪の後につき従い、ちがう通路から一足先に船を下りた。

岸壁では、胸に紋様が描いてある制服を着た役人が待ち受けていた。

とはいえ、たむろしているだけ。汪がなにか言うと、みなが一斉に笑った。

汪がした通りの拱手をして、新蔵、藤吉、ななえの順に通り抜けた。

藤吉はまだ足下がおぼつかなかったが、顔を真っ赤にして、なんとか歩いた。役人らは、女のななえが交じっていたことにびっくりしたが、なにも言わなかった。

四人は交易所の建物玄関からなかに入り、裏へ通り抜けた。真ん中が廊下になっており、左右は床が一段高くなって役人の詰め所になっていた。ここにも何人か役人はいたが、なにも言われなかった。

　裏通りに出ると、大路（おおじ）がひろがっていた。両側に、窓や露台を備えた二階建ての建物が六棟並んでいる。

　汪が左側の、手前から二つ目の建物を指さした。あれが当面の宿舎だという。石と磚（せん）つまり煉瓦で築いた長屋風の建物だった。出入口が、一階と二階でべつべつに設けられていた。二階の出入口は裏についているが、方向から言えばこちらが南だ。

　石段を上がると、左右に廊下が延びていた。とっつきの部屋へ案内された。
　十四、五畳大の部屋だった。窓が後にひとつ、廊下側にふたつ。部屋の真ん中に差し渡し五尺（一メートル五十センチ）くらいの丸い卓子（たくし）と、椅子が四つ並べられていた。壁際にも長椅子が二つ置かれている。
　奥にもうひと部屋あった。床が真ん中で仕切られ、左右はつくりつけの台になっている。寝台だとしたら、ひとつに二、三人は楽に寝られる。

「船長が来るまで、ここで休むね。あとで女中が来るから、欲しいものがあったら、そのとき言うといいよ。なにをしてもかまわないけど、外に出てはいけないね」

　汪はそう言うと、船にもどって行った。

「長崎の唐人屋敷と同じつくりです」

部屋を見たななえが教えてくれた。

「二階が上級船員、下が水夫、個室と大部屋に分かれ、出入口はべつべつで、行き来はできません。この部屋は、ほかの部屋とつながっていないところをみると、乗客用ではないかと思います」

そこへ四十年配と二十前後の女が、盆に載せたお茶と干菓子を運んできた。ななえが礼を言うと、にっこりお辞儀して帰って行った。

茶を飲みながら菓子を食った。そのとき下の方から、大勢の声が聞こえてきた。階下へ水夫らが入ってきたようだ。声や物音がこだまして、二階まで聞こえてくる。

「荷役がはじまりましたぜ」

後の窓から外を見ていた藤吉が言った。前にある建物が邪魔になって萬慶号は見えなかったが、褌ひとつになった男らが荷を担いで運んで行くところは見えた。

このときの荷役に、萬慶号の乗組員は立ち会わない。手伝いもしない。船乗りは港まで船を運んで行くのが仕事、荷役は船員のする仕事ではないのだ。

唐と日本とを結ぶ交易船には二種類あった。清国政府直属の官船と、額船と呼ばれた民間船だ。官船がいちばん望んでいた日本の産品は銅で、一時期の清の銅貨はほとんど日本の銅で鋳造されていた。

民間船はあらゆる商品を取り扱ったが、後期になるほど珍重されるようになったのは、日本の海産物だ。俵に詰めて送り出したから俵物と呼ばれ、鮑（あわび）、海鼠（なまこ）、鱶鰭（ふかひれ）などの乾物がとくに珍重された。

国土が大きすぎる支那では、生の海産物を手に入れることはまず望めない。保存の利く乾物にして取引されたから、乾物をもどして、生以上の味覚にする料理法が発達した。

この際しばらく横になって、休もうということになった。

寝室はななえが利用し、新蔵と藤吉は手前の長椅子で寝ることにした。ななえは遠慮したが、新蔵は認めなかった。夜具だけ寝室から運んできた。

藤吉はすぐさま大いびきをかいて寝てしまった。新蔵も間もなく眠りに落ちた。やや狭かったとはいえ、床の揺れない陸地での寝心地は格別だった。

夕刻、ようやく鄭がやって来た。ただし、すぐもどらなければならないという。

萬慶号が一昨日の夜出会った大船団は推測通り、やはりイギリス軍艦だった。

茶の輸入額が莫大になって多額の貿易赤字に苦しんでいたイギリスは、阿片という見返り商品を見つけたことで、貿易収支を一挙に逆転させた。

阿片貿易はイギリス史上最大の汚点といわれているが、建前としては正規の交易だったことに変わりはない。それを一方的に没収、廃棄、イギリス商人を国外追放処分にした清政府のやり方は、国際慣例としては許しがたい暴挙だったことはたしかなのだ。

甚大な損害を受けて清から締め出されたイギリスが、なんらかの報復攻撃に出るだろうということは、当初から予想されていた。清もこうなったらイギリスとの戦争も辞さないと腹をくくり、特命全権大使の林則徐にすべてを託した。

林は臨戦態勢を整え、イギリスの来襲に備えた。ただ清側は、阿片没収の舞台となった広州をイギリスが攻めてくるだろうと予想し、広州中心に守りを固めていた。

ところがイギリスは裏をかき、広州を素通りして、いきなり杭州湾へ現れたのだ。

そして杭州湾の出入口を扼すところにある舟山島の定海を攻撃、要塞を制圧して舟山島を占領した。六月二十八日のことだった。

数日後には砲艦一隻が乍浦港に現れ、海上から港の要塞を攻撃した。

さらにべつの艦が寧波の橋頭堡である鎮海の要塞を攻撃、かなり損害を与えて引き上げた。

萬慶号が乍浦へ入港してきたのは、その攻撃から十数日後のことだったのだ。道理で砲撃の痕も生々しく、港内には船が一艘もいなかったわけである。

ただこのときのイギリス軍は、砲撃こそしたが、港や要塞を制圧する気まではなかったらしく、上陸はしなかった。

杭州湾防衛の拠点となっていた定海鎮、寧波鎮、乍浦鎮の清軍水師を先制攻撃し、定海を制圧占領、乍浦と鎮海からの反撃の機先を制して、時を稼ごうとしたのである。

定海占領後、イギリス軍は定海湾に大艦隊を停泊させ、しばらくなにもしなかった。

それが数日前、清側が気づいたときは大艦隊のほとんどが、忽然と姿を消していた。いったいどこへ行ったのか。手がかりがないまま、清側が疑心暗鬼に陥っていたところへ、萬慶号が帰ってきて大艦隊とすれ違ったという報せをもたらしたのだ。

意表外の報を聞き、乍浦水師が震え上がったことはいうまでもない。

大艦隊がそっくり東シナ海を北上したということは、行き先は北京か、その玄関口である天津以外考えられなかったからだ。

「恐らく乍浦から北京へは、イギリス軍に甚大な損害を与えて撃退した、と華々しい戦捷報告が送られていたと思うんです」

鄭は苦笑しながら言った。

「しかし実際に戦闘を見たものの話によると、それほど華々しいものではなかったそうです。砦から撃ったわが軍の大砲の弾は、敵艦まで届かなかったとかで、損害を与えたとは思えません。味方の損害もたいしたことはなかったようですが、それでも兵器のちがいは歴然としていた。その矢先へ、萬慶号の報せですからね。いまごろは北京が震え上がっていることでしょう」

新蔵らの入国については、袖の下が有効だったとはいえ、それどころではなかったというのが、偽らざる実情だったとか。

とはいえ鄭の顔色は、それほど明るいものではなかった。交易会館で鄭の帰国を待ちうけているはずの船主、周士斐がいなかったからだ。

「二年まえから、足がしびれる、というので長崎へ行くのを見合わせていたのです。今回も医者からは止めたほうがよいと言われ、渡航は断念せざるを得ませんでした。約束では、交易会館で待っているはずだったんですが、さらに調子が悪くなったのか、先月蘇州の自宅へ帰ったそうです。今日使いを走らせましたから、数日後には返事がくると思います。あと二、三日待ってください」

いまの鄭は、単なる雇われ船長ではなく、共同株主としての船主のひとりでもあって、萬慶号の収支はじかに自分の懐へ響く。

船に乗っているときより、帰国してからのほうがはるかに忙しいのだ。今日はこれから納品に立ち会わなければならないし、明日は検品で一日がつぶれてしまうだろうという。

そういうわけで、しばらくお相手できないと、詫びを言いながら鄭は帰って行った。

その日はそこで宿泊した。食事や身の回りの世話は、昼に茶を持って来てくれた女性がやってくれた。

徳という名字の親娘だそうで、どうやら住み込みの女中らしい。愛想はなかったが食いものは何品も出されたし、湯を使うこともでき、着替えも提供され、不自由はなかった。

翌日も待機がつづいた。夕方汪が来て、果物の差し入れをしてくれた。

鄭は三日目の午後、ふたたびやって来た。そして明日、蘇州の周の家へ行くことになったと告げた。

連れて行くのはななえと新蔵。藤吉は傷が癒えていないこともあって、ここへ残す。ただし今日を限りに、藤吉は居場所を二階から、一階の大部屋に移される。乗客待遇から、水夫扱いになるということだ。

部屋換えには新蔵もついて行った。仕切りのない大部屋に、蚕棚（かいこだな）のような二段の寝床が何十と並んでいた。暗くて、蒸し暑く、男臭さがむんむんしていた。

奥に十人ぐらいたむろできる広間があり、七、八人が坐ったり横たわったりしてくつろいでいた。

これがいま残っている全員だというから、ずいぶん数が減ったものだ。ほとんどのものが早々と故郷へ帰り、残っているものは行く当てがないか、都合であと数日ここにいなければならないものだという。

藤吉は鄭から、空いている棚のどれかに移るよう言い渡された。食いものは提供されるからめしの心配は不要。ただし外出は禁止。不自由なことがあっても四、五日したらおれたちがもどってくるから、それまで我慢しろ。

藤吉は不承不承うなずいた。もっとも、文句を言ったところで、聞き入れてもらえるはずはなかった。

どこからか、甘酸っぱいような、ねっとりした匂いが漂ってきた。鄭が鼻をうごめかし、ひとりの男になにか言った。言われた水夫がなにか言い返し、へらへら笑った。

あとで鄭が、だれか阿片を吸っていたらしいと教えてくれた。阿片は持つことも吸うことも禁止されているが、それは建前、実際は大っぴらに流通していた。

久しぶりに故国へもどってきた水夫にとって、阿片の吸引はなによりのご馳走だったのだ。それくらいは大目に見てやんなよ、と水夫から言い返されたのだという。


乍浦から蘇州までは二十五里、二日間の旅だという。ななえの足にはすこしきついかなと思っていたところ、全行程が船、一歩も歩かなくてよかった。

そのはず、行けども行けども真っ平らな陸地がどこまでもひろがっていた。そこへ川、運河、灌漑用水路が縦横に張り巡らされ、人の往来はもちろん、荷もすべて、この水路を通して運ばれていた。

乗ったのは、貸し切りで雇った川船だった。和船の川船とはちがい幅が広く、ずんぐりして、船体の半分に竹で編んだ丸い屋根がかぶせてある。航行中はそこが船室になる。

季節としては初秋だったが、強い日射しなしで川風を受けて旅ができるのはなんとも気分がよかった。

船は五十代と二十代の親子が乗っており、父親が櫂、息子が竿を巧みに操って船をすすめた。幅が狭かったり、水深が浅かったりするところでは、ふたりして竿を使った。

乍浦を出てからは水田ばかり、どこにも山が見えない風景が延々とつづいた。土地が平らだから、川の流れはきわめてゆるやか、ときには沼のような、水がすこしも動いていない河川もあった。

とはいえ田園風景は、どこの国へ行こうが似たようなものだ。足踏み式の水車で田に水を引いている百姓もいれば、田舟(たぶね)のような泥船で草取りをしている農婦もいる。二期作なのだそうだ。

子供らが素っ裸で、泳いだり飛び込んだりして遊んでいた。どう見ても澄んだ水ではないのだが、お構いなし、その歓声はどこへ行ってもあふれかえっていた。

どこまで行っても川があり、水路があり、運河のつながっているのが、なんとも珍しかった。ここでは水路が街道であり、船が人や荷を運ぶ駕籠(かご)や牛馬なのだった。

一定の区間を行くごとに、村落や都邑(とゆう)があった。大きな町に入ると、荷の積み下ろしをする河岸や、船を繋いでおける船溜(ふなだま)りが設けられており、旅人や船頭が船を下りて食事したり、泊まったりする宿も整っていた。

船着き場の周辺は盛り場になっており、どこも集まってきた人で賑わっていた。めしを食わせる小吃(シャオチー)、揚げ物の菓子や麺類を食わせる屋台、野菜や西瓜(すいか)を売りに来た百姓、荒物を担いで売りに来た商人、髪結い、易者、どこも縁日のような賑わいだ。

　徳という船の親子と鄭が話していることばは、これまで聞いてきたことばとややちがっていた。ななえに聞いてみると、ところどころわかるという。父親の周が使っていたことばで、江蘇省の方言、いわゆる呉語だという。鄭ら萬慶号の幹部同士がふだん話していることばも、この呉語だった。

　その日は、途中にあったかなり大きな町の旅店で一泊した。乍浦以外の町で泊まったはじめての夜となった。

　石造のがっしりした建物だったが、宿の中味は、日本でいう木賃宿以下の水準だった。清潔感がまったくないのだ。一晩中蚤と虱に悩まされ、ろくに眠れなかった。

「申し訳ないですが、地方に行ったらこんなものだと、覚悟してもらうしかありません。これでもいちばんいい宿を選んだんです」

　鄭が済まなさそうに言った。

　翌日は早立ちし、昼早々に蘇州へ着いた。帰りはべつの船を雇うそうだから、徳親子とはこれでお別れだ。日本でいえば駕籠のようなもので、どんな町へ行っても必ず雇えるそうだ。

　蘇州の街は、これまで通り抜けてきたどの町よりも大きく、賑やかで、街並みもきれいだった。行き来している人の顔立ち、服装、身ごなし、なにもかもが垢抜け、瀟洒だ。

街の中心部に入ると家々が軒を接し、隙間なく並んでいた。石と磚をふんだんに使った建物は色とりどりに塗られ、幟や旗で飾り立てられていた。

わが国の宿場町と似ているところも多かった。家々の境の壁を、卯建のように高く掲げているところなどそっくりだ。

ただ街の大きさとか、繁栄ぶりとかは、長崎や新潟の比ではなかった。強いて言うなら、船場や道頓堀など大坂の繁華街がなんとか匹敵するだろうか。蘇州はむかしから国内有数の商業都市だそうで、その繁栄は絹織物業によってもたらされているという。

最後に案内された今夜の宿は、昨夜の旅店に比べたら宮殿かと見まがうほど立派で、豪華だった。家具や調度も凝っており、なによりも清潔そうな夜具がありがたかった。

鄭が周家に行ってくるから、ふたりともここで待つようにと言った。帰りは遅くなるかもしれないから、そのときは先に休んでいいと。

どことなく奥歯にものの挟まったような言い方だった。乍浦を出てくるときからそうで、蘇州へ着いてからは道中より顔が冴えず、ことばすくなになって、元気をなくしていた。

周の具合がよくないのではないか、と新蔵は察した。ななえに打ち明けにくくて、あえて口に出さないようにしている気がしたのだ。

新蔵の予感は当たった。

鄭は夕方になっても帰って来なかった。食事をすませてからも、夜が更けてからも、音沙汰がなかった。それでふたりは自室へ引き上げ、就寝した。

翌朝日が高く昇ってから、鄭はもどってきた。そして新蔵を呼び寄せた。

「悪いですが、今日はななえだけを連れて行かせてください。あなたは街の見物などして、暇をつぶしててもらえますか」

思った通り、周は病いの床に臥していた。それもかなり悪いらしいのだ。

「正直に打ち明けますと、老爺の病は中風なのです。わたしが長崎へ発ったあと発病したそうで、以来寝たきり、いまも半身不随で、躰の左半分が動かせません。舌も回らないので、うまくしゃべれないのです。頭ははっきりしていますから、一生懸命しゃべろうとしてくれるのですが、すごく時間がかかります。聞き取るのが大変なんです。むしろ筆談の方が早いくらいで」

とはいえその筆談も、なんとか動く右手で書くわけだから、大変な時間がかかる。ひとつのことばをやり取りするだけで、気の遠くなるほどの時間と忍耐が必要だという。最愛の女やえが亡くなったと報せたときは、家中に轟き渡るほどの大声で嘆き悲しんだそうだ。その後なんとか話ができるようになるまで、半日かかった。

ななえを連れてきたこと自体は、たいそうよろこんでくれ、一刻も早く会いたいという。

要はこういう状況なので、いまは新蔵を紹介している余裕がないというのだった。

当然です、と新蔵は応えた。わたくしは部外者、親子水入らずの席に立ち入る資格はありません。そちらのお話が終わるまで、独りで暇を潰しておりますから、どうか気になさらず、老爺の世話をしてやって下さい。

街で迷子になったとき困らないよう、宿の名前と地名を紙に書いてもらい、持ち歩くことにした。当座の金もいくらか用立ててもらった。

午後から街に出た。

一言でいうと、蘇州は水の都だった。陸の道路以上に水路が発達し、互いにつながって、最後は太湖（たいこ）という大きな湖に出た。

川に沿って民家が建ち並んでいる光景は、三国屋のある新潟の大川前通りにどこか似ていた。

寺の塔があったから、上がって市内を見渡した。郊外はるかのところに、いくつか小高い山があった。市内からもそれは見え、以後は方角を見極めるときの目印になった。

夜、食事をすませてくつろいでいると、心配した鄭がようすを見に来た。ななえは今夜、周のところで過ごさせるという。

わたしの心配はいらないけど、ひとつ質問させてくださいと新蔵は言った。

ななえを周の家まで連れて行って、本当によかったのですか。

鄭はたじろいだが、周がそれを望んだのだ、と打ち明けた。

儒教が暮らしの根底になっている支那社会では、家長の権力は絶対的なものだ。周の言い出したことには、だれも反対できないというのだった。

かといって、ななえが家族から歓迎されたかというと、そんなことはなかった。やえとななえの存在は、公然の秘密ではあったかもしれないが、これまで周家で話題に上がることはなかったというのだ。

周と本妻との間には、子供が四人いて、すべてななえより年上、しかも男子だった。周にとっては、四十をすぎて生まれてきたななえという女子は、上の四人以上にかわいい珠玉のような子だ。その気持ちはわかるから、家族もなにも言わないというのだった。

ただおどろいたことに、今日一日で周の病状が、見違えるほどよくなった。しゃべることばも昨日までとは大ちがい、家族もびっくりするぐらい明瞭になってきたという。なによりも顔色がよくなった。

これはだれが見ても、ななえが来てくれたおかげだ。これからさらによい結果が出るのではないかと、鄭は期待していた。

鄭はこの先、つぎの航海に備えてしなければならないことが山ほどある。周の世話もしてやりたいが、割ける時間はそれほどない。できたら明日は、乍浦へ向かって発ちたいのだと、苦衷のほどを打ち明けた。

新蔵は周に会わせてもらえなくてもかまわないから、あなたはななえと周のそばにいてやってくれと、鄭を周邸へ帰らせた。

翌日も朝から市内巡りに出かけた。寺や道教寺院を見て、江蘇州でいちばんと言われる有名な庭園も見物した。

新蔵の好みからいえば、反っくり返っている寺院の大袈裟な屋根や、悪趣味としか思えない奇岩だらけの庭には、それほど感興を覚えなかった。ふつうの人が、ふつうに暮らしている水辺の光景のほうに、はるかに情緒を覚えた。

昼めしは盛り場で、麺と饅頭のようなものを食ってすませた。ぶつ切りにされた西瓜も食った。

慣れてきたせいで、昨日とちがい、冷静に街を見ることができるようになった。一見栄華や繁栄を誇っている蘇州の裏側に、信じられないほどの貧しさが横たわっていることもわかってきた。

当てずっぽうで歩いていると、ごみだらけで、腐った臭いが鼻をついてくる一郭にさしかかった。川や水路は淀んで動かず、どう見てもどぶだった。反吐が出そうな悪臭が立ち込めていた。

これ以上ないほど汚らしいぼろをまとい、顔や手を一度も洗ったことがなさそうな汚れ果てた人間が、そこここにうずくまっていた。乞食だった。

足下に生乾きのスルメのような、痩せこけたものが横たわっていた。よく見ると人間だった。生きている証拠に、ときどき瞬きをした。瞳だけが真っ黒だった。

その瞳が、じーっと新蔵を見つめていた。通りかかった男が新蔵に気づき、そんなものにかまうな、と嫌悪感を示して去って行った。なにか吸う真似(まね)をして見せたが、軽蔑しきった顔をしていた。足下の人間には一片の同情も見せなかった。

ななえと鄭は、夕方にもどってきた。新蔵のところへ来ると、ありがとうございましたとななえが言い、深く頭を下げた。

「おかげさまで、まる二日、父と一緒に過ごすことができました。これまでこんなに長く、そばにいられたことはありません。連れてきていただいて本当にありがとうございました」

うれしそうには言ったが、顔はひどく疲れているように見えた。

「ちょっと道は逸れるんですが、乍浦から半日ほどのところに、老爺がおふたりと暮らすときのために構えていた家があります。帰りに寄ってみましょうか」

ななえの気持ちを引き立てようとしたのか、鄭が明るく言った。

意外にもななえは、黙ってかぶりを振った。数日の間に、ずいぶん大人びた顔になっていた。その分憂いも隠せなくなっていた。

鄭が帰りの船の手配をするため、出かけて行った。今夜のうちに出発したいという。

新蔵はななえに持ちかけた。

「疲れているようだから、今夜はここで、ゆっくり休んだほうがいいんじゃないかな」

「いいえ。長崎へ帰る前に、もう一回連れてきてもらう約束をしましたから、今回はもういいのです。船長はもう、つぎの航海の支度で忙しいはずですから」

そのしゃべり方がどこか切り口上だった。内になにか高ぶっているものがあって、それを抑えかねている気配だ。

「周家のご家族とは会ったの」

と聞くと、うなずいた。

「そのようすだと、あんまり歓迎されなかったようだね」

またうなずいた。目を伏せたとき、唇が動いた。込み上げてくるものがあったようだ。

「父の部屋を去る前でしたが、女中に支えられた女の人が入ってきました。父の本妻でした。挨拶すると、黙ってうなずかれました。ことばはなしです。なにを考えておられるのか、全然わかりませんでした。纏足（てんそく）というものをはじめて見ました。自分の足ではほとんど歩けないのです」

「わたしは二日間、街を歩き回っていたよ。阿片中毒で廃人になり、死にかけている人間も見た。この国に限ったことではないだろうけど、天国と地獄、繁栄と貧乏が紙一重になっている。かといって、わたし自身はどうすることもできなかった」

「わたしもひとりでは、この国で暮らして行けそうにありません」

ななえはきっぱりとした口調で言った。

四　定海

乍浦へ四日ぶりに帰ってきた。

乍浦の情勢は、その後もまったく変わっていなかった。定海に残っているイギリス軍は腰をすえたままで、清側も反撃する気配はなく、にらみ合いがつづいているという。

定海に駐留しているイギリス兵は約四百人。艦船は四隻で、一隻は二十八門の大砲を備えた大型砲艦、もう一隻は十四門の大砲を装備した中型砲艦、あと二隻は数門の大砲で武装した輸送船だそうだ。

イギリス軍は毎日、寧波周辺に小型艇を出動させている。地図を作成したり、水深を測ったり、偵察活動を行っているようだが、いまのところいざこざは起こしていない。

どうやらこれ以上戦火は拡大しないと見たか、乍浦港にもすこしずつ、大型船がもどっているところだった。

鄭はつぎの航海の準備があるから、新蔵は自分で船を雇い、自力で捜索活動をはじめることにした。

「それでひと月かふた月、乗組員込みで雇える船を見つけていただけませんか」

「お金は持っているんですね」

「はい。日本の金でしたら、多少」

金額は言わなかったが百両持っていた。

大坂へ見習い修業に行くとき、当主の小此木唯義から二年間の費用として五十両もらった。それに自分の手持ち、生みの親が残してくれた金を加え、百両にして持って来た。

その金をそのまま所持していた。

「船なら探してあげます。それで、あの男をどうしますか」

藤吉のことだった。さっき一階の大部屋をのぞいてきたが、もうほとんど傷も癒え、ふつうに歩けるまで回復していた。

そればかりか、全然しゃべれないくせに、居残っていた五人を子分扱いしていた。

「残してはおけないから、連れて行きます」

「ななえもあずかってもらえますね」

「ななえは、はじめからそのつもりでした」

「老爺はそばに置きたかったみたいなんです。しかしあの家にひとり残しておくのは、可哀相でしたからね。あとでまた連れて来ると約束して、帰って来ました。船の費用はこちらで持ちますから、しばらく面倒を見てやってください」

萬慶号が乍浦に着いたあと、新蔵は鄭に頼み、交易所の文書に日本から漂流してきた船の記録はないか問い合わせてもらった。この三十年、ただの一件もないということだった。

それでもあきらめられず、寧波の役所である知府へも問い合わせてもらった。蘇州から帰ってきたとき、その返答が届いていた。

寧波の知府が管轄するいかなる海域からも、ここ数年日本船が漂着したという記録は上がっていないという回答だった。

鄭が帰ると、新蔵は一階の水夫宿舎まで足を運んだ。

藤吉の声が響いてきた。それに合わせて五人のお追従笑い。新蔵が入って行くと、声がぴたりと止んだ。

藤吉の手に、湯飲みが握られていた。新蔵は手を伸ばし、それをもぎ取った。嗅いでみると、酒が入っていた。

「いつから牢名主になったんだ」

「血の巡りをよくする薬だといって、この連中が奢ってくれたんです」

「それで、よくなったのか」

「へえ。大方は」

着ていた襦袢のような上着を剝がして見ると、たしかに傷口は癒えていた。わずかに桃色が残っている。

　新蔵は右手を伸ばし、藤吉の左肩をがきっとつかんだ。指に力をこめ、ぎりぎりと締めつけたのだ。

　藤吉が鬼のような形相になって、新蔵をにらみつけた。息を詰め、顔を真っ赤にして、こらえていた。

　手を離すと、咳き込むようにして、息をした。肩が上下し、歯を食いしばって痛みが引くのを待った。目から涙がこぼれ出た。

「エゲレスの船がやって来なかったら、おれは海に放り出されてたそうですね。こいつらを脅したら、しゃべってくれましたぜ。ことばはわからなくとも、なにを言ってるかぐらいわかるんです。だいたい旦那は、あっしのことをなにか思い違いしてるんじゃねえですか。恐れながらと訴え出て、べらべらしゃべったらどうなるか、わかってるんですか」

「それほど放り出されるのがいやか」

　藤吉は黙った。

「新しい船を雇うことにした。船が来次第、つぎの旅に出る。おれの主人を探すための旅だ。牢名主はおれ。ここに残るか、おれに土下座して連れて行ってもらうか、船が来るまでに考えておけ」

三日後に鄭が船を手配してくれた。

長江で米の運送に従事しているという川船だった。萬慶号とほぼ同型だが、ひと回り小型で、サンパンと呼ばれている。

大きさは百五十石積み、二本帆柱で、船尾の三分の一に、菅で編んだ半円の屋根が架けられている。

沈秀明という四十過ぎの男の所有船だった。これに二十前後の春光、昌益というふたりの息子が乗り込んでいる。船の名は東風、船首に魔除けの目玉が描いてある。

三人とも煤で磨いたような、真っ黒な顔と手足を持っていた。日焼けである。粗野だが純朴、そして正直、教育は受けていないが、簡単な文書なら読め、算術もできる。

船は塗り直したばかりで、船体が黒、手すりが朱、帆柱が黄で塗ってある。色が派手だから遠目に見るときれいだが、実際は継ぎはぎだらけ、船齢二十数年の老朽船だ。

この船を二カ月借り切ることにして、その費用は全額鄭が持ってくれた。それ以外の入用品、食料や水、燃料、屋根の覆いや敷物、夜具、鍋釜食器など、細々したものの代金はすべて新蔵が出すことになった。

その費用としてとりあえず三十両用意し、清の銀に両替えしてもらった。ふだんの支払いは銭だが、まとまった買い物は小粒銀で決済するのが清の貨幣制度だ。このときの銭の相場は、銀一両に対して銭千二百文だった。

「二十両あれば、二カ月は賄えるはずです。ただし、くれぐれも注意しておきますが、支払いはできるだけけちけちと、慎重に。金をたくさん持っているようには、まちがっても思わせないこと。財布の中を見せたら、日本へは絶対に生きて帰れませんよ」

鄭から忠告されたのだった。

最後に残った課題が通事だった。ななえが話せるのは南京語と、あと日常の呉語くらい。ちょっと方言が強くなると、お手上げになる。萬慶号でもふつうの水夫とは、まったく話が通じなかった。

生まれや民族がちがえば、話しことばはちがうのが当たり前、その不便を補う共通語として、文字が編み出されたという国なのだ。話すことばは仲間か、身内にしか通じないというのが、常識だったのである。

鄭が通事として見つけてきたのは、張真均（ちょうしんきん）という二十二歳の青年だった。乍浦で日本語の通事をしている役人のせがれだという。

とはいえ乍浦の日本語通事は、ほとんど出番がなかった。日本人と話す機会というと、流れついた漂流民が、乍浦から交易船で長崎へ送り返されるときくらいしかなかったのだ。その回数は、明から清にかけて、五百年あまりでわずか十数件しかなかった。

張も家業だから習いはしたものの、本物の日本人に会ったのははじめてだった。だからはじめのうち、その日本語はぎこちなく、丁寧すぎたり、文語だったり、相当怪しかった。

「オショウスイに行かれますか」

みたいな言い方をしたのだ。書籍しか習うものがなかったというから、医学書を参考にしたのかもしれない。

自国のことばは、南京語、呉語をはじめ、広東語、福建語、台湾のいわゆる閩語まで、浙江省周辺で使われていることばならほぼわかる。新蔵たちにとっては、なによりもありがたい助手になりそうだった。

しかし日本の漂流船の記録がないとわかり、手がかりがすべて失われたのは大きな傷手だった。なにから手をつけたらよいか、わからなくなってしまったのだ。

「福州まで行ったら、琉球館があります。そこでなにか聞けるかもしれません」

と鄭が慰めてくれた。

沖縄つまり琉球から清へは、二年に一回、朝貢船が往来しているという。清から指定されていた入港先が、浙江省のお隣、福建省の福州だったのである。

それで福州には、琉球との業務を取り扱う琉球館が設置されていた。琉球から流れついた漂流民の多くは、この福州から朝貢船を利用して送り返された。

とはいえ乍浦から福州までというと、海路にして百五十里（六百キロ）の距離があった。その沿岸は大小さまざまの島だらけ、ことばもそれぞれちがうだろうから、かなり難儀な旅になりそうだった。

顔触れは新蔵一行が三人、沈親子が三人、それに張が加わって七人ということになる。

出立前夜、新蔵は全員に集まってもらい、これからのことを手短に話した。

「これからはわたしが命令を下すことになる。わたしの目的はただひとつ、航海に出たまま消息を絶ってしまった主人の行方を探り当てることだ。それ以外はなんの望みも持っていない。迷惑をかけるかもしれないが、しばらくつき合ってくれ」

と、自分の身の上やこれまでを、ざっと話して聞かせた。

「いまのところ、なんの手がかりもない。尋ね尋ねて福州まで行くつもりだが、それで得るものがなかったときは、すっぱりあきらめて日本へ帰る。ななえはどんなことがあっても連れて帰るが、藤吉、おまえはべつだ。連れて帰るか、この国へ置き去りにするか、それは今後のおまえを見て決める」

「すると、置き去りにされることも、あるってことですかい」

「そうだ」

藤吉は黙った。それから六人の顔を一渡り見回した。

「わかりやした。せいぜいご主人様のご機嫌を損ねないよう、奉公させていただきます」

八月六日の朝、東風はだれの見送りも受けず、乍浦の漁港からひっそりと出航した。

杭州湾は東シナ海に向かって扇状に開いた幅二十里、奥行き三十里（百二十キロ）もある大きな湾だ。

湾の東南に四百を超える島々が点在し、舟山諸島と呼ばれている。いちばん大きな舟山島は福江島より大きく、近くには日本からの入唐僧慧萼（えがく）の開いた普陀（ふだ）山もある。古来から仏教の聖地として、日本人にはいちばん馴染みがある土地だった。

舟山島にある定海は、乍浦から三十里の距離にあり、帆船では一日強の行程となる。沈一家は張と同じ漢族で、揚子江（ようすこう）を七十里（二百八十キロ）遡ったところにある安徽（あんき）省の住民だった。親の代から米の輸送に従事しており、杭州、紹興（しょうこう）、寧波、定海などの近隣都市へは何度も足を運んでいた。

とはいえ必ずしも地理には詳しくなかった。というのも米を運ぶだけだから、わかっているのは港の周辺だけ、街を出歩いたことはほとんどなかった。その代わりことばは、少々癖のある方言でも、日常の用を足すくらいならなんとかできた。

沈一家の三人が真っ先に覚えた日本語は「しょんべん」、張のオショウスイが進化してションベンとなったもので、これは川に向けて放尿するわけだから、いちばん身近な日本語となったのである。

定海のようすがわからないので、その日は手前のどこかの島陰に入って一泊した。

翌日は真っ直ぐ舟山島へ向かい、沿岸にさしかかると、岸沿いに西側を下った。半日走って、ようやく定海湾の近くへ達した。

湾といっても入り江になっているわけではなく、多数の島に取り囲まれているから波が立たないというだけ。いたって広く、茫洋とした外海だった。

近づくにつれ、あちらこちらに停泊している船が見えてきた。見た限りはおだやかで、変わったようすはない。港が空っぽになっていた乍浦とはえらいちがいだ。

イギリス船を見つけた。三本帆柱の帆船が四隻、離ればなれに停泊していた。これまたのんびり浮かんでおり、戦争をするためにやって来た船とはとても思えなかった。船上にも、ほとんど人影が見えないのだ。

街が見えてきた。後の山に向かって市街が延びており、それを囲むようにして城壁が張り巡らされている。

砦の上で、鉄砲を担いで立ち番している兵士が見える。頭に白い布を巻いていた。萬慶号へ乗り込んで来た兵士と同じ格好だ。

狭間からのぞいている大砲も見える。ただしどこにも、戦火を交えた痕がなかった。城壁に、傷ひとつ見られなかったのだ。

望楼で翻っている旗は、先日見たイギリスの旗にまちがいない。要するにそれだけのことで、外国の軍艦が攻めてきて占領した、といった物々しさはどこにもないのだった。

定海へ米を運んできたとき、いつも船を着けていたという下町の波止場へ向かった。

陸を四角に掘り込んだ船溜りがそれだった。

一見するなり沈がおどろきの声を上げた。漁船、サンパン、荷船、家船など、ありとあらゆる小船がぎっしり詰まり、隙間がないくらい舷と舷を接して並んでいたのだ。戦乱を避けて逃げ込んだ船が、そのままになっているということだろう。陸へ上がるときは、よその船の上を、三艘も四艘も歩かなければならない。

なんとか隙間に潜り込み、東風を繋いだ。しばらくはなにもせず、ようすをうかがっていた。陸でたむろしている男らがいるので、沈が話を聞いてくると言って、ひとりで先に船を下りた。

しばらくすると、どたどたと足音を荒らげてもどってきた。

「だいじょうぶでした。街のものは、イギリス軍にこのまま、占領していてもらいたいと言ってますわ。ものは盗まない。女はからかわない。ものを買ったら、ちゃんと金を払ってくれるそうです」

それで昼めしを食ったあと、二手に分かれて上陸することにした。

沈親子のふたり組と、新蔵ら四人組だ。いちばん若い昌益が、留守番として船に残る。

街は平穏。というより、むしろゆったりと賑わっているように思えた。

通りには人があふれ、路上では店を広げた物売り、食いもの屋が、声を張り上げて客を呼んでいる。その喧(やかま)しさ、猥雑(わいざつ)さは、蘇州の盛り場とすこしも変わるところがなかった。

イギリス軍が占領している砦にも行ってみた。兵士が立ち番をしているから中へは入れないのだが、物見高い支那人が遠慮なく押しかけ、兵隊に話しかけたり、衣服や鉄砲に触ったりして、すこしも怖がっていなかった。

ちがう声がわき起こり、波止場の方へ人が走り出したので、行ってみた。

萬慶号に乗りつけてきたのと同じ型の小型艇が、帰ってきたところだった。三十人からの兵士が乗っていた。軍服に胸飾りのついた上官らしい兵士も五、六人いた。

はじめに五、六人下りて来た。赤い軍服を着た兵士らで、いずれも肌の白い、いわゆる紅毛と呼ばれる白人だった。

手に手に器具、用具、装置のようなものを抱えていた。遠眼鏡、水深を測るための錘(おもり)つきの紐、角度を測る青銅製の器具みたいなものがなんとかわかった。

「戦さに備えて、寧波の周りの運河、道路などを測っているんだ」

脇からそう話しかけられた。

格子模様の上着に黒帽子、白い沓(くつ)、四十過ぎぐらいの、ちょびひげを生やした男だった。

身につけているものから察すると、野次馬とはちがう階層だ。ただし口許(くちもと)のくずれ方といい、きょろきょろ動く目玉といい、人物はそれほど信用できそうになかった。

「頭に白い布を巻いている兵隊は、どこから来たんですか」

張に聞いてもらった。

「あれはグルカ兵といって、イギリスの占領地から連れて来られた兵隊だ。ほかにもインド兵がいる。戦さのときはこいつらを先に行かせ、自分たちはあとから行くのが、イギリス流のやり方なんだ」

「戦争の痕を見ませんでしたが、イギリスはどうやって定海を占領したんですか」

「イギリスの大軍に立ち向かったのは、水師の小型艦二隻だけだったそうだ。もちろん、あっという間に沈められた。大砲の威力が比べものにならなかった。それを見た砦の兵隊は、一発も撃たずに降伏した」

そのときまた後方から、ちがう声が聞こえてきた。野次馬が指さしているから、すぐにわかった。ちがう船が入ってきたのだ。

その船は、新蔵らが来たのとは反対側、つまり福州のほうから入ってきた。

三本帆柱の西欧型帆船だった。

萬慶号の臨検にやってきたイギリス艦と似た船型だ。帆は縦長の縦帆、船体は細長く、前後に尖(とが)って、いかにも速そうだ。

大砲は備えていなかった。

甲板で動いている人影が見える。服装からすると紅毛人だ。

ただし帆柱で翻っている旗が、イギリスの旗ではなかった。赤、黄、黒の縦縞模様が、等分に分けられている。

「どこの国の旗なんだ」

「わかりません。わたしもはじめて見ます」

張が答えた。船首には船名らしい文字が書いてあるが、もちろん読めない。

船は岸壁から五、六町ほど沖合いで碇(いかり)を下ろした。

停泊するとすぐ、舷側から小型船が下ろされた。五、六人が乗り込みはじめたが、紅毛らしい男はふたりしかいなかった。どう見ても唐人と思える男が交じっているし、顔や手足が真っ黒な男もひとりいた。軍服はだれも着ていなかった。

下ろされた船が、こちらに向かって来た。漕ぎ方がばらばらで、イギリス軍ほど整然とした櫂さばきではない。

三人上陸してきた。紅毛がふたりと、通事らしい唐人がひとりだ。紅毛は文字通り髪の毛が紅く、顔が小さくて、鼻が尖っていた。つばのある帽子をかぶり、黒い服を着た男が船長のようだ。

ぞろぞろついて行く野次馬を従え、三人は砦の中へ入った。

新蔵らが波止場にもどると、そこへ反対側から、沈と息子の春光がやって来た。街を一回りして来たという。

「福州船が入ってきました」

沈が新蔵の後を指さして言った。

振り返ると、小半里（一キロ）ほど離れた湾の外側に、いくつもの色で塗り分けられたジャンクが一隻帆を下ろそうとしていた。

「気がつかなかった」

「いま入ってきたみたいです。さっきまでは見えませんでした」

福州船とはジャンクと呼ばれる外洋船で、南京船と比較するとき使われる呼び方だ。南京船が川船、福州船が外洋船だから、船の構造から大きさまでかなりちがう。福州船のほうが大きく、舷側が高くて、船首、船尾が尖っていない。船首の最先端まで、平べったくて幅がある。

波止場へ漕ぎ寄せてきた小型船には、四名が残されていた。野次馬の目にさらされ、はじめは愛想笑いを浮かべていたが、顔がだんだんこわばってきて、いまでは不安そうに黙りこくっている。

「どこの国の船か、聞いてみてくれ」

「さっきも、同じことを聞いた男がいました。返事がなかったから、通じなかったみたいです。色が黒いのは黒人で、あとインド人が交じってます。インド商人は、乍浦へときどき来るんです」

野次馬の後から出てきた男が、新蔵に目をつけて手招いた。さっきグルカ兵だと教えてくれたちょびひげの男だ。

張を連れて人波の外へ出た。張と男が話しはじめた。

「台湾人のシンさんです。わたしは通事の張といいます」

張が答えた。

「こちらは蔡文明さん、寧波で算命学の師範をなさっているそうです」

「算命学？」

「易者ですよ」

張が小声で言った。

「船を貸してくれと言ってます。礼ははずむそうです」

蔡が畳みかけるみたいにまくし立てた。よくはわからなかったが、真剣で、熱っぽく、身振り手振りを交えていた。

服の胸を叩き、ちゃらちゃらと音をさせたのは、金はたっぷり払ってやるということのようだ。

話の要点はこういうことだった。

急用ができたので、大至急寧波へ帰らなければならない。定海から寧波までは乗合船もあるが、つぎの便は夕刻だし、途中数カ所ほど寄港もするから時間がかかる。それでこの際、おまえの船を貸してもらいたいのだ。用が済み次第もどってくるから、早ければ今夜中に船は返せると。

「乗合船ではだめなのですか」

「一刻を争う用件なんだ。人に後れを取ったら、一文にもならん」

話しているうち、蔡がその先の岸壁に停めてあったサンパンを、新蔵の船だと勘違いしていることがわかった。ちがう、おれたちの船は定海の船溜りに置いてある。それに速度の遅い荷船だと言ったら、明らかに落胆していた。

船溜りまで行けば、ほかの船が見つかるよ、と教えてやった。

「じゃあおまえは定海へなにをしに来たのだ」

「福州へ行く途中だったんです。定海が気がかりだったから、寄ってみただけです」

「それだけか」

「それだけ」

蔡は不満そうに、新蔵が連れている顔触れをひと渡り見回した。なぜか、未練がましい。去り際には、独り言のようなことばをぶつぶつつぶやいた。

「あの男、なんて言ってたんだ」

「はっきり聞き取れなかったんですが、後生だから、あの船から目を逸らさんでもらいたいんだよな、と言ったように聞こえました。妙な人ですね」

半刻（一時間）ほどすると、さっき砦に入って行った三人、紅毛ふたりと通事の唐人がもどってきた。

鉄砲を持った十人くらいの兵隊につき添われていた。率いていたのはイギリス人の士官で、つき従っていたのはグルカ兵だ。

一見三人が、護衛つきで送られてきたように思える。しかし萬慶号に踏み込まれた経験を持つ新蔵の目から見たら、引き立てられてきたとしか思えなかった。

岸壁で待っていた小船に、先の三名とイギリス軍の士官二名、兵三人が乗り、三色の旗を翻している本船へ帰って行った。残った兵は岸壁に並び、立ち番の格好をして小船を見送った。

本船へ乗り込んだイギリス兵五人は、間もなくもどってきた。すぐ砦へ引き上げたが、グルカ兵二名が残って立ち番をはじめた。

見張りにまちがいない。この帆船が、イギリス軍の監視下に置かれたということだ。

「妙な野次馬がいますぜ。目つきが当たり前じゃねえ」

藤吉が寄って来て耳元でささやいた。

野次馬のなかに、赤銅色に日焼けした顔がふたつあった。周りの野次馬に比べても目つきが鋭く、顔が引き締まっていた。

砦へ引き上げた兵隊にくっついて行った張がもどってきた。

「あれはベルギーの旗だそうです」

ベルギーはつい近年、イギリスの助けを借りてオランダから独立したばかりだとか。阿片は扱っていなかったので、イギリス人のように国外追放処分は受けなかった。フランスやアメリカと同様、阿片は今後とも持ち込まないという誓詞(せいし)を提出して、いまでも交易活動が認められているそうだ。

それきり、半刻以上なんの変化もなかった。野次馬もだんだんいなくなった。

新蔵はその場から動かず、ベルギー船に目を送っていた。

蔡の口走ったことばが、頭に引っかかっていた。大金を払ってまで船を借りようとしたのは、あの帆船にそれだけの値打ちがあるということだ。

日が西へ傾きはじめたころ、ベルギー船からまた小船が乗り出してきて、岸にひとり送り届けた。

下りて来たのは、先ほどの通事とはちがう唐人だった。

男は右前方に見えている街並みに向かって歩きはじめた。

「買い出しに行ったんじゃないかと思います。あの辺には、航海に備えて食料や漁具を仕入れるための問屋が並んでるんです」

沈が教えてくれた。何度か米を運んだことのある米問屋もありますと、ひときわ大きな屋根の建物を指さした。

「おれが見届けてこようか」

藤吉が唐人の後姿に顎を向けて言った。だめだという理由もないから、新蔵はうなずいた。藤吉は素知らぬ顔をして後からついて行った。

唐人は一刻ほどのちもどってきた。

「買い出しに行ったことは、まちげえねえです。水、酒、米、粉、野菜、豆、肉、船用の綱まで、一通り買いそろえたみたいです」

唐人は船に帰らず、岸壁に立って待ちはじめた。

しばらくすると、買い入れた品を届けにきた連中が、つぎつぎに現れた。唐人はそのつど品物をあらため、合点すると金を払った。それらは何回かに分けて、船へ運ばれた。盥（たらい）、水の樽（たる）、酒の瓶、粉や豆の袋、野菜、果実、生きた鶏から豚まで運ばれてきた。盥（たらい）で運ばれてきたものまであったが、これは蟹（かに）や亀などの生きものが入っていたようだ。

唐人と商人は、いざ金のやり取りをする段になると急に折り合いが悪くなり、最後までもめにもめた。声を張り上げたり手を振り回したり、まるでけんか腰のようなやり取りになるのだ。

「いざ金を払うときになると、約束がちがうとか、そんな値段じゃ売れないとか、必ず言いはじめるんです。売った方はより高く言うし、買った方はより安く言います。もとの約束なんかどうだっていいんです。大きい声で言い負かしたほうが勝ち、どっちもわかってやってることです」

沈が教えてくれた。たしかにその通りだった。どうにも値段の折り合いがつかず、商談は決裂、荷は持ち帰るかというと、けっしてそうはならない。結局は商談がまとまり、みんなけろっとして、にこにこしながら帰って行くのだ。

そういうやり取りが毎回繰り返されるから、ものすごく時間がかかった。終わるころには日が暮れてしまい、気がついてみると、野次馬からイギリス軍の立ち番まで、みんないなくなっていた。福建人の見張りが最後まで粘っていたが、それもいつしか消えた。新蔵もみなの労をねぎらい、今日はこれでお終いにするからと、東風に帰ってもらった。自分ひとりあとに残った。

どっちみち今夜は、ここで夜を明かさなければならない。だったらこの岸壁でも同じことだ。むさ苦しい東風の中よりも、こちらの方がまだ涼しい。第一蚊が少なかった。月が中天にかかりはじめたころ、張が夕食の弁当を届けにきてくれた。そのころは完全に人影が絶えていた。

風がなく、海はじっとりと蒸れ、夜になってもさほど涼しくならなかった。

石畳の上に横たわって空を見上げていると、いつしか眠くなってきた。

玉之浦を出て以来、ずっと緊張のしっ放しだった。それがようやく慣れてきたというか、ここへきて、すこし肩の力を抜くことができるようになった。ひとりきりになった途端、一気に気が緩んできた。

眠っていたかも知れない。かすかにこだましてきたものがあって、はっと目覚めた。

星が見えた。月が南天にかかっていた。

先ほどからいくらもたっていなかった。

物音が聞こえた。

起き上がって、海へ目を凝らした。月の光があるとはいえ、数町も先になると真っ暗同然だ。烏賊釣りらしい漁り火が、いくつか瞬いているだけである。

漁り火が一瞬消えた。それからまた点った。

手前を、なにか横切ったのだ。

耳をすませた。海の上をなにかが動いていた。

音が聞き取れた。船を漕いでいる櫂の音だ。左方の漁り火に目を凝らした。

それが消えた。また点った。まちがいない。右から左へ、船が移動していた。

船が行き過ぎたと見極めてから、腰を上げた。腰をかがめ、足音を殺して左へ向かった。

船がどこかに接岸していた。東風が停泊している船溜りのだいぶ手前だ。

低い声がわずかに聞き取れた。岸辺へ、荷を下ろしはじめた音。

何人か岸に上がり、船からの荷を受け取っている。五、六人いるようだ。

足音が聞こえた。荷を担いで運びはじめた。すぐは後を追えない。船にまだ人が残っていた。

岸壁の外側を回り、荷を運んで行った連中を追いかけた。

下が石敷きから、ごつごつした石畳へ変わった。その先から商店街がはじまる。

前方で犬が吠えはじめた。釣られてほかの犬まで吠えはじめた。

街並みがわからないので、深追いはできなかった。手近の軒先でしゃがみ、下から上へ目を凝らした。

声が聞こえた。それから重々しく扉を開く音。

前方にぼんやりと、大きな壁が見えた。建物の壁だ。そこに記されているほの白いもの。そういえば米問屋の蔵の壁に、なにか書いてあった。

足音がもどってきた。肌に触れるように、生ぬるい風が動いた。波止場へ帰って行く。ひとりの男の手元で、黄色いものが光っていた。龕灯（がんどう）のようなものを持っている。

海上の漁り火に目を凝らしながら、通りすぎる人影を数えた。全部で六人いるとわかった。

六人の足取りがばらばらっとした、まとまりのない歩き方になった。もう足音を気にしていない。仕事が終わったのだ。

船が帰りはじめた。遠慮なく声を張り上げているのがわかった。

静寂がもどってきた。

なにもかも終わったということだ。

新蔵は海に頭を向けて、横になった。

睡魔が襲ってきた。

今度はためらうことなく眠った。

目が覚めると、夜が明けかけていた。薄明かりをぼんやり見つめていたが、いきなりぱっと身を起こした。

ベルギー船の上で人が動いていた。

出港の準備をはじめている。その音を聞きつけて目を覚ましたのだ。寝過ごした。

急いで東風へもどった。船に乗り移ると、大急ぎでみなを起こして回った。

寝惚け眼で起きてきたかれらの目の前を、ベルギー船が出て行った。船は入って来た方向、つまり南に向けて出ようとしていた。

東風の舫い綱をほどき、船溜りを出て帆を張ろうとしたとき「旦那」と沈に呼びかけられた。右方を指さしている。

前方十町くらい離れたところに停泊していた福州船の上で、人影が動いていた。あわただしい動きで、こちらも出港準備をはじめたとわかる。

「これであの船が、ベルギー船を追ってきたことがはっきりしたぞ。こっちは野次馬だから、あんまり首は突っ込まんほうがいい。やつらを先に行かせよう」

十分に間合いを開けてから、東風は帆走をはじめた。半刻あまり走ると、周囲に点在していた島の数が減り、大海原のような海域へ出た。外洋へ出たのかと思うと、ちがうと言われた。

「こっちは象山（しょうざん）湾です。二隻ともこの湾へ入って行きます」

二隻ともまだ見えていたが、船影はすでに豆粒ほど小さくなっていた。行く手に山の影などまったく見えない。

「ずいぶん大きな湾だな」

「奥行きが十五里（六十キロ）以上あります。たくさんの湾と、街があり、材木の積み出し地として知られている港もあります」

「向こう側へは抜けられないんだな」

「抜けられません」

だったらこれ以上、深追いすることはない。この辺りに留まっていれば、二船がもどってきたときわかる。

それなら、せっかくはじめての海域へやって来たのだから、この際第八龍神丸の聞き込みをしてみよう、ということになった。

それでまず、左手に現れた陸地へ船を向けた。目につく漁村や入り江には入って行き、これこれ、こうした船を見かけた人はいませんか、と聞き込みをはじめたのだ。

ほぼ一日尋ね回ったが、第八龍神丸らしい船の話は、匂いすら嗅ぐことができなかった。

その日は綾早（りょうそう）という漁村で停泊させてもらった。戸数二十戸あまりの鄙びた村で、入り江には二、三艘の船しかいなかった。

年寄りが出てきて、男手はみな働きに出ていると言った。かつては塩焼きで暮らしていたとかで、浜に小屋の残骸が残っていた。

今夜はこの入り江で船泊まりさせてくれと言うと、快く承諾してくれた。この小屋で寝てもいいぞ、そのほうが涼しいだろうと、無人の小屋をすすめてくれた。

それでお礼として、乍浦で仕入れてきた酒甕（さかがめ）をひとつ差し出した。村人は大喜びして、夕方から小屋に集まってきて、酒盛りをはじめた。村中の人間が出てきた。といっても十名足らずの人数だったが。

船からは張と藤吉、沈兄弟の四人が参加した。船に残ったのは新蔵となかなえ、沈の三人。船を入り江の外まで出したのは、酒盛りの騒ぎや歓声が喧しすぎ、とても眠れそうになかったからだ。

そろそろ寝ようとしたときだ。後にある陸地の向こうの空が、いきなり明るくなった。月明かりではなかった。不自然に紅（あか）く、明るさの広がりが見る間に大きくなった。

不吉な予感を覚え、新蔵と沈は顔を見合わせた。舳先に立って見上げているななえの顔まで、赤くなっていた。

新蔵と沈は無言で碇と帆を上げはじめた。湾の外まで出たら、明るさの正体がわかるだろうと思ったのだ。

山の影が右方へ退いて行くにつれ、西の空がせり出してきた。

明るさの影が水の上に映り、手前へ延びてきた。照り映えた水面がゆらゆら揺れた。もうまちがいなかった。火が燃えている。左手に見えている岬の前方はるか向こうで、火の手が上がっていた。

浜へもどり、張ら四人を収容している間がなかった。ななえに舵棒を握らせ、新蔵が帆を操り、沈が櫓を漕いで、とにかくそちらへ向かった。

単なる火事ではないと、もうわかりすぎるほどわかっていた。まるでそれが、自分の落ち度でもあったかのように、胸が苦しかった。これまでのすべてが、この予感であったような気がしてならないのだ。

近づくほどに、火事の全貌が見えてきた。空を焦がして火の粉の立ち昇っているのがはっきり見えた。夜空が夏の盛りの天の川のように、まだら模様に染め上げられていた。

「危ない」

突然ななえが悲鳴を上げた。はっと顔を上げると、真っ黒な影がいまにも倒れ込んできそうな勢いで目の前に立ちはだかっていた。岬の向こうから現れた巨大な船体が、まっしぐらに突っ込んでくるところだったのだ。

沈が飛びついて、ふたりがかりで帆綱にすがりついた。あらんかぎりの力を振りしぼり、躰を真横に、手、足、腰、肩まで動員して帆桁を引き、東風を左へ間切らせようとした。激しい波音が押し寄せ、頭の上から水しぶきが降りかかってきた。

目の前を黒いものが横切った。はじかれたように東風は大きく傾ぎ、のけ反った。返し波でつぎは反対の方向に放り上げられ、横波を食らった東風は、右へ、左へ、ひっくり返りそうなほど揺れた。ななえが金切り声を上げながら舵棒にしがみついていた。

ようやく黒い船影が遠ざかった。東風は船の傾きをもどしながら、岬となっている突き出た陸地を回った。

すべてが明らかになった。

目の前で火炎を吹き上げながら燃えさかっていたのは、まちがいなくあのベルギー船だった。火だるまとなった後檣が、轟音を上げて倒れるところだ。火はいまや船室からも噴き出していた。

ぐらりと船腹をさらし、船がさらに横倒しとなった。

赤く塗られている船腹が裂けた魚の腹のように見えた。

五　寧波

細長く突き出している岬の内側だった。陸から相当離れているようで、人家や明かりはまったく見えない。火の手が上がって半刻以上たつと思われるのに、駆けつけてくる船すら見えないのだ。

海の上に、荷、木片、樽などが浮かんでいる。動いているものや、助けを求めているものはいないか、手分けして四方へ目を走らせたが、見つからない。

ようやく沈が声を上げた。

足下になにか浮かんでいるという。行ってみると、服のようなものが波間を漂っていた。よく見ると、それに手と頭がくっついていた。うつ伏せになって揺れている。最早自分の力では動いていない。

どうしますか、といった顔を沈が向けてきた。かぶりを振るしかなかった。船まで引き上げたところで、できることなどないのだ。

「あそこに、人が浮かんでます」

船尾からななえが叫んだ。こちらは生きた人間だった。材木に上体を預けるようにして浮かんでいる。頭がこちら向きになっていた。てっぺんが白い。毛が薄いのだ。呼びかけたが、反応はない。

沈が櫓を漕ぎ、船を近づけようとした。新蔵は鈎つきの竿を持ってきた。後から近づいて竿を伸ばし、なんとか衣類に引っかけ、そろそろと手繰り寄せた。襦袢一枚という格好だ。下袴(したばかま)もつけていないところを見ると、就寝中だったのかもしれない。

船の下まで手繰り寄せたが、それからが大変だった。川船とはいえ、東風は舷側が五尺からある。船の上から手を伸ばしたくらいでは届かないのだ。

沈とななえに両足を持ってもらい、逆さまに身を乗り出して、やっと襦袢の裾をつかむことができた。

引き寄せ、肩の下に腕を入れ、渾身(こんしん)の力を込めて引き上げた。途中から沈が助けてくれた。

ようやく甲板に横たわらせた。

目を開けていた。黒目が新蔵をとらえている。生きているのだ。助けられたとわかったか、なんとか応えようとしている。

ななえが明かりを持って来た。

ひげ面だ。髪の毛が紅い。昨日砦に入って行った船長風の男のようだ。ひたいに刻まれている皺(しわ)や、肉の削げたほほを見ると、見かけよりはるかに年を取っていた。五十はとうに超している。

耳元に口を当てて呼びかけた。ななえが乾いた布を持って来て、顔を拭きはじめた。

気がつくと、目を閉じていた。

頬を叩き、大声を上げげると、目が開いた。先刻より力がなくなっていた。なによりも黒目の輝きが消えた。

襦袢を脱がせてやろうとして、ようやくそのわけに気づいた。下腹部に穴が空いていた。長い間水中にいたから血は流れていなかったが、傷の大きさはわかった。えぐられていた。あるいは間近から撃たれていた。

胸元に耳を押し当てた。

鼓動は打っていた。しかしそれは弱々しく、しかもだんだん間遠になりつつあった。

途切れ途切れとなり、ついに止まった。

新蔵は顔を上げ、ふたりにかぶりを振って見せた。

開いたままの目を閉じてやった。

あらためて顔を見つめた。ひげの一部が白くなりかけていた。肌がざらざらだ。頬骨が張り、顎が尖っていた。その顔の小ささに、これまで歩んできた人生が込められているような気がした。

頸に輪のようなものが引っかかっていた。紐だ。革製の、袋の紐だった。船から脱出するとき、首にかけて持ち出したのだろう。触っただけで、相当な重さがあるとわかる。

紐をゆるめて頸から外した。

袋の中身をそこへ空けた。貨幣が入っていた。

金貨と銀貨、秤量用の金粒、銀塊、いろんな貨幣が交ざっていた。ざっと百両はあるだろう。この手の金銀貨は洋銀と呼ばれ、日本でも決済に使われることがある。同じようなものなら見たことがあるのだ。

貨幣の中に五枚の木札が交ざっていた。芝居小屋の下足札を、ひと回り小さくしたような大きさ、真ん中から縦に割った長方形で、焼き印が押してある。

一枚の札を半分にした割り符だったのだ。品物の引き渡しのとき使われるもので、割り符の紋様が先方に残っている割り符の紋様と一致すれば、正当な持ち主ということになって、その場で品物が引き渡してもらえる。

「この割り符に見覚えはありますか」

「見たことないです。わしらはただ、送り届けるだけですから、こういうものは使ったことがありません」

「これは、李という文字のようですが」

「あそこの米屋の屋号が、たしか李興です」

新蔵はいくらか考え、ふたりに言った。

「この金と割り符は、しばらくわたしが預かっておくことにします。張たち四人には、金を持っていたことはしゃべってもかまいませんが、割り符のことは黙っててくれませんか」

ふたりに頼み、了承してもらった。

三人で船を動かし、未明の綾早へもどった。浜は静まり返っていた。酒盛りが終わり、みんな眠りこけているようだ。

東風の艀は四人が乗って行ったから、船になかった。それで浅瀬まで船を近づけ、最後は沈が、腰の深さのところから海に入って上陸した。

しばらくすると、四人を乗せた艀がもどってきた。寝惚け眼で帰ってきた四人は、甲板に横たわっている遺体を見て仰天した。

新蔵は昨夜の出来事を話し、袋に入っていた金銀を見せた。

「へぇー！　するってぇと、この金はおれたちのものってことですかい」

藤吉がにたにた顔になってよろこんだ。

「せっかくだが、おまえは勘定に入ってねぇよ」

新蔵は無慈悲に言って藤吉を黙らせた。

夜が明けたので、もう一度ベルギー船を見に行った。

船はまだ浮かんでいた。白煙が立ち上っているが、火は消えていた。

そして、近在からやって来たのだろう。二、三十艘もの小船が周囲に群がっていた。

海に浮かんでいる漂流物を物色していたのだ。なにか引き上げると、そのつど歓声が上がった。元手いらずの金儲けとばかり、みんな浮かれて、目の色を変えていた。

引き上げた遺体はあり合わせの布で包み、帰る途中で水葬に付した。

寧波へ向かうことにした。

元々寧波には寄るつもりだった。鄭との約束で、訪ねるところがひとつあったのだ。

船の操作を沈兄弟と張、藤吉の四人に頼み、新蔵ら三人はしばらく仮眠を取ることにした。それで船室に入り、ごろ寝をはじめた。

しばらくはぐっすり寝入った。

なにか異変を感じて、目を覚ました。

話し声がした。

船が止まっていた。屋根の隙間から入ってくる光からすると、一刻以上寝たらしい。

張がやって来て、新蔵に呼びかけた。来客だというのだ。

出てみると、左舷に三本帆柱の、東風と同型のサンパンが横づけしていた。木の香もあたらしい新造船だ。船名が青海（せいかい）と読めた。

乗り込んで来た男が四人、青海にもまだ何人か残っている。四人のうち三人ははじめて見る顔で、ひとりは首に遠眼鏡をぶら下げていた。あとのひとりは、一昨日定海で話しかけてきた蔡文明だった。

見回してみると、右舷一町ほど先にも、船が一隻止まっていた。

「オステンデ号を探しに来た黄幇(ファンパン)のもので、謝(しゃ)といいます。残念ながら間に合わなかったようで、船は沈められたと、いまこの人たちから聞きました。あなたは、オステンデ号が襲われたところを、見たのですか」

進み出た四十ぐらいの大柄な男が言った。しゃべり方が明瞭で、態度も堂々としていた。脇にいるふたりはどちらも三十半ば、三人とも前を釦(ボタン)で留めた同じ型の服を着ていた。頭に黄色い帽子をかぶっている。

「ということは、あの船は襲われる懸念があったということですか」

張を通じて新蔵の方が聞き返した。

「われわれはあの船がやって来るのを、ずっと待っていたのです。それが、いつまでたっても現れず、今日で十日になります。なにか異変が起こったのではないかと、心配していたところでした」

「申し訳ありませんが、なにもできませんでした。われわれが駆けつけたときは、すべてが終わったあとで、船は火に包まれ、生きているものはひとりもいませんでした」

「襲った相手はわかりますか」

「恐らくベルギー船のあとから、定海へ入港してきた福州船だと思います」

「福州船だと？　見たのか」

びっくりした声を上げたのは蔡だ。

「あとから入港してきましたよ。目立たないよう、やや離れた島の陰で碇を下ろしました。波止場までやって来た三人が、ベルギー船のようすをうかがっていたところも見ています」

蔡は愕然としていた。福州船が入ってきたとき、この男も波止場にいたはずだが、気がつかなかったのだ。

蔡が早口になにか言いはじめた。多分言い訳をしたのだと思う。大男はろくに耳を傾けなかった。

「これからどこへ行くつもりでしたか」

謝は新蔵に聞いた。

「とりあえず寧波へ向かうところでした。福州や恩州へ行くつもりですが、寧波に泊まり地を設けておきたかったのです」

「だったらわれわれの濠を使ってください。宿泊所も提供できます。その上で今回の話を、明日にでも、黄幇の集会所でもう一度してくれませんか」

黄幇ということばははじめて聞いた。浙江省を中心に、船運に従事しているものたちでつくっている相互扶助集団だという。

ベルギー船とは寧波で会う手はずだったが、はじめての接触だったためうまく行かず、行きちがいになった。蔡からの報せを受け、ただちに定海へ急行したが間に合わなかったのだ。

それで船が出るところを見ていた人に聞き、後を追ってここまでやって来た。すると洋上で、見覚えのある人間が乗った船を見つけた。それが東風だったというわけだ。

尋ねられるまま、一昨日からの経緯と、福州船のこと、ベルギー船が襲われた地点などを教えた。

黄幇の一行はこれから確認しに行くというから、そこで別れることにした。

今夜はかれらの世話になり、黄幇の宿泊所で泊まらせてもらう。明日の集会には、そこから出向いていって質問を受けることにした。

東風には蔡が乗り込んで、道案内してくれることになった。

蔡は快適な新鋭船から、みすぼらしいサンパンに移らされたことがだいぶ不満だったようだ。渋い顔をして去って行く二隻を見送り、それから真顔でぼやきはじめた。

「大手柄を立てられたはずだったのだ。それが間に合わなかったので、ただの通報になってしもうた」

「蔡さんは、黄幇の一員ではないのですか」

「おれは商売がちがうから、会には入れてもらえないのだ。まあ、準会員というところだな」

昼すぎまで走ると海が狭まり、左右から陸がせり出してきた。甬江（ようこう）の河口だという。寧波を縦断して流れている川の名前だった。

河口一帯は鎮江（ちんこう）と呼ばれており、要塞が築かれていた。右岸高台に、崩れた石垣が現れた。

「あそこに、転がってる大砲が見えるだろう。招宝山の砲台だ。寧波水師の要だったが、たった一隻のイギリス艦で、あっさり使いものにならんようにされた」

乍浦が攻撃されたのと同じ事情だろう。清の機先を制し、反撃する意欲を削いだのだ。

寧波の街に入った。

街のたたずまいといい、大きさといい、蘇州にそっくりだった。街が平べったくひろがり、運河や水路が縦横に走っているところも同じだ。

もどかしくてならなかったのは、水の上から見上げるだけでは、自分たちがどの辺りにいるのか、皆目見当がつかないことだった。

蔡に教えられ、いまでは甬江から外れ、脇の水路へ入っていたことがはじめてわかった。寧波も蘇州と同じで、目印になるものがきわめて少ないのだった。

沈はというと、お手上げですとばかり、浮かない顔でかぶりを振った。この辺へは一度も来たことがないというのだ。

蔡に聞いてみると、寧波の中心部である旧城内には入らないまま、脇に入っていた。人家の混み具合が、だんだんまばらになりはじめた。もう市外といって差し支えないだろう。前方に、それほど高くない山並みが現れはじめた。

山がかなり近づいて来たところで、ようやく目的地に着いた。

矩形に掘られた船溜りだった。一辺が一町くらいある濠に、何十艘もの船が、木の葉を散らしたみたいに停泊していた。

正面の岸が、船を引き上げられるよう斜めになっている。その向こうに、倉庫と思われる土壁の建物があった。ただ、いまは使われていないのか、どこもひっそりしていた。

「船はどこへ止めたってかまわん。上がったら、あの家へ入って行け。大事なものは持って行っていいが、ほかのものは残しておいて大丈夫だ。ここには、こそ泥なんかいないから安心しろ」

蔡が言った。安心ということばは信用できなかったが、見たところ人の姿はない。それで身の回り品だけ持って陸へ上がった。

倉庫は城壁のような石壁で築かれていた。壁が建物の外壁を兼ねており、窓はない。建物の真ん中に、隧道（ずいどう）のような通路がぽっかり口を開けていた。

蔡が前まで来て言った。

「入って行って、林さんに言われて来た、と言ったら通じるそうだ。おれは入れないので、ここで帰るからな」

そのときになって、港から外への出口が、倉庫の横にひとつしかないことがわかった。出口に老人がひとり、うずくまっていた。蔡が老人に手を上げて、出て行った。よそ者は立ち入れない港になっていたのだ。

隧道の壁に『仙雅洞』と書かれた額がかかっていた。隧道の長さはざっと七、八間（十二メートル）ありそうだ。向こうに扉が見えているが、暗くて、ものものしくて、まるで牢獄の入口としか思えない。

隧道を潜り抜け、鉄鋲を打った木製扉を押し開けると、中庭に出た。見渡す限り石と磚、木の一本すらない実用一点張りの建物だった。

高さが十間はあろうかと思われる壁に取り囲まれていた。頭上に広がっている空が四角なのだ。

ふつうの家の壁らしいのは南面だけ。三方はすべて倉庫となっており、天井まで届く引き違いの大戸がずらりと並んでいた。

倉庫の上の二階は居室らしく、等間隔で扉が並び、前を通っている廊下で行き来ができる。階段は左右にふたつ、部屋の数は各面四つ、つまり全部で十二室あった。

扉の脇の部屋で物音がしたからのぞいてみると、若い男が石臼で粉をひいていた。

林さんから言われて来たというと、粉まみれの手で、隣の部屋へ通された。

倉庫の一室らしかった。天井まで二十尺（六メートル）からの高さがあって、広さは優に三十畳くらいある。

そこに数台の椅子と卓子、敷物を敷いた台が置いてあるだけ。がらんとして、ほかにはなにもない。

男がなにか言って出て行った。要するに、ここでしばらく待てということのようだ。扉を一尺ほど開けて行ったのは、閉めてしまうと暗くなるからだろう。

藤吉や沈兄弟はすぐさま横になり、いびきをかきはじめた。

新蔵は仕方なく庭に出て、腰を下ろして周囲を見回していた。どうやらほかにはだれもいないようだ。

そのまま半刻以上ほったらかしにされた。西日が赤くなりはじめたころ、いきなり甲高い声が聞こえ、扉を開けて、あわてふためいた老人夫婦が入ってきた。

ふたりは言い訳めいたことをくどくど言い、ぺこぺこ頭を下げた。手違いがあって、ほったらかしにしたのを申し訳ないと謝っているのだった。

仙雅洞の管理人、許夫妻だった。七人は老夫婦に案内され、二階へ通された。

なんと贅沢にも、今夜の宿として、ひとりが一部屋ずつもらえたのだった。

翌日は巳の刻（午前十時）前、黄帮からお迎えが来た。

やって来たのは、昨日東風へ乗り込んできた男のうちのひとり、首に遠眼鏡をぶら下げていた男だ。

それほど背丈はなかったが、がっしりした上体と、鷲のような鋭い目を持っていた。かれが林だった。新蔵らが仙雅洞に滞在している間の、世話係だと言った。

七人は林に連れられ、仙雅洞を出た。

歩きはじめるとすぐ、卯建の上がった、落ち着いた家並みがつづく、裕福そうな街路に入った。

家そのものは似たような造りだが、通りが広く、柳の並木が植えられ、石畳の道は掃き清められて、ごみひとつ落ちていなかった。

反面素っ気ないほど無愛想な、洒落っ気のない通りでもあった。外構えは地味だし、華美な装飾を施した建物もない。家々の柱に貼ってある吉祥句はまちまちだが、扉の意匠になっている菱形の模様は同じで、すべて黄色に統一されていた。

一町ほど行くと、さらに建物群が大きくなった。敷地は一戸あたり、少なくとも千坪はあるだろう。それぞれ高い塀を巡らし、森閑として、人ひとり歩いていなかった。

林が正面の家を指さした。開き戸があって、一歩入ったところが土間風の出入口になっている。

中に入り、林が天井からぶら下がっている吊り紐を引いた。すると奥の方で鈴が鳴り、男の声が応えた。

林が前の扉を開けた。鈴が鳴るまでは、扉が開かない仕組みになっていたのかもしれない。

中に入ったが、それで通されたことにはならなかった。

ひんやりと薄暗い廊下になって、左右に小部屋が並んでいた。どこかの部屋で話し声がしていたところからすると、外来の客が通される接見室ではないかと思った。

奥の扉を開けてさらにすすんだ。天井に明かり窓のある長い廊下に出た。

長椅子がふたつ、両側に並べられていた。

林が一方の長椅子を指さし、ここで待つように言った。軽く頭を下げて出て行ったところを見ると、これで林の役目は終わったということのようだ。

腰を下ろして待っていた。

ここの左右にもいくつか部屋があった。扉の造りが、前の廊下の部屋よりはるかに凝っていた。

突き当たりの廊下の壁が左右に開くと、若い男が出てきた。

手に紙片を持っていて、それに目を落としながら「シン、張」と声を張り上げた。

男に案内され、新蔵と張は先の部屋へすすんだ。廊下の造りがさらによくなり、床には紋様のついた焼き物がはめ込まれていた。

男が左側の扉を開け、入るように言った。

二十畳くらいある大部屋だった。

中央に長方形の机が置かれ、周りに椅子が並べられている。両脇に長椅子。別途に、小机と椅子が置かれていた。

調度、敷物、置物、壁飾りなど、すべてがこれまでと格段にちがう手の込んだものだった。開け放した窓には色ギヤマンがはめ込まれている。外は坪庭だ。

卓子のいちばん手前にある椅子ふたつが、新蔵と張の席だった。

腰を下ろして待っていると、奥の扉が開き、何人か男が入ってきた。

それぞれ無言で席についた。

正面にふたり、その右側の席に坐ったのが、昨日東風で新蔵に質問した謝という男だった。

さらに左右へふたりずつ、後の小机にもひとりずつ坐った。小机のふたりは、のちに書記だとわかった。

「それでは本日の、臨時聴聞会をはじめます」

と謝が言った。

「まず、シンに尋ねます。あなたがベルギー船オステンデ号について見たこと、追って行ったこと、起こったことを、順を追って話してください。こちらの質問は、そちらの話が終わってからします」

新蔵はベルギー船が定海に入港してきてからのことを、時間を追って話した。張がそれを逐一呉語に言い換えた。

みんなの視線を一身に浴びていた。

左側の奥の端にいる男の目が、はじめから気になった。

年は五十過ぎぐらい。見つめられるだけで、蛇ににらまれているような不安を覚えた。ねっとりした、からみつくような視線なのだ。

見かけからして、ふつうの男とはちがっていた。肌が磨いたようにすべすべで、色が生白く、小顔だった。体毛が薄いのか、鼻下にも、頬にも、まったくひげがなかった。はじめは、尼さんが交じっているのかと思った。だが新蔵を見つめている目は明らかに男のもので、冷徹そのもの、温もりがすこしもない氷のような目だった。

新蔵が一通りしゃべり終わると、つぎは個別の質問になった。質問したいものが手を上げてしゃべり、それに新蔵が答える仕組みだ。

いちばんはじめにその小顔の男が言った。

「あなたは何人(なにじん)ですか」

「シンさんは台湾人の閩族です」

「タイワン、ビン、タワケ・ダッチモネ族」

張のことばを補足して、新蔵は言った。

「曾祖父に鄭成功をいただき、祖母は琉球王の一族から来ているそうです」

どうせ検証はできないのだから、この際大風呂敷を広げるつもりだった。それで自信たっぷり、誇りと威厳を保ちながら、胸を張ってしゃべった。

張はダッチモネ族ということばをうまくなぞれなかったが、あとは適当に、もっと上乗せして通事した。新蔵の出自に対する質問はその後二度と出なかった。

「それであなたは、朝早く出航したオステンデ号を、どうして追いかけたのですか」

「波止場で知り合った蔡さんに、寧波へ帰りたいから、船を貸してくれと言われました。あまりにも突然でしたから断ったのですが、蔡さんはそれが不満そうで、その間も上の空といいますか、オステンデ号から目を離しませんでした。つまりそのベルギー船が、なにか特別な船だということを教えてくれたわけです。そこに、いちばん大きな疑問を覚えました」

さらにイギリス軍が立ち番をつけたことも、理解できなかった。それは保護するというものではなく、監視しはじめたとしか思えなかったのだ。

最後は蔡が、去り際につぶやいた「後生だから目を逸らさんでもらいたいんだよな」

ということば。

「そういうことすべてを思い合わせると、あの船には隠された秘密がありそうで、目が離せなくなったのです。どのみちその日は定海で泊まらなければならなかったから、船よりは涼しい岸壁で、一夜を過ごしてもいいと思いました」

「だったら翌日、なぜオステンデ号をすぐ追わなかったのです」

「福州船の動きが気になったからです。朝早く出て行ったオステンデ号を、追いかけるように出航して行ったのを見て、これはあとをつけてきたのだと確信しました。それで、これ以上は深入りしないほうがよいと思い、その段階で追うのはあきらめました」

小顔の男はなおも執拗に質問してきたが、そのとき右の反対側にいた男が、福州船の質問に切り替え、話題を逸らしてくれた。

四十半ばくらいの、体格のよい、顔の角張った男だった。ひげの剃り跡が青々して、肌の色がなかではいちばん白かった。柔和そうな顔立ちの反面、目が細く、唇が薄かった。なんとなく、表裏を感じさせる顔だった。

小顔の男はつぎに、ななえについて質問しはじめた。育ちの悪くなさそうなあんな若い娘が、どうして東風のような荷船に乗り合わせているのか、という疑問だ。

ななえとは、昨夜も口裏合わせをしていた。日本人と名乗るわけにいかないから、ここはあくまでも漢人ということにして、蘇州の大商人周士斐の娘という事実で押し通す。

その父親が病気になったので、福建省の温州まで、特効薬リュウグウノツカイの精巣粉末を買いに行くところだということにしてある。東風に乗ったのは、父親の部下の鄭が便宜を図ってくれたからで、たまたま便があったからにすぎない。

したがって今回起こったことは、ななえに一切関係がないこと。突っ込まれた質問はすべて知らないで通せということにしてあった。

最後に予測していた通り、男の遺留品について尋ねられた。新蔵は男が首にぶら下げていた袋を提出した。

中味と金額があらためられ、それはすべての出席者に回覧された。

「これだけですか」

最後にまた、小顔から念を押された。自分の疑われていることが、よりはっきりした質問だった。

「はい。これで全部です」

新蔵はきっぱり答えた。

どうやらそれで終わった。それで今度は、新蔵から聞き返した。

「この金はどうしたらいいですか」

小顔が答えた。

「持ち主が名乗り出て来るまで、預かっておくしかないでしょう。それとも役所に届け出ますか。そうすると手元には一銭も返ってきませんが」

「これだけの金を持ち歩きたくないのです」

「それなら仙雅洞の許夫婦に頼み、あそこの金蔵に預かってもらえばいいでしょう。許夫婦は四十年間、金銭のまちがいは一度も起こしたことがない人物です」

袋は現金ごともどされ、新蔵への質問はそれで終わった。

ふたりが廊下にもどると、今度は沈が呼ばれた。沈はひとりで出かけて行った。

沈のつぎはななえ。長くはかからず、ほどなくもどってきた。

つぎが張と藤吉。

藤吉は舟山諸島の普陀山へ修行に来た日本僧ということになっていた。藤吉はそれを自分で思いつき、その役柄をいたく気に入っていた。派遣されたのは日本でただひとり選ばれたからで、拙僧に関するお問い合わせなら普陀山へお願いしたいと言ったそうだ。

沈兄弟につづいて、最後が張。

張への質問は、右奥にいた目の細い男がほとんどしたとか。張がどうして雇われるようになったか、その経緯を聞かれたそうだ。

終わったあと、これからの予定について尋ねられた。

つぎは恩州へ向かうつもりだと新蔵は答えた。その支度に数日かかると言うと、それまで仙雅洞に滞在してよいと言われた。

昨夜はこの国へ来てはじめてという料理でもてなされ、七人とも仙雅洞が大いに気に入ったところだった。しかも宿泊費を聞いてみると、木賃宿並みの値段だったのだ。

仙雅洞へ帰り着くと、新蔵はみんなに、午後は休みにすると伝えた。ななえと寧波市内まで、出かけたかったからである。

これは乍浦を出てくるとき、鄭と申し合わせていたことだった。

寧波の旧城内にある担牙(たんが)という質屋が、鄭の従弟のやっている店だという。それで鄭と連絡を取りたいときは、その店に仲介してもらうことにしたのだ。

今回は初っぱなの挨拶と、ななえからの第一報を届けるために行くつもりだった。

許に道を尋ねたところ、担牙という店を知っていた。仙雅洞から五、六町行ったところに乗合船の発着場があるから、それに乗って行くと便利だということまで教えてくれた。

昼食後、新蔵はななえとふたりで出かけた。

日帰りとはいえ、ふたりで小移動するのははじめてだった。

きれいとはいえない乗合船で、きれいとはいえない人間と膝を突き合わせ、得体の知れない臭いを嗅がされながら小半刻過ごした。やや緊張はしたが、これはこれで面白い経験だった。

旧城内というのは文字通り、寧波の中心部を取り囲んでいる城壁内の街のことだった。

古いが、落ち着いたたたずまいがひろがっていた。一方でごみごみした、騒がしい盛り場も存在した。どこへ行こうが聖と俗、なんでもありというのがこの国の特徴なのだ。

担牙という質屋は有名らしく、尋ねるまでもなくすぐ見つかった。

ふたりで訪ねて行き、鄭の紹介で来たと告げたところ、なんとその鄭から、昨日ななえ宛ての第一報が届いていた。

天封塔という寧波名物の塔が見える広場までもどって、文をひろげた。

「えーっ！　奇跡が起きたと書いてあります。父が信じられないほどよくなったんですって」

読みはじめるなり、ななえが大声を上げた。

「わたしが来たおかげで、父が生まれ変わったそうです。わたしと一緒に暮らすんだと言って、歯を食いしばって手を動かし、足を動かしはじめたと書いてあります」

病気からきた落ち込みのせいだったか、ななえのやって来たころが最悪だった。しゃべることも、躰を動かすこともできない、それこそ廃人寸前になっていた。

最愛の女やえの亡くなった報せが、その落胆に輪をかけた。残っている力のすべてを振りしぼって泣き、悲嘆のあまり、一時はそのままやえの後を追うのではないかとまで心配された。

泣くだけ泣いて気力が尽き、しばらく呆けていた。そして気がついたら、なにかを洗い流したみたいな、これまでなかった自分がそこにいた。そして目の前に、やえの再来かと思えるわが子ななえがいた。

見違えるほど成長したわが娘と二年ぶりに再会し、周士斐は目が覚めた。生まれ変わった。

こうなったら、なにがなんでも娘と一緒に暮らすんだと思いはじめ、元の体を取りもどすための、どのような努力も厭（いと）わなくなった。

それでまず、よりよい環境で療養に専念した方がよいと、先日、乍浦から遠くない柳里（りゅうり）という村に引っ越した。

もとはといえば、やえとななえを呼び寄せ、三人で暮らすために構えていた別宅だった。

家族にとっては必ずしも歓迎すべきことではなかったかもしれないが、半身不随だった父親が、ななえと再会した途端、目をみはるような変貌を遂げはじめたことは事実だ。なによりも、生きようとする意欲を取りもどしてくれた。

それで父親が柳里でななえと暮らすことを認め、できるかぎりの援助と便宜を図ると、これまでの態度を根底からあらためたという。

「それはよかったなあ。ななえの一念が神に通じたんだ。こうなったら一刻も早く、お父さんのところへ駆けつけてあげるべきだよ」

「行っていいんですか。お世話になったきりで、なんのお役にも立てず、このまま行っていいんですか」

「当たり前だろう。そのために来たんじゃないか。明日にでも船を出してあげるから、すぐ柳里に駆けつけなさい。後のことは考えなくていいよ。そうだ。まず質屋さんにそのことを伝えなきゃ。さっき渡した手紙、不要になったからって取りもどしてきなさい」

と、ななえを再度担牙へ行かせた。

手探りとも言えるこれからの航海に、ななえを連れて行くことには、ずっと不安を覚えていたのだ。これで安心してななえを残して行ける。

ほっとしながら、城壁の下を流れている運河に目を注いでいた。

何十艘もの川船が連なって航行していた。一列に隊伍を組み、東へ向かっている。東風と同じ型のサンパンで、それよりもっと小さく、みすぼらしい船ばかりだった。

帆柱に黄色い三角旗がはためいていた。

ななえが帰ってきたので、一緒に船着き場へ向かった。

お参りの人で賑わっている道教寺院の前を通りかかった。参道の両側にいろいろな店が並んでいた。

算命学という看板が見えた。

中で若い女性が、年配の女数人に取り囲まれ、金切り声を張り上げながら祈っていた。飾り紐のぶら下がった帽子をかぶり、手にした筮竹を、じゃらじゃらまさぐっている。

店の内部は衝立で仕切られていた。片方は薄暗くて、客が全然いない。奥でぽつんと、冴えない顔が煙草を吸っていた。

蔡文明だった。

声をかけると、喜色をみなぎらせて飛び出してきた。

「おう、おぬしか。よく来たな」

「これは、これは。ここが蔡さんの店だったんですか。なかなか繁盛してますね」

「娘のほうはな」

憮然とした顔で言った。

「ではあれは、みんなお嬢さんのお客さんなんですか」

「女房が転んで足を痛めたから、ちょっとの間の、代わりとしてはじめたんだ。それがいまじゃ、女房もいらんようになった」

嬉しくもなさそうな顔をして、ふたりについてきた。

また川縁に出た。さっきより数は少なかったが、同じ船団が航行していた。

「あの船、みんな黄色い旗を掲げてますが、ひょっとすると黄幇の船ですか」

「まだそんなことを言うとるんか。黄幇の船でなくてどうする。今日、本部に呼ばれたんだろう。昨日泊まった仙雅洞というところが、むかしの倉庫で、船を止めた濠が積出港だったんだ。甬江にあたらしい倉庫と岸壁ができるまでは、みんなあそこを使ってたのよ」

「そうだったんですか。で、なにを積み出していたんです」

「塩だよ。暮らしにゃいちばん欠かせんものだ。その塩を、長江や銭塘江の奥地まで運び、帰りに米を積んでくる。それをいちばんうまく切り回しているのが、黄鞝だ。だからあんなに大きくなった」

「塩はどこから来るんですか」

蔡は露骨にいやな顔をした。

「おれはなあ。人が知らない話を掻き集めてきて、必要としている人に教えてやることで、暮らしを立てている。こないだのベルギー船の報せは、ほんとは一カ月分以上の稼ぎになるはずだったんだ。おまえが最初から、気持ちよく助けてくれていたらの話だが」

「これは失礼しました」

新蔵はあわてて巾着を取り出し、おそるおそる一分銀を差し出した。

「そうとも。そう来なくちゃいけねえ。あの日船を貸してくれてさえいたら、おまえにだってこれ以上のおこぼれが行ったはずなんだ」

独り合点してまくし立てた。

「それで、話をもどすとだな。黄幇は、この地域の客家の連中がつくった結社からはじまってるんだ。はじめは塩も、自分たちが住む紫沙島でつくっていた」

「それ、舟山諸島にある島ですか」

「そうだ。水が出ないから、大きな島の割に人が住んでなかった。客家というのは、漢中からこっちへ逃げてきた連中で、大方は福建省に逃れて、いまはそこで暮らしている。だが福建省まで逃げて行くことができなかった連中もいたんだ。逃げ遅れたんだな。その連中は海の上へ逃げ、紫沙島を見つけて、そこで腰を下ろした。そういう島しか残っていなかった、ということよ」

「なるほど、よくわかります」

「もとが陸の人間だから魚を捕るのは下手だ。それで、だれでもできる塩づくりをはじめ、細々と暮らしを立てていた。そのなかから、黄洪政という男が出てきた。自分のつくった塩を、行商の小商人さえ入って行かない山奥まで持って行って、売りさばいた。そういうところだからよろこばれ、よそより高く売れた」

「するとさっきの船は、みな客家の船だったんですか」

「むかしはそうだった。紫沙島へ移り住んだ客家は、全部合わせても二千人くらいしかいなかった。だから一族だけで商売していたら、これほど大きくはならなかっただろうよ。それを、働きたいものはだれでも来いと受け入れたから、われもわれもと集まって来た。継ぐ田畑も、暖簾もない、小百姓や小商人の二、三男が、大喜びして加わったのだ。ひとつひとつは小さな商いでも、寄せ集めたらどでかい商売になる、黄幇はそうやって太ったんだ」

その夜の夕食の席で、新蔵は明日からななえを連れて、乍浦へ行ってくると告げた。今回はななえを送って行くだけなので、ほかのものは必要としない。数日後にはもどってくると。

その間は臨時の休みということにし、残して行く張と藤吉に、ひとり二分(にぶ)見当の小遣いを与えたのだった。

六　キャシー

柳里はのどかな光のあふれる、これまで見てきたどこよりも美しい、静かな村だった。見渡す限り田がひろがっていた。その田園に家々がぽつんぽつんと散らばり、間を水路が走っている。

緑豊かな水辺にはヤナギ、トチ、クルミの木などが並び、稲穂の実りはじめた田や畦では、コサギ、アオサギが佇んでいる。

乍浦まで鄭を訪ねて行ったところ、周士斐のところへ行ったとかで、柳里を教えてもらえたのである。

川に面して、壁を巡らした家が何軒か立っていた。

通りがかりの農夫に尋ねると、あの家だと、持っていた鍬(くわ)で教えてくれた。

門扉に格子状の紋様が描いてあった。

楠の大木が中庭の上へ突き出しており、白塗りの壁は最近塗り直したものだ。

扉の金具を打って来訪を知らせた。

待っていると、五十過ぎくらいの黒服を着た女が出てきた。頭髪は白くなっているが、上品な顔立ちだ。

ななえが挨拶して名乗った。

女は飛び上がり、大声を上げて家のなかへ駆け込んだ。

すぐ男を連れてもどってきた。

鄭琳忠だった。

鄭も驚きの声を上げ、ななえを抱きすくめて、再会を喜んだ。

抱きかかえるようにして奥へ連れて行きかけ、新蔵がいることに気づいた。あわてて頭を掻き、来い、来いと手招いた。

中庭に出た。中央が石造りの露台になって、一段高くなっていた。

鄭が日の当たっている正面の居室へななえを連れて行った。

叫び声が上がった。それはすぐ、歓喜と感涙の泣き声に変わった。

ななえのむせび泣いている声に、男の弱々しいうれし泣きが重なった。

鄭がもどってきて新蔵の手を握り、ありがとう、ありがとうと何度も握りしめた。涙を流していた。

一段落ついてから新蔵も呼ばれ、周士斐と対面した。

六十を出たくらいの、恰幅はよいものの、やや間延びした顔の男がななえに支えられ、寝台から上体を起こしていた。

新蔵を見ると顔じゅうで喜びを表しながら、回らぬ舌で、感謝の気持ちを述べた。

思うようにしゃべれないのはたしかなようで、ひとつのことばを言い終えるのに、朝昇ってきた太陽がどこまで行ってしまうか、と思えるくらい時間がかかった。

ことばそのものは、新蔵にはまったくわからなかった。ななえがいちいちうなずいているところをみると、聞くものが聞いたらわかるのだろう。鄭は周の口許へ、耳をくっつけんばかりにして聞いていた。

これでも驚異的な回復ぶりだという。十日前までは、声は出せても、ことばにならなかった。それがいまでは、筆談しなくてよいところまで、意思の疎通ができるようになった。

つき添っているななえも、先日とは表情や動きが一変していた。顔が輝き、喜色にあふれ、動きがきびきびして、弾むような足取りになっている。

「うれしい。わたしもう、絶対ここから離れませんからね」

子供が我を張るような声で言い立てた。三つ四つ幼くなったような顔をしていた。

いまこの家にいるのは、周士斐とななえ、先ほど出迎えてくれた召使い頭の金と、ふたりの小間使い、下働きの爺やだけだという。つまりななえが気を遣わなければならないものはいなかった。

新蔵はその日、柳里に一泊しただけで、翌日乍浦へもどった。鄭が帰るというから、それに合わせたのだ。

鄭はいま、つぎの船の手配で、毎日大忙しだという。今回は積み荷の件で、周に相談したいことがあって訪ねてきた。

この先まだ、何度も足を運ばなければならないというから、新蔵としてはその都度ななえの近況を聞くことができるわけで、これでますます、後顧の憂いがなくなった。

新蔵はこの十日ほどのできごとを、鄭に話した。鄭はななえが欠け、通事が張ひとりになったことを心配し、もうひとり探そうかと言ってくれた。

しかし張は十分役に立っているし、最近は沈の息子ふたりが、簡単な日本語ならわかるようになり、ずいぶん手間が省けてきた。だから当面はこのままでいいと答えた。

乍浦でも一泊しただけだ。

その間に鄭が砦の守備隊から、意外なことを聞き出してきた。

定海を占領しているイギリス軍で疫病が発生し、大勢の兵士が倒れているというのだ。

「毎日死者が出ているそうです。伝染病のようですから、当分定海には近づかない方がよいと思います」

だが新蔵は、乍浦を出港するなり、定海へ寄ると沈に命じた。

「砦に近づくつもりはないんだ。その後の街のようすを見ておきたい」

身振りをまじえてそう言った。

翌日の昼まえ、定海に着いた。海上から見る限り、前回と変わったようすはなかった。ただなんとなく、ひっそりしたようで、出歩いている人の姿は少なかった。

兄弟ふたりを船に残し、沈とふたりで上陸した。

八月半ばのまだ暑い日だ。

まして真昼、人通りは少なく、下町や問屋街も閑散としていた。

イギリス兵がひとりも歩いていない。

だが沈がなにか見つけ、山の上を指さした。

城壁の外、街の背後に延びている山が墓地になっている。区画ごとに墓石の並んでいるのが、下からでもわかる。

その墓地へ、葬列らしい一団が登って行くところだった。格好からすると、イギリス兵と思われる。

人数にして二、三十人はいる。肩に担いで、ふたつの棺(ひつぎ)を運んでいた。

山の上の方に、土地を切り開いてあたらしい墓地ができていた。立てたばかりの木柱が、何十本か見える。十字架も交じっていた。

ふたりで坂を登って近づいた。

兵士はふた手に分かれ、ふたつの棺を運んでいた。ふたりの士官がそれを率いている。

兵士はみな、頭に白布を巻いていた。

距離があったので、新蔵らが近づいたときは、棺はふたつとも穴のなかへ下ろされるところだった。

周囲にはこれから使うということか、掘られた穴がいくつも並んでいた。

士官が剣を抜き、号令を発した。墓穴を取り囲んでいた全員が敬礼をして、棺を見送った。

終わるとただちに土がかけられた。あとにあたらしい木柱が二本立てられた。

埋葬を終えた兵士が、隊列を整えて帰りはじめた。

その前へ女がひとり現れ、行進を遮った。

布製の日傘をさしていた。着ているものや風体からすると、支那人ではなかった。絵双紙でしか見たことがない紅毛の女だ。

女は士官を呼び止め、手真似をまじえながら、熱っぽく訴えはじめた。士官は耳を貸さなかった。行け、と素っ気なく女に顎をしゃくった。

女は怯まず、なおもなにか言いつづけた。

士官が大きな声を張り上げた。

あらたな号令を発したのだ。隊列が組み直され、兵は足並みをそろえると、速歩になって行ってしまった。

女は取り残された。

しかし失望したようにも、怒ったようにも見えなかった。周囲を見回し、新蔵と沈がいることに気づくと、傘をくるくる回しながら近づいてきた。

顔にとってつけたような笑みを浮かべていた。目が明らかに新蔵を物色していた。

新蔵は無視して、沈に行こうとうながした。すると女が大きな声を上げて牽制した。

新蔵の前に回ってきた。しなをつくり、躰をくねらせ、これ見よがしの吐息をついた。

顔には誘うような笑み。

紅毛ではなかった。紅毛の格好をした支那人だったのだ。ものすごい厚化粧をしていた。言うまでもなく、その手の女だったのだ。

女には目を向けず、沈に行こうと手で合図した。女はひるみもせず、なにか言いながらついて来た。新蔵に呼びかけてくる。新蔵は目も合わせなかった。

すると女は矛先を変え、沈に言い寄りはじめた。

「相手にするな。行くぞ」

新蔵は大声で言い捨て、足早に去ろうとした。

「ちょっとお」

罵声のような、野太い声が追いかけてきた。

「いま、なんちゅうたんかや。ぬしゃぁやまとんちゅうか」

びっくりして足を止めた。というより、止まってしまった。頭の中が混乱していた。しかし女の言ったことばは、しっかり聞き取れた。まちがいでなかったら、女がしゃべったのは日本語だったのだ。

新蔵は立ち止まり、女をまじまじと見つめた。真っ向から見据えた。

得体が知れない女だった。しかしよくよく見れば、日本の女に見えなくもなかった。祭り囃子(ばやし)の、おかめのような平べったい顔だが、目鼻立ちはそこそこ整っている。とろんとした目、濡れたような唇、か弱そうで、頼りなさそうで、あどけなくて、しかも眠そう、男心をそそるものは持っている。

髪は紅毛風、総髪風にうしろへ垂らし、ひらひらした襦袢状の肌着を身につけていた。上には筒っぽの外衣、足下が羅紗(ラシャ)のような赤い沓。服装だけ見れば完璧に紅毛だ。

女が矢継ぎ早に話しかけてきた。畳みかけるような早口、いろんなことばが混ざっているのか、七、八割方は聞き取れなかった。ところどころ、新蔵のわかる日本語が混じっていた。

「おまえさん、琉球人なのか」

ひとこと尋ねたら十言返ってきた。日本人だと言い返したようだが、長い間しゃべっていなかったのか、ほとんど日本語になっていなかった。使っていなかったのと、忘れたのとで、本人も区別がつかなくなっている。

　生まれは日本だが、いまはこの国の人間だと言い張っているのが、ようやくわかった。女の方も久しぶりに日本人と会い、だいぶ興奮しているようなのだ。

　生国はどこか尋ねると、忘れたと称して明かさなかった。遊芸で身を立てながら各地を渡り歩き、最後は琉球から清へ渡った。それがいつのことだかは、とっくに忘れた。

　琉球という国は、いまでは薩摩の支配下に置かれ、なおかつ清朝の冊封（さくほう）も受けていた。清からすれば、朝貢してくる国はすべて清の属国ということになる。つまり清と琉球は同じ国内、相互の行き来になんの制約もなかったのである。

　鄭や張から聞いた話によると、時化に遭って、琉球から清沿岸へ流れ着いた琉球人は少なくないそうだが、自国民扱いだから、問題になることはない。その大方は漂流先で船を直し、自力で帰って行った。

　船が破損して帰れなくなったものだけが、朝貢船の出ている福建省の福州へ送られ、つぎの便に乗って帰って行った。

　従って琉球にも、支那から流れ着いた漁民を帰国させるための清朝の出先機関、つまり知府が置かれていた。個人の行き来に通行証はいらなかったのだ。

　女はキャシーだと名乗った。広州でつかまえたウイリアムスというイギリス商人の現地妻に納まったとき、つけてもらった名だという。日本にいたころの源氏名が「きりしま」だったということも思い出した。

しかしキャシーという名の暮らしは、二年しかつづかなかった。清とイギリスが阿片交易で悶着（もんちゃく）を起こし、怒った清がイギリス人を国外追放にしたからだ。

キャシーはそれで寄るべを失い、また流浪の身にもどった。もちろんそれくらいで怯むわけはなく、つぎの男を見つけようと、広州から東上した。

福州まで来たとき、イギリス軍が清へ侵攻してきたという報せを聞いた。定海を占領したというから、定海まで行けば、ウイリアムスの消息がつかめるかもしれないと思った。ウイリアムスはイギリス軍出入りの商人だったのである。

定海に着いたのは三日前だ。ところが来てみると、イギリス軍の主力はさらに北上し、定海には留守部隊しか残っていなかった。

しかも規律が厳しく、砦内へは頑として入れてもらえなかった。隊長の名に心当たりがあったのに、面会すらさせてくれない。

「ボブソンというしけた男よ。広州に駐在していたころは、ただ酒目当てに、しょっちゅう遊びに来てたくせに、少佐に昇進した途端、掌（てのひら）を返しよったわ」

「福州にはどれくらいいたんだ」

「四カ月くらいかね。退屈な田舎町よ」

「いい男はいなかったんだな」

「全然。助平には事欠かなかったけど、金持ってるやつがいなかった」

「それでこの先、行く当てはあるのか」

「なかったら、ぬしが世話してくれるんか」

「なんでもあけすけにしゃべり、遠慮というものがない。話しやすいことはたしかだった。

「おれの一存では決められないが、当座の宿くらいなら、口を利いてやれる」

新蔵としては、福州の話をもっと聞きたかった。それは黄幇だって同じだろう。この女から聞き出したいことがいろいろあるはずだ。

キャシーの方は、日本語を話す人間が、なぜこんなところにいるのか、といった疑問は覚えなかったようだ。新蔵の身辺についてはなんの質問もしなかった。

小吃と呼ばれる一膳めし屋に入り、腹を満たしながら話しつづけた。沈はその間、街のようすを見てくると言って出て行った。

キャシーは健啖で酒豪、めしの合間にも紹興酒を飲みつづけた。機嫌よく話し、だれにでも愛想よく話しかけるから、そのうち店のものともすっかり打ち解け、お終いのころは冗談まで言い交わすようになった。

ことばがしゃべれる、というわけではないのだ。身振り、手振りと、相づち、聞き返し、うなずき、なんとはなし意味のわかる奇声、そういうものを使い分け、いつの間にか話をわからせてしまう。これには新蔵のほうが驚嘆した。教えられることが多かったのである。

乞食の子供が入ってきて、キャシーに手を差し出した。キャシーは気前よく、揚げ物の肉切れを手に載せてやった。

子供はよろこんで出て行き、しばらくすると数が五、六倍にふくらんでもどってきた。慈悲深いおばさんがいたということだろう。一斉に手を差し出してきた。みな、これ以上ないほど汚い格好をしている。

キャシーはにこにこしながら、そこにあった食いものをすべて子供らに与えた。それでは足りなかったので、あらたに注文し、蒸し団子を一皿持ってこさせた。それもみな、気前よくやった。

支払いは新蔵なのである。

そろそろ店を出ようとしたとき、折りよく沈が帰ってきた。

おどろいたことに、張と藤吉を連れていた。街でばったり出会ったという。

「定海行きの乗合船に乗ってきました。藤吉さんが行こう、行こうというもので」

張が言った。藤吉もややばつが悪そうだ。

「定海の方がもっと面白えんだわ。寧波も悪かぁなかったけど、取り澄ましてて、おれにはちょっと物足りなかった」

つぎの瞬間、藤吉は新蔵の連れている女を見て、あんぐりと口を開けた。

「こちらは、キャシーとおっしゃる。さっき知り合ったばかりなんだ。日本語がいくらか話せる」

そのとき港の方から、どよめくような声が聞こえてきた。いままでどこに潜んでいたのか、と思われるほど大勢の人間が飛び出してきて、口々に叫びながら港の方へ駆けて行く。

アンゲレェ、アンゲレェと叫んでいた。イギリスのことだ。

人波の向こうから帆柱が見えてきた。

軍艦が入港してきたのだ。

新蔵もあわてて港へ向かった。

入ってきたのは、まちがいなくイギリスの軍艦だった。

数は四隻。三本の帆柱と、砲門を一列に並べた中型の砲艦だった。

一瞬援軍が来たのかと思ったが、それにしては入港してきた方角がおかしい。北から南、つまり上海のほうからやって来たのだ。北上した艦隊が、帰って来たのかもしれなかった。

野次馬が興奮して、大声を上げていた。あらたな軍艦を見て、また戦争がはじまるのかと、不安に駆られているのだ。

いきなり妙な、バシンという音が聞こえてきて振り返った。群衆越しに、キャシーと藤吉の姿が見えた。ふたりの間でなにか起こったようだ。

キャシーが手を振り上げて、怒っていた。

藤吉のことだから、人前かまわず、キャシーにちょっかいを出したのだろう。それでキャシーが怒って、頬を張り飛ばした。

藤吉も露骨に反撃され、屈辱と怒りで鬼瓦の形相になってキャシーをにらみつけていた。軍鶏と野良猫の喧嘩みたいだったが、押しかけてきた人波がふたりを飲み込んだ。

憤然として去って行くキャシーの後姿が、辛うじて見えた。

港では、その後は例によって、なにも起きなかった。それであとは張にまかせ、新蔵は東風に帰った。

留守番をしていた沈兄弟が、騒ぎに浮き足立っていた。

留守番してやるから見て来いというと、大喜びして素っ飛んで行った。

碇を下ろした四隻の船は、東風からも見えていた。うち一隻から小型艇が降ろされ、岸に向かって漕ぎ寄せてくるところだ。

上陸した三人が砦に向かって行った。

間もなく沈親子が帰って来た。

三人とも、張、藤吉、キャシーには会っていなかった。兄弟の方は、キャシーそのものを知らないのだ。

小半刻もすると、張がもどってきた。

「あれはやはり、出て行った艦隊がもどってきたようです。これだけなのか、ほかの軍艦ももどって来るのか、そこまではわかりませんでしたが」

張はキャシーと藤吉に会っていた。

「あたし、寧波へ行くの、やめたから」

と新蔵への伝言を頼まれたという。ちがうイギリス船が着いたから、その連中にも聞いてみると、気を取り直したようなのだ。

「それはいいんですけどね。藤吉さんが皮を剝かれた粽（ちまき）みたいな顔になって、にたにた笑いながらぴったりくっついてるんです。キャシーさんがいくら邪険にしても、全然気にしない。顎が外れたみたいに長くして、子供みたいにぴょんぴょん跳ねながら、わあわあ言ってるんです。まるっきり、子供にもどったみたいで、びっくりしました」

一方で張には、おれもこの人と一緒に残るからな、と怖い顔をして言ったそうだ。どうせまた、定海に来るんだろう、そのときもどらぁ、と言ったそうだ。

「なぜやつを定海へ連れて来たんだ」

出航してから張に聞いた。

「藤吉さんが言い出したんです。城内から乗合船が出ているのを見つけてきたのも、あの人です。お小遣いをいただいたから、市内へ遊びに行ったんですけどね。はじめは一緒じゃありませんでした。おれはひとりの方がいいって、むしろ邪魔者扱いされたんです。夜遅くなって、へべれけになって帰ってきました。翌日もです。昨日は二日酔いだと言って昼すぎまで寝てましたが、夕方になったら見えなくなっていました」

それが今日になって、いきなり定海へイギリス軍のようすを見に行こうと言い出した。

張は新蔵が留守の間、自分にできることがあればと思い、同行した。だが定海に着くと、藤吉は砦には近づこうともせず、もっぱら港町を歩き回りはじめた。

店の中に入って勝手にうろつき、追い出されたこともある。

ふたりとも、イギリス軍に疫病が流行っていたことは、定海に着くまで知らなかった。

寧波に帰り着くと、新蔵はすぐさま張を連れ、黄幇の本部へ挨拶に行った。仙雅洞に滞在させてもらっている間は、出かけるとき、帰ってきたとき、礼儀として必ず挨拶していた。

外来者の接見所で、林と会った。

新蔵は乍浦から帰ってきたことを告げ、帰途定海へ寄ったところ、北上していたイギリス艦が四隻、帰港してきたと知らせた。

林はふたりを待たせ、奥の部屋まで報せに行った。もどってくると礼を言った。

イギリス軍に疫病が流行っていることは、黄幇も数日前から知っていた。

しかし艦隊の一部がもどってきたことは知らなかった。その第一報を新蔵がもたらしてくれた、ということだった。

今後の予定を聞かれたから、つぎの航海の支度をすると答えた。ですからあと数日滞在させてくださいと。

翌日の午後、食料の買い出しに行ってもどってくると、顔色をくすませた蔡と路上で出会った。

声をかけると、おうと返事はしたが、顔はにこりともしなかった。

いま定海から帰って来たところだという。北上していたイギリス軍がぞくぞくと定海へ帰ってきはじめたから、取るものも取りあえず、黄斠へ報せに行った。

そしたらとっくに知っていた。

こういう報せは、第一報でなければ値打ちがない。それでがっかりして、家へ帰るところだった。

話を聞いてみると、今日も五隻入港してきたという。しかも昨日新蔵らが見た四隻を、蔡は見ていなかった。つまり蔡が定海へ行った今日は、昨日の四隻は出港してもういなくなっていたのだ。

めまぐるしい早さで、事態が動きはじめていた。明日はなにが起こるか、予測がつかなくなった。

新蔵は決断を迫られ、ひと晩、考えに考えた。

翌日の朝、沈の息子、春光と昌益を呼び寄せた。

いつも骨身を惜しまず働いてくれてありがとう。これから長くて、苦しい旅がはじまる。今日はそれに備え、一日休みをやるから、街に出てうまいものでも食い、英気を養って来いと、ひとり二分の小遣いを与えたのだ。

先日、張と藤吉にしてやったのと同等の処遇だ。ふたりは大喜びし、支度もそこそこに飛び出して行った。

新蔵は残った沈と張に、これから定海へ向かうと告げた。

新蔵の態度に、なにか感じ取ったのだろう。ふたりとも黙って船を出した。

海上に出てから、これからしようとしていることを打ち明けた。

ベルギー船の船長が持っていた割り符を使い、米問屋に運び込まれている品物を、受け取りに行くと告げたのだ。

そしてあの夜、荷がどのようにして米問屋へ運び込まれたか、波止場で見たことを話して聞かせた。

張にとっては、荷も、割り符も、はじめて知らされたことだった。

「その荷がなんだったか、わかっていたのですか」

張は顔をこわばらせて言った。

「知らない。だがその後で起こったこと、船が沈められ、何人も殺されたことを考えると、阿片以外にはないと思う」

「恐らく、それでまちがいないと思います。ただそうなると、福州船は阿片を奪うつもりで、ベルギー船を追ってきたことになりますが、まさか、黄幇と紫幇（ズウファン）の争いというわけではないでしょうね。紫幇はともかく、黄幇が阿片に手を出すとは考えられませんが」

「わたしはこないだまで、黄幇も知らなかったんだ。紫幇となると、なお知らない。きみは紫幇をよく知っているのか」

「わたしも、それほど詳しいわけじゃありません。父親らの会話を、何度か耳にしたことがあるくらいです。黄幇の評判は悪くありませんが、紫幇をよくいう人はいません」

黄幇は紫沙島出身の客家黄洪政が興した結社だが、紫幇の創設者である梁丹景（りょうたんけい）も、じつは紫沙島の出身、つまりふたりは同族だった。

格から言えば黄洪政が先輩、若いときの梁は黄の下で働き、仕事を教わった。福州へ行って独立したときは、黄から多大な援助や便宜を受けている。

だから当初の両幇は、本家と分家のような間柄で、親密な交際をして、時候や冠婚葬祭の挨拶は欠かさなかった。

しかし寧波と福州、百二十五里（五百キロ）も離れたところで二十年以上似たような商売をしていると、両者の優劣ははっきりしてくる。利害の対立も増えてくる。

初代同士が健在なうちは、まだ波風は立たなかったが、二代目の時代になると、もう無理だった。面識のないもの同士となれば、ただの商売敵でしかなくなるのだ。

経営規模からいえば、両者の間には歴然とした差があり、しかもそれはますます開いていた。いまや五対一くらいの割合になっている、と言われているのだ。

もともと寧波と福州では、地の利が圧倒的にちがった。中央に近く、紹興、杭州、温州など、商業都市が並立する浙江省と、福州と、せいぜい泉州(せんしゅう)か厦門(アモイ)くらいしかない福建省では、地力が比較にならないのだ。

その焦りもあってか、近年の紫嵜は商売のやり方がますます荒っぽくなり、密輸はもちろん、数々の不正、脅迫や盗賊行為にも手を染め、その悪辣さから『いま倭寇(わこう)』という陰口までささやかれているとか。

「李興からその阿片を請け出し、旦那さんはどうなさるつもりですか」

沈が当惑も露わに、心配して言った。

「じつを言うと、困っているんだ。軽はずみなことをしたと、いまでは後悔している。もちろん人のものを横取りしようという気は、毛頭ない。二隻の船の動きから、なんらかの不正、犯罪の気配を察し、調べてみようと思っただけなんだ。それが阿片とわかったいまは、なおさら人手に渡せなくなった。しばらく、仙雅洞の倉庫に預かってもらおうと考えているんだが」

「黄幇に渡して、先方の裁定に任せる、という気はないんですね」

張が言った。

「悪いけど黄幇も、紫幇も、あまり信用していないんだ。よく知らないせいもあるが、自分の目で見ていない以上、世間の評判を鵜呑みにする気にはなれない。どう処分するかは、もうすこし待ってくれ」

昼すぎに定海湾へ入った。

波止場が人であふれ、今日も騒然としていた。もどってきたイギリス艦が九隻に増えていたからだ。

昨日は五隻だったと蔡が言った。それが九隻になったということは、まだ増えるかもしれないということだ。

ここはやはり、急いだ方がよい。新蔵は沈を船に残し、張を連れて李興に向かった。

店内に入り、出てきた男に品を引き取りに来たと告げた。

証文をお持ちですかと言うから、五枚の割り符を取り出して渡した。男は手代風の若い男を呼び、それを渡した。

手代が帳場に行って調べてきた。

もどってくると、ことばに節をつけ、まちがいありません、と大きな声で言った。

質問ひとつされなかった。運び込まれてからの保管料を支払っただけで、即座に引き渡しが受けられた。

手代について倉庫の奥へ案内された。いちばん奥に、一見して米袋ではないとわかる荷を収納した棚があった。その小山のひとつを指さされた。

行李状の四角い箱だった。麻のような粗い布で包まれていた。荷は全部で十二個、大きさはみな同じだ。

ひとつ持ち上げてみた。五、六貫（二十キロ前後）くらいの重さがあった。

新蔵は手代に、銭をひとつかみ出して渡した。手が空いているものを選び、船までこの荷を運ばせてくれと、心づけを渡したのだ。

手代が声を上げて人を呼びに行った。

どやどやという物音が起こり、五、六人の男が入ってきた。周囲を押しのけるような荒々しい勢いだ。

先頭をやって来たのは藤吉だった。

「遅かったじゃねえかよ。待ちくたびれたぜ。あんまり来ねえもんだから、こいつぁ見込みちがいだったかと、はらはらしてたんだ。外れだったらおれの立場ぁなくなり、簀巻きにされて、海へ放り込まれたって文句ぁ言えなかった」

したり顔で言った。藤吉の後につづいていたのは、肩の肉が盛り上がった六人の男だった。真っ黒に日焼けし、荷を運ぶとき邪魔になる弁髪を、頭の上へぐるぐるとぐろ巻きに結んでいた。

背丈が六尺からあるいちばん大きな男は、鞘へ収めた長刀を腰にぶら下げていた。

六人がそれぞれ荷をふたつずつ、軽々と肩に担いだ。

「行きやしょう」

藤吉が顎でうながした。

新蔵と藤吉を先頭に、荷を担いだ六人の男が従い、米屋を出た。

キャシーが日傘をくるくる回しながら待っていた。キャシーはそのまま、列の後へついた。

「いつ気がついたんだ」

藤吉に尋ねた。

「初っぱなからよ。買い出しに行った支那人の後をつけていったら、船屋と米屋でやけに手間取った。そのあと、買ったものがぞくぞくと船へ運ばれてきて、おまえさんから、もういいから、おまえたちは船に帰れと言われた。なんか、おかしいなぁと考えながら歩いてて、はたと気がついた。そういやぁ船屋は綱を運んで来たけど、米屋ぁ米を運んで来なかった」

「お見それしたな。おめえがそれほど、血の巡りがいい頭を持っていたとは思わなかった」

「米屋が臭えと目星はついたものの、それから先がわからなかった。まさか阿片を預けたとは、思いもしねえ。さっきおめえが米屋へ入って行くまで、自信はなかったんだ」

「この連中とは、どうして知り合ったんだ」

「おめえがあの小娘を、送って行った留守のときよ。金をくれたから居酒屋に入って飲んでた。すると向こうから寄って来た」

「ははあ。気前よく奢ってくれたんだな」

「その通り。しゃべってることは全然わからねえが、飲め、飲めとすすめてくれてるこたぁわかる。それで遠慮なく飲んだら、飲みっぷりを褒めてくれ、気に入った、よし、つぎ行こうって。何軒はしごしたか覚えてねえ。おまけに帰るときゃ、明日も来いやと言うてくれた」

「それで、つぎの日もしこたま飲ませてくれ、また明日の晩も来いと言われたのか」

「へっへっへ。ただ酒くらいうまいものはねえからな」

「見ず知らずの人間にただ酒を奢ってもらい、ただの飲み得で終わると思ってたのか」

「へん。呑み助ってぇのは、そんな小むずかしいこたぁ考えねえよ。それでつぎの日も、尻尾を振りながら出かけた。そしたら、妙ちきりんなやろうがひとり交じってて、そいつがときどきへんちくりんなことばをしゃべるのよ。よくよく聞いてみたら、琉球の通事上がりだった」

「なんでえ。初っぱなからばればれだったんじゃねえか。まんまとはめられおって」

「おれもそう思った。けど、聞かれたことをべらべらしゃべっているうち、ははあ、と気がついた。こいつら、あの船が積んでたものを欲しがってるんだなって。悪党どもが目の色を変えてほしがっているものというと、ご禁制のあれしかねえ」

「残念ながら、大外れだったな。こいつらが背負ってるのは、ご禁制の俵物、鮑や海鼠や鱶鰭などの干物だ」

「悪あがきはよしなよ。おれが一言しゃべったら、キャシーだって、そいつは阿片だよって、簡単に見抜いたぜ。キャシーの旦那だった男が、そもそも阿片商人だったんだとよ。亭主が品物をどういう風にさばいていたか、キャシーは全部見ていた。売りさばき先まで知ってるそうだから、おれにとっちゃぁ鬼に金棒みたいな女だぜ」

「割れ鍋に綴じ蓋、お似合いなことはたしかだ」

「びっくりすることをひとつ、教えてやろうか。あの女、塗り壁みたいな厚化粧でごまかしてるが、いったい、いくつだと思うよ。寛政元年(一七八九)の生まれだとさ。おれのおふくろと同い年だとわかったときゃ、のけ反っちまったぜ。なにがキャシーだ。本名はくまってんだ。おれのおふくろがしかだった。それでおっかあと呼ぶことにした」

「よかったな。その年になって、おっかあが見つかって」

「そうなんだ。おれも自分が、これほど他愛なくがきにもどれたことが、いまでも信じられねえ」

皮肉で言ったことばを、藤吉はまっとうに受け取っていた。そう言ったときの藤吉は、たしかに口をだらーんと開け、がきに戻ったかのように、にたにた笑っていた。

そこまでしか話せなかった。波止場に着いてしまったからだ。

船に残っていた沈が、けげんそうな顔をして迎えた。藤吉が交じっているし、ほかの連中の雰囲気に、ただならぬものを感じ取ったのだ。

藤吉がこの船だと手で示した。六人は黙って荷を下ろし、ふたりが東風に飛び乗った。荷をつぎつぎに積み込みはじめた。

刀を吊っていた男が前に出て、指図をはじめた。沈に船から下りろと手で示した。代わって藤吉とキャシーが乗り移った。

新蔵、沈、張の三人が岸に残された。

碇が上げられた。帆が張られ、東風はゆっくり動きはじめた。六人とも船の操作に慣れていた。動きにむだがないのだ。

「船は借りて行くぜ。終わったらどこかへ繋いどくから、あとで探せ」

閻魔(えんま)の空涙(そらなみだ)みたいな顔をして藤吉が言い、わざとらしい一礼をしてみせた。

「このばかたれのことは心配しなくていいからね」

キャシーがにこにこ笑いながら言い、掌をひらひらと振った。

七　黄幇

寧波へ帰るとすぐ、張を連れて黄幇の本部へ出頭し、重大な話がありますから、先日の集会に出席なさっていたどなたかに、お会いできませんかと申し出た。

お待ちくださいと、しばらく待たされ、それから別室へ通された。

出てきたのはふたり、先日の集会のとき、机の両端に坐っていた小顔の男と、色白の男だった。

今日はふたりとも自分から名乗った。小顔が阮龍彬、色白が曹尽誠、それぞれ文院と、武院の長だという。

「大変なまちがいを犯してしまいました。いまさら合わせる顔がないのですが、自分がなにをしたのか、正直なことを申し上げたくてやって来たのです」

そう切り出すと、ベルギー船オステンデ号に関わるこれまでのことを、なにもかも打ち明けた。引き上げた遺体が身につけていた割り符、それを使って積み荷を請け出したこと、だがすべてをそっくり奪われたこと、を洗いざらい告白した。

ふたりとも動じなかった。

「どうして隠そうとしたのですか。第一その荷を、どうするつもりだったのです」

今日も阮が切り出した。

「隠すつもりで、隠したのではありません。目の前で起こったことが、重大な不正か、犯罪だと思ったものですから、ほかの状況が明らかになるまで、伏せておこうとしただけです。受け取った荷は、仙雅洞の倉庫に預かってもらうつもりでした」

「われわれに預ける、という気はなかったのですか」

「はい。わたしはまだ、黄幇というものをよく知りません。紫幇もそうですが、じつはあまり信用してなかったものですから」

曹は苦笑したが、阮はにこりともしなかった。

「するとわれわれより、許夫婦のほうが信用できるということになりますが」

「そうなります」

「許夫婦が、われわれに報せるとは思わなかったのですか」

「そういう人ではないと思いました」

「ではなぜいまになって、それを白状する気になったのです。黙っていたら、わからないことではありませんか」

「われわれを厚遇してくださっていることでは、黄幇に心から感謝しているのです。それに対してわたしのしたことは、まことに姑息な、ひとりよがりの、隠蔽行為でした。この際すべてをみなさんに申し上げ、なによりも謝まりたかったのです」

阮はまだ納得しなかったようだが、ぎこちなさを取り持つような間合いで曹が言った。

「わかりました。正直に打ち明けて下さってありがとうございます。われわれもいま、そのことについては調べを進めているところでした。その結果がわかるまで、しばらく仙雅洞でお待ちいただけますか」

と言われたので礼を言って帰ってきた。

翌日は外出せず、終日仙雅洞に籠もっていた。沈兄弟には、今日も休みだというと、またいそいそと出かけて行った。ふたりとも、船がなくなっていることには、まだ気がついていなかった。

新蔵は張と沈を呼び、東風をどうやって探せばいいか、ふたりの考えを聞いた。こういうことは、漁民や船乗りの協力をあおぐのが一番だろうということになった。ここはやはり、黄帮に頼み、話をひろめてもらうのがいいように思われる。

翌日の午前、黄帮から呼び出された。

新蔵ひとりという名指しだった。

黄帮に到着すると、つぎはちがう人物が案内してくれた。そして先日の、長椅子が置いてあった廊下へ通された。

そこへ出てきたのは曹だった。なごやかな顔で挨拶され、かれの案内で、横の扉からなかへ入った。

ここも廊下になっていた。

そこを通り抜けてつぎの扉を開けると、日の光が降り注いでいる庭に出た。

広さが百坪からありそうな中庭だった。

東隅にある築山以外、すべてが石敷きになっている。段差のある中央の上に東屋、下に泉水がしつらえてある。

東屋の腰掛けは石造りで、泉水では、コウホネに似た黄色い花が咲いていた。築山の岩は飾り気のない自然石だ。

「あの東屋でお待ち下さい」

曹はそう言うと、一礼して下がって行った。狐につままれたような気分を味わいながら、東屋へ上がって行った。

耳の中で、曹のことばがこだましていた。かれがしゃべったのは、日本語だったのだ。

後で気配がした。振り返ると、男がひとり立っていた。

ふくよかな体軀と大きな顔。艶やかな頰、梟を思わせるどんぐり眼、引き締まった口許と、意志の強そうな唇、両頰から弧を描いて垂れている泥鰌ひげ。

ゆったりとした黄色い外衣をまとっていた。かぶっている黄の帽子には刺繡が施しである。沓も黄色。帝王然とした格好だ。

男が笑いかけた。

新蔵はなにもできなかった。

金縛りにあったみたいに躰が動かなかった。手も、足も、口も、動かない。声が出なかったのだ。

夢想だにしなかった姿なのでわが目が信じられなかったが、目の前にいるのは、片時も忘れたことのない主家の若主人、小此木孝義その人だったのである。

「久しぶりだな、新蔵。まさかこういう形でおまえと再会しようとは、夢にも思わなかったぞ」

小此木孝義は伸びやかな声で言った。

新蔵は茫然と立ちつくしたまま、まだ目を疑っていた。食い入るような目で、前に立っている男を見つめている。

何度見直しても、これまで記憶のなかで温めつづけてきた小此木孝義にまちがいなかった。

才気と、稚気にあふれた人なつっこい瞳、寛容と、温情をたたえた血色のよい口許、覇気と、野望を隠しきれないひたいの筋、いずれも父親の小此木唯義や、妹の佐江に引き継がれている小此木家の相貌なのだ。

口から顎を囲むように伸びている泥鰌ひげは、必ずしも似合っているとは思えなかったが、内に秘めた余裕と見ればうなずける。

すこし太ったようだ。その分恰幅がよくなり、貫禄がついた。頸に肉がつき、鬢が白くなりかけている。ひたいがすこし後退した。

「どうしたんだ。なにか言えよ」

「若旦那が、黄幇の頭領だったのですか」

やっと言った。

「頭領じゃ不足か」

「おどろきすぎて、ことばが出ないのです」

「おれだって鏡越しにおまえを見たときは、おどろきのあまり、声を上げそうになったぞ。ブラウンを海から拾い上げたという男は、どう見ても漢人ではなさそうですというから、わざわざ呼び寄せて、みんなに見せたのだ。壁に鏡がかかっていただろう。あれは裏からだと素通しになっていて、おれの目からはおまえが丸見えだったのだ。そいつが、何回目をこすって見ても、おれが森番の子として知っていた、岩船の小童新蔵。

青天の霹靂どころの騒ぎじゃなかったぞ」

「そういえば正面の壁に、大きな鏡がかかっていました。あの向こうから、手前をご覧になっていたというのですか」

「そうだよ。うれしくて、懐かしくて、すぐにでも名乗り出てやりたかったが、そうもいかない事情があってな。それでとりあえず、おれたちの目が届く範囲に置き、以後の動きを逐一、見守っていよう、ということになったのだ」

「すると仙雅洞を提供してくださったのも、滞在を認めてくださったのも、ただの好意ではなかったわけですね」

「そういうことだな。この界隈は黄幇村と呼ばれ、周りにいるものすべてが、黄幇か、それに関わりのあるものなんだ。だから黄幇が、おまえたちを保護しながら、なおかつ見張っていたということになる。おまえがななえという娘を、柳里まで送って行ったときも、ずっと尾行がついていた」

「すると、海から引き上げたブラウンという男が、金銭しか身につけていなかったという手前のことばも、信用してなかったということですか」

「疑っていたことはたしかだ。そもそもなぜおまえが、いきなり定海や寧波へやって来たか、そいつがわからなかった。それを調べるのに、ずいぶん手間取ったんだ。乍浦経由とわかってからは乍浦へも人を出し、萬慶号の鄭という男からも話を聞いた」

「すると、オステンデ号は、若旦那と取引するために定海へやって来た船だったんですか」

「そうなるな。ブラウンとしては、寧波まで直行したかったはずなんだ。それが定海から引き返したのは、梁丹景の船につきまとわれ、命の危険を感じたからだ。はじめは定海のイギリス軍に泣きついて、その保護を求めようとした。ベルギーはイギリスの友好国なので、イギリス軍が匿ってくれたら、梁は手が出せなかった」

「福州に紫幇という結社があり、黄幇のもと同族だったという話は、つい先日聞いたばかりです」

「ブラウンはもともとけちな運び屋で、われわれのような商売をしているものなら、みんな知っていた。阿片が没収され、イギリス人が追放され、市場から阿片が姿を消した結果、闇値は暴騰、天井知らずになった。ブラウンにとっては、千載一遇の好機、この際一気に一財産築こうとした」

築山の陰から、年配の女が盆に茶器を載せてやってきた。地味な黒服姿からすると、召使いのようだ。

一礼して盆を置くと、器を並べ、茶を淹れはじめた。

「ブラウンの本来の縄張りは広州で、広州以外で商売をしたことはなかった。今回もはじめは、広州で商売するつもりだったんだ。それをおれの部下が、取り締まりのきびしい広州より、寧波へ持って行ったほうがもっといい商売になるぞ、と焚きつけた。それでブラウンはその気になり、寧波へ行こうとした」

小ぶりの湯飲みに煎れた茶が、ふたりの前へ出された。孝義と新蔵が礼を言って受け取ると、女はにっこり一礼して下がって行った。

　ふくよかで香りのよい、うまい茶だった。

「黄幇と紫幇との因縁については、知ってるな」

「一通り聞きました」

「ブラウンと梁との商談は、値段の折り合いがつかなくて、第一回は物別れに終わったそうだ。梁の申し出た値段が低すぎ、話にならなかったのだろう。二回目の会談は翌日ということになっていたが、夜の内にブラウンはこっそり逃げ出した。交渉が長引いたら、最後は脅迫という手段に訴えてくる梁のやり方を知っていたからだ。逃げられて梁は烈火のごとく怒り、本性を現して追いかけてきた。怖くなったブラウンは、定海のイギリス軍に駆け込んだ。しかしイギリス軍も、ブラウンという男を信用してなかった。定海での滞在すら認めず、退去命令を出して追い払った」

「福建人らしい男が、岸壁で、ベルギー船を見張っていました」

「寧波まで逃げてくれれば、なんとかしてやれたんだが、ブラウンにしてみたら、そこまでするると、二度とこの国で商売できなくなる。それでとりあえず品物を安全なところへ移し、あとから出直してくるつもりだったのだろう。恐らく船に乗せていた唐人通事の助言に従ったのだろうが、地理に不案内だったため、象山湾へ逃げ込んだのが運の尽きだった。あとのことはわかるな」

「その品物を、三日前に横取りされたのです。手前の連れていた藤吉という男に裏切られました」

「あれならこっちで奪い返した」

孝義はこともなげに言った。

「船に藤吉と、キャシーという女が乗っていませんでしたか。ふたりとも日本人です」

「ふたりは、逃げた船の方に乗っていたんじゃないかな。湾外で待ち受けていた船に、荷を移しはじめたところを、うちの船が襲ったんだ。最初の一個は奪い損ねたが、残りはすべて手に入れた。十二個中の十一個を手に入れたのだから、よしとしなければなるまい。しかも元手は一文もかかってない。おまえたちの船のことは、心配しなくてよいぞ。いずれうちのものが、曳いて来てくれるだろう」

平然と語る孝義の顔を、ある種の戸惑いと疑念を覚えながら、新蔵は見つめていた。これまで知らなかった一面というか、いま目の前にいる孝義は、新蔵が知っている人物ではないような気がしたのだ。

「さっき、ここへ案内してくれた曹という人が、去り際に、ここで待っているようにと日本語で言ったんです。ひょっとすると、第八龍神丸の乗組員だった方ですか」

「ちがう。残念ながら第八龍神丸の乗組員は、ひとり残らず、海の藻屑と消えた。おれひとり、半死半生で無人島に打ち上げられたのだ。福江島という島の、玉之浦という湾の向かいにある島だ」

「なんですって。玉之浦をごぞんじなのですか」

思わず声が大きくなった。

「手前はあそこから密出国して、この国へ渡ってきたんです」

「おれもそうだ」

「おれもって、それ、まさか河津屋の、六兵衛という男が、手引きしてくれたということじゃないでしょうね」

「おお、六兵衛か。懐かしい名だな。やつは、元気か」

「待ってください」

新蔵はあわてて手を上げ、しゃべろうとする孝義をさえぎった。

「手前は、六兵衛のことばを信じたからこそ、この国へやって来る気になったのです。山の見張り小屋で、ブリが回遊してくるのを見張っている爺さんが、舵の壊れた弁才船が流されて行くのを見た、と言ったことがきっかけでした。その船が、もしや第八龍神丸ではなかったかと思ったからこそ、それをたしかめるため、ここまでやって来たのです」

「それはな。第八龍神丸のことで、後日だれかが問い合わせに来たら、そういう漂流船を見かけたということにして、そいつがひょっとすると、第八龍神丸ではなかったか、と思わせるようにしようと、六兵衛と申し合わせてあったことなんだ」

「ではあれは、嘘だったというのですか」

「嘘も、なにも、そういうことにしておいたほうが、話を聞いた方には、まだしも救いがあるだろうが」

「手前は、そのことばを信じたからこそ、若旦那を探しに、ここまで、やって来たんです」

「だから会えたんじゃないか」

孝義は昂然と言い返した。

新蔵もここはすぐさま言い返した。

「それではあらためてお聞きします。若旦那が、元手いらずで手に入れた十一個の荷、あれは阿片だったのですか」

「ああ、まちがいなく極上の阿片だった」

「黄幇というのは、貧しいものが塩や米の運送に従事することで、人並みの暮らしを手に入れようと、互いに助け合うことを目的としてできた結社だと聞いています。それがいまは、阿片も扱っているということですか」

「正業はいまでも塩の運送だよ。政府の認可した塩を、政府が指定したところへ運び、その代価をもらっている。国のために働いているんだ。一方で政府を通さない、帳面に記載されていない塩も取り扱っている。政府の塩を運ぶより、こっちの塩を運ぶ方が、より儲かる。ものごとには、なんでも表と裏があり、それは矛盾せず、どちらも並び立つ。そこへもうひとつ、阿片が加わったからといって、いかほどのこともないだろうが。当然のことながら、阿片を売る方がもっと儲かる」

傲然と言い返す孝義の顔を、新蔵は返すことばもなく見返した。自分の顔色が変わっているのを、はっきり感じていた。込み上げてくる感情が、顔に出てしまうのを抑えることができないのだ。

「生きるということは、きれいごとじゃないんだ」

孝義が声の調子を変えて言った。おだやかで、やさしい、諭すような眼差しだ。

「黄幇にぶら下がって食っているものは、いまやざっと、十万に達している。十万という人間の暮らしが、おれの肩ひとつにかかっているんだ。昨日より今日、今日よりは明日、よりよい暮らしと、子孫の繁栄を願う人間の気持ちに、変わりのあろうはずはない。住むところや国がちがっても、考えていることはみな同じ、すべては自分たちのため、子孫のためだ」

「手前がお仕えしております越後の小此木家は、岩船の百姓から木樵、商人、船乗り、漁師、全部ひっくるめて一万人になろうかという住民の暮らしを統べておられます。その小此木家のこれからを、孝義というご子息が継がれるはずでした」

「この通り、それを継げなくなった。なぜこうなってしまったか、それはともかく、気がついたら一万の十倍になる人間の暮らしが、おれのやり方ひとつにかかっていた。一万人と十万人、どっちを選ぶかということになれば、十万人を選ぶしかないだろうが。国こそちがえ、同じ人間に変わりはないのだ」

　孝義はここでも顔を上げ、敢然と言い切った。毫も怯んでいなかった。

　新蔵は二度、三度、かぶりを振った。唇を噛み、訴えるような声を絞り出して言った。

「二年近くまえ、大旦那さまから、いずれおまえに任せるという含みで、三国屋へ行くよう命じられました。行く行くは大坂へも店を出したいということで、大坂へも下調べに行かせてもらいました。旅立つ数日前、大旦那さまに呼ばれて参上しますと、一言釘を刺しておくと、いきなり言われました。ここで旅に出してもらったら、おまえはこっそり孝義を探しに行くつもりだろうが、それはならんぞと言われたのです。岩船や新潟から解き放たれたら、それこそ野に放った鳥、絶対若旦那を探しに行こう、とずっと考えていたことを見抜かれ、それはならんと先手を打たれたのです」

　息も継がず言い切った。

「おまえの気持ちはわかるが、孝義のことはもういい。それよりは岩船と、三国屋の将来のために力を貸してくれと、頭を下げて言われたのです。同じことは、旅立つ前日、佐江さまからも言われました。兄のことはもう忘れなさい。あなたには、もっとしていただきたいことがあるのですと。大旦那さま、佐江さま、おふたりのお気持ちは痛いほどわかるのです。若旦那のことを、いまでも、片時も忘れていないからこそ、そういうことばになって手前を戒められたのです。手前はそのとき、はっきりと決意しました。敬愛するおふたりの言いつけには背くかもしれませんが、若旦那を絶対、探し出さずにおくものかと、そう決意して国を出てきたのです」

孝義が黙った。口をつぐみ、表情を殺し、きびしい目で、新蔵を見据えた。新蔵は臆することなく目を合わせ、見返した。

「ありがとうよ、新蔵。そこまで言ってくれる忠義者を持って、おれは果報者だ。そこまで尽くしてくれる部下を持って、父も、妹も、さぞ心強いだろう。どうか国に帰ったら、これまで以上に、父や、妹に、寄り添ってやってくれ。おまえという人間が国許にいる限り、おれに心残りはない」

「身に過ぎたことを言い、申し訳ありません。若旦那のお気持ちも、よくわかるつもりです。この国に居所を見つけ、骨を埋める気になられたとしても、それはそれで誠実なお心のなせる業、これ以上手前ごときが口を出せることではありません。ただそれならば、いまのお気持ちを貫徹なさるのであれば、なおのこと、お父上、佐江さまに一言、自分の気持ちをお伝えになるのが子としての、兄としての務めではないでしょうか。ここは一度岩船へお帰りになり、おふたりに、ご自分の口からそう言っていただきたいのです」

「おまえの言うことはもっともだ。だがはっきり言うと、おれは五年まえに、死んでしまった人間なんだ。そいつがこんなところで、このように生きている、ということそれ自体が、おれに課せられた試練であり、天の下された罰であり、未来永劫背負わなければならない責め苦だと思っている。未熟で、浅薄で、思い上がった青二才、強固な意志も、器量もないまま、若旦那、若旦那と持ち上げられ、いい気になっていた若造が、当然たどらなければならなかった道だったのだ」

孝義も吐き出すように言うと、放心したような顔になり、しばらく息を継いでいた。

「新潟に行ってしばらくたって気がついたことは、三国屋にとって、おれはなんの役にも立っていないということだった。回りが助けてくれ、後始末をしてくれるから帳尻は合っているが、おれのやっていることはいつも、笊で水を汲んでいるようなものだった。情けないことに、それがわかっていながら、すこしも懲りていなかったのだ。こうなったら、なにがなんでも一発当て、みなを唸らせてやらずにおくものか、そんな夢想ばかりしていた。その挙げ句、とうとう蝦夷地まで買い出しに出かけた。いちばんいい時期に、いちばん高く売れる品を仕入れ、自信満々大坂へ向かったんだ」

話しつづけるにつれ、気持ちの高ぶってくるのが見ていてわかった。

「それが隠岐沖を通り過ぎてから大時化に巻き込まれ、気がついたら船を捨てるか、命を捨てるかという瀬戸際に追い込まれていた。船頭以下乗組員全員から、どうか甲板に積んである荷だけでも捨てさせてください、と泣くように懇願された。それをおれは、聞き入れなかったのだ。ここで荷を失ったら、元も子もなくしてしまうからだ。それで、ほうら、見ろ、さっきから風が、息をしはじめてるじゃないか。これは時化の収まる前兆なんだ、いまが辛抱のしどころ、もうすこし辛抱しろと、口から出まかせ、空元気を振りしぼって、みなを励ましつづけた」

咽(のど)が詰(つ)まり、ことばが出なくなった。孝義は苦しそうに顔をゆがめた。

「そうやって、なにが起こったか。千にひとつ、万にひとつという大逆波が叩きつけてきて、一瞬にして船は引っ繰り返された。それこそ、あっという間もなかった。気がついたら海に投げ出され、波間を浮き沈みしながらあがいていた。もがき、苦しみながら、ああ、これで、死ぬんだなと思った。親不孝を重ね、罪もないみんなを巻き込んでしまった。あの世に行ったら、地獄の責め苦に苛(さいな)まれるだろうが、それが、おれが受けなければならない当然の報いだと思いながら死んで行くつもりだったのだ」

そのあと小声で、言い聞かせるように、死んだほうがよかった、とつぶやいた。うちひしがれた顔になっていた。

気がついたら、孝義ひとりが生き残っていた。生き残ったことが地獄、船、荷、乗組員、なにもかも失い、ひとり、おめおめと生きていかなければならない地獄にいた。

悶々としながら、六兵衛のところで養生していたとき、長崎奉行所の同心だった市川惣兵衛という侍が、玉之浦へ逃げてきた。

惣兵衛は将来を嘱望された優秀な地役人で、南京語をはじめ文筆にも堪能、周囲の期待と評価を一身に集めていた時期もある。

その才気と自信が慢心につながり、遊興に身を持ちくずすと、あとは一直線、最後は唐船の船長と結託して、積み荷の横流しをするまでになった。

こういう悪事は必ず露見する。とうとうばれ、切腹どころか、打ち首必至というところまで追い詰められた。小心者だから裁きに服する度胸もなく、仕事で知り合った六兵衛のところへ逃げてきた。

娑婆に身の置き所がなくなった男ふたりが、こうして福江島で顔を合わせた。

どうせこの世に居場所はない。だったら死んだ気になって、もう一回やり直してみるか、と六兵衛が言ってくれた。

「そのことばに乗り、ふたりしてこの国にやって来たのさ。とりあえず頼った午浦の日本語通事のところで、ここだったら仕事があるかもしれないと紹介されたのが、黄冑だったのよ。惣兵衛は南京語がしゃべれる上、品物の鑑別、目利きができる。それではじめから重宝してもらえ、すぐに自分の居場所を見つけた。おれはなんとか帳面が読める程度。半端仕事をさせてもらいながら、どこか潜り込める場所はないか、必死になって探した。それがいまでは、おれは黄幇の二代目、惣兵衛も曹という名で、黄幇の総執事に納まっている。出世したとは毛頭思ってない。おれも、曹も、これはおれたちが一生背負わなければならない、苦役だと思っている」

最後は苦渋のにじみ出した声で言ったのだった。


黄孝義が住んでいた家は、黄幇本部と壁で隔てられた同一敷地内にあった。

仙雅洞から黄幇本部へ行くとき、いつも前を通っていた棟割り長屋の、いちばん手前の家にほかならなかった。

門の開いているところは見たことがなかったが、内から閉め切ってあったからで、ふだんの出入りは、本部の廊下を通り抜けることでしかできなかった。

所帯が大きくなるにつれて建て増ししたため、いまでは当初の五倍以上の大きさとなり、敷地だけで三町歩ある豪壮な建築物にふくれあがっていた。

外側はすべて石塀、正方形ではないがほぼ四角になっており、北側は濠(ほり)、これはそのまま寧波市内を流れる運河へつながっている。従って屋敷周りは徒歩で一周できない。

塀の内部は部署ごとに仕切られ、所内へ勤めているものでも、どこがどういう風になっているか、まるでわからないそうだ。身分や職分によって出入りできるところが決まっているから、わかる必要がないとも言える。

孝義と家族が住んでいる一郭は「奥」と呼ばれていた。

大方の職員が執務している区画は「内院」と呼ばれ、これはさらに阮を宰領とする文院と、曹を宰領とする武院に分かれていた。日本でいう役方、番方のような分け方だ。

外部の者が訪ねてきたとき通される接見所や、本部周辺の警固を受け持っているのが「中院」で、建物のなかではいちばん道路寄りにあった。新蔵らの送り迎えをしてくれる林は、ここの警司に所属していた。

そのほかの施設、たとえば船の運行を司る船司、船溜りの管理をしている濠司、宿泊客のための旅店である仙雅洞など、敷地外にある施設は「外」と呼ばれ、本部の周辺にひろがっていた。

ふだん奥で暮らしているのは、先代黄洪政の未亡人茶栄と、二代目黄孝義、妻梨花、息子尚義の四人、これに仕える召使いが九人いて、すべて女だった。

奥に出入りできる男は総監の阮と、総執事の曹ふたりだけ、これに今回新蔵が加わって三人になった。新蔵の連れている張以下は、むろんいまでも仙雅洞暮らしである。阮龍彬は黄洪政の甥、清朝の王宮に勤めていた経歴を持つ元宦官である。阮、曹とも、いまは黄村内に一戸を構え、それぞれ自宅から通っていた。新蔵は当初、孝義から黄邸内に住むよう提案された。外から来ると、奥へ通るまで最低四つの扉を通り抜けなければならず、そのつど人手を借りるわけだから、面倒なことはたしかだ。

だが新蔵はその返事を、しばらく保留させてもらった。

人生を賭けるような思いで挑んできた孝義の探索が、なんともあっけなく、終結したのだ。

それにもかかわらず、望みが叶ったという達成感も、満足感もなかった。

むしろそれまでしっかり見えていたものが突然消えてしまったような、空しさや喪失感をより強く覚えた。

とにかくこれ以上旅をつづける必要がなくなったので、身辺の整理をはじめた。

十月いっぱい借りることにしていた沈親子との契約は、二カ月近くを余して満了ということにした。

定海で奪われた東風は、孝義と再会した五日後、黄帬の手によって船溜りまで回送されてきた。

鍋釜や衣類、食料など、装備品の大半はなくなっていたが、船は無傷だった。

契約金の残りと損料、さらに多額の報奨金を支払ってやったから、沈一家は大喜び、別れを惜しみながら安徽省へ帰って行った。

そのとき乍浦と柳里へ立ち寄り、鄭となえへ伝言をするよう頼んだ。

鄭には第八龍神丸の行方がわかったこと、残念ながら生存者はいなかったことを伝えた。もちろん孝義のことは伏せた。

そして旅の目的は達したので、年末に長崎へ発つ萬慶号で、帰国したいと申し入れた。それまで寧波に留まっていると、居場所である黄昇の名を伝えた。

最後に残ったのは張の処遇だった。今後どうしたいか、本人の希望を聞いてみたところ、新蔵が帰国するまで、そばに置いてもらいたいと言う。

新蔵としても、張のいてくれたほうがありがたい。それで黄昇に申し入れ、自費で雇うことにして、中院内に小部屋をひとつ手配してもらった。部外者でありながら、内院まで入れる特別待遇である。

曹尽誠こと市川惣兵衛とは、数日後に会ってじっくり話をすることができた。

曹は四十二歳、そばかすだらけの農夫然とした顔つきながら、いつも泰然として、いかにも腹の据わった、たのもしい男に見える。

「いやぁ、長崎のことは、全部忘れてしまいました」

と笑いながら言い、日本でのことは、一言もしゃべらなかった。

後暗いことを隠しているわけではなく、いまの生き方を大事にしているということだった。現在は漢族の妻と、その間に生まれたふたりの子供がいて、過去とは完全に決別した暮らしをしていた。

「わたしは要するに、ただの能吏(のうり)なんです。与えられたことを、そつなくこなす力に恵まれていただけ。二代目とは、そこがちがいます。わたしはものの流れだとか、手順だとか、仕事の能率を上げることであれば、いくらでも気がつきます。だがその流れの、大元を形づくっているものにまでは気持ちが及ばないし、問題点に気づくこともありません。もののあり方を大づかみにとらえ、これを変えたらどう状況が変わるか、二代目はいつもそういうことを考えてましたね。それが初代のお気に召し、黄幇の将来を託せると、娘婿に受け入れてもらえた理由だと思います」

「おふたりが働きはじめたころの黄幇は、それほど大きくなかったのですね」

「もちろんです。運送屋としても、せいぜい四、五番手だったでしょう。だから同業者も警戒していなかった。脅威じゃないから大目に見てもらえた。初代はそういうお目こぼしを隠れ蓑に、こっそり闇塩を運んでましたけどね。わたしらふたりは、はじめのうち、密輸をやっていたことに気がつきませんでした。考えてみると、正規の塩を運んでいるだけなら、そんなに儲かるはずがなかった。闇で仕入れた塩を、ふだんいちばん高く買わされている僻地（へきち）まで持って行ったから、喜ばれ方も大きかったし、利も大きかった。それに気づいて、商売のやり方を根底から変えたのが、二代目の最大の功績でした」

「阿片まで僻地へ運んで行ったのですか」

「これは性格がちがいます。ただ、制度というものは、できてしまうとそれに付随して、いろいろなものが、くっついてくるようになる。そのひとつが、阿片だったということです。ものを運ぶということは、暮らしの根幹に関わることですから、目をつむらなければならないことがたくさん出てきます」

総監の阮龍彬とは、なかなか話す機会がなかった。それで新蔵のほうから、新参者なので、いろいろ教えていただきたいと申し出た。それが気に入ったか、日をあらためて、自室へ呼ばれた。

張を連れて話しに行った。

宦官上がりというものに、新蔵がやや身構えていたことはたしかだ。日本にはいない人間だから、実態がわからなかった。

怜悧で、頭脳明晰、並外れた思考力と判断力を持っていることは、万人が認めていた。だからこそ、黄幇の筆頭指揮官になったのだ。

総監という地位は、日本でいえば勘定奉行のようなもので、総執事の曹より格上、つまり黄幇一の権門である。

それにしては、取り巻きがほとんどいなかった。毛という秘書格の副官がいるものの、ほかのものと打ち解けた話をしているところは見たことがない。敬して遠ざけられ、いつも独りぼっちだった。

じつはこのとき、毛も同席していたのだが、これまた阮以上に愛想のない男で、新蔵とは最後まで目を合わせようとしなかった。

素朴な質問をする新蔵に、阮は好感を持ったようだ。顔色ばかりうかがっている回りのものに比べると、新蔵の率直な物言いがうれしかったのだろう。ふだんよりはるかに饒舌だった。

いつもおひとりですね、という質問にはこう答えた。

「仕方がありません。宦官というのは、そういうものなんですから。必要だから許されているが、そばには置いておきたくない人間、人に好かれることはありません。利用する価値があるから認められている。使えなくなったら、真っ先にお払い箱です」

宦官にはなったが、阮は宮廷で挫折し、志半ばで郷里へ帰って来ざるを得なかった。

「満州語ができなかったからです」

清朝は満州出身の女真(じょしん)族が興した王朝である。国政に携わる官吏は、官用語の南京語で日常の用を足すが、それ以上の地位へ昇ろうとすると、満州語にも精通していなければならない。

「必死になって学んだんですが、それでもだめでしたね。耳のせいにはしたくありませんが、ことばの感覚に欠けていることが、わたしの泣き所でした」

新蔵が阮の認識を一新したのに対し、張はちがった。阮のことばそのものが、素直に受け取れないというのだった。

「子供のころ、町内に元宦官がいたんです。金貸しをやってましたけどね。取り立ての冷酷無情なことで知られていました。あれは、ふつうの人間とは別物です。男でもない。女でもない。どっちつかず。そして陰険。むしろ男と、女の、悪いところばかり受け継いだ生きものです」

個人としての阮は、家庭を持ち、子供の教育に熱心な、子煩悩な父親だという。

去勢されているから子供はつくれないが、結婚して家庭を持ち、養子をもらい、子の成長に夢を託している宦官は少なくなかった。自分の血は残すことができないから、せめて名前は残そうと、子孫の行く末により執着するのだという。

黄家の召使いがすべて女であったのに対し、本部の下働きをしているものは、すべて男だった。炊事、掃除、洗濯などの家事雑事を受け持ち、奥以外なら所内のどこであろうが、いつ出て行っても許される唯一の存在だった。つまりいないも同じ、いることが無視された存在だった。この雑役が七人いて、みな老人だったのである。

なぜ老人ばかりかというと、事故や遭難でわが子や家族を失った男の仕事になっていたからだ。仙雅洞の許夫婦もそうだった。夫を失った女性たちの働く機織り場もあるという。

八　杭州

黄孝義の毎日は、想像していたよりはるかに多忙だった。

朝起きてから夜寝るまで、目を通さなければならない書類、決裁しなければならない事項が山ほどあるのだ。

孝義の居室には南向きの、いちばん大きくて、明るい部屋が充てられており、一日の大半をここで過ごしていた。

部屋の中央に大きな机が据えられ、ひとたびこれに向かうと、席を立つ間もない。

書類を持ち込んでくるのは阮と曹で、下げるときもこのふたりしかいないのである。

たまりかねて新蔵が手伝いはじめた。

書類の持ち運びはもちろん、孝義が見やすいように拡げて差し出したり、終わったものを下げたり、手順をわずかに省いただけだが、それだけで大幅に能率が上がった。

「いや、これはありがたいなあ。殿さまづきの小姓ができたようなものじゃないか。おまえが来てくれて大助かりだ」

孝義は大喜びである。結局そういったことも考え合わせ、新蔵は邸内で暮らすことを受け入れた。

玄関脇に、使われていない門番用の小部屋があった。広さ三畳ほどだが、夜寝るくらいなら十分だ。それでここを、自分の居室にさせてもらった。

孝義の午後は、来客との接見に費やされる。このときは孝義が、内院にある接見室まで出向いて行く。

面会希望者は、内院でふるいにかけられて選ばれるのだが、それでも日に五人を下回ることはなかった。

ほかにも内院を素通りする密使がいたり、密書が届けられたりすることもある。なんでも歴代王朝のやり方を踏襲しているとかで、そういう点から考えると、孝義はたしかに人口十万人を有する国の国王だった。

一方で新蔵には、どうにも腑に落ちないことがあった。

孝義の妻子が、新蔵の前へ一度も出てきたことがなかったのだ。居室部分は厳格に分けられているとはいえ、同じ敷地内の、同じ建物内にある。それなのに姿はもちろん、声さえ聞いたことがなかった。

それでおそるおそる孝義に聞いてみた。

「なんだ、曹から聞いているとばかり思っていた」

妻の梨花、四歳の息子尚義、母親つまり義父洪政の未亡人茶栄の三人は、紫幇との争いが激化してきたので、安全なところへ移動させているという。

二カ月前のことで、召使い五人をつけ、極秘の場所へ避難させた。その地や場所は、阮、曹もふくめ、だれにも知らせていない。

「しかしこの家から送り出した以上、人手は借りたはずです。つまり他人が関与していると思うのですが、その秘密はどうやって守ったのですか」

「おれがひとりで、夜中に、裏口からこっそり送り出した」

孝義はそう言って、築山の向こうにそびえている塀を指さした。

「あの塀が濠に面していることは知っているだろう。築山の後に鬼門があって、外が船着き場になっている。外部からは見えないし、邸内のほかのところからは、行けない。濠からは、内側の閘門を開けると、はじめて船が一艘入ってこられる。そこから出したのだ。秘密を守るため、黄幇とは関わりのないものを使い、手伝わせたのも一回こっきり、今後とも関わりを持たないものから選んだ」

それでも新蔵にしたら、疑問が残った。

で、つぎに曹と会ったとき、聞いてみた。

「だれの手を借りたか、想像はついているんだ。しかし二代目が言わない限り、おれたちは知らないことになってる」

曹は苦笑しながら話してくれた。

初代が健在だったころ、孝義は洪政の意を受け、外部との折衝を一手に受け持っていた。

そのときどういうものたちと接していたか、詳しいことは阮や曹も知らない。そのころ培った人脈が、その後の孝義の大きな財産になっていることはまちがいないという。

「ひところは、毎日のように出かけていた。それが二代目を引き継いでからは、紫莆との仲が険悪になってきたこともあって、まったく出かけなくなった。もう一年以上、ただの一度も外出してないいんじゃないかな」

「どうしてですか」

「狙撃されたらお終いだろうが。ここだって、一歩外へ出たらただの街なんだ。第一、好き勝手にうろちょろされたら、二代目を護らなきゃならん警固のものがたまらん。回りの負担が大きいことを考えて、出かけなくなったということもある」

「黄莆村の内部しか、安全なところはないということですね」

「通りはだれでも歩けるし、ひとりひとり見張ることもできない。実際はそこらじゅう敵の目だらけ、と思わなければならない」

「そういえば藤吉が裏切ったきっかけは、居酒屋でした。ただ酒を振る舞ってくれるやつが、向こうから寄って来たそうです」

「こいつなら落とせると、はじめから目をつけられていたんだろうな。ここは、守る側からすると、欠陥だらけの立地なのだ」

一艘の船からはじめた事業だけに、黄洪政が当初の資力で構えられた土地というと、街外れの、こんな不便なところしかなかったということだ。

「ここも寧波側の、運河に面した方は安全なんだ。しかし後の、山のある側は、人が住んでいないからそれほど安全ではない」

黄葑村から半里ほど南へ行くと、平地が尽きて山になる。

それほど高い山はないし、広さも十里（四十キロ）四方とたかがしれているのだが、細かい山襞（やまひだ）が幾重にも重なって、村里や平地がまったくない、無人の広がりなのである。

その山地を越えた先が、象山湾だった。この間わずか五里（二十キロ）、敵が象山湾から山伝いにこっそり攻めてきたら、不意打ちも可能な距離なのだ。

「もちろん、それくらいは百も承知だから、象山湾一帯の警戒はもちろん、山の中も常時見回って、気は配っている。だからむざむざ急襲される恐れはないと思うものの、後に弱点があることはまちがいない」

象山湾沿岸の住民には残らず声をかけ、不審なものや動きを見つけたら、即時通報してくれるよう、報奨金つきで呼びかけている。

「ここから真南に行った象山湾の海岸は、山がそのまま海に落ちて、一里くらいの間、絶壁になっている。入り江や浜もなく、人はわずかしか住んでいない。すぐ前に大きな無人島があって、島との間が瀬戸になってるんだが、こないだここで、ジャンクを見たという報せがあった。ただちに調べてみたが、なんにも発見できなかった」

「ジャンクが来るところではないんですね」

「崖が連なっているだけでな。見たというのは地元の漁師だから、見まちがうはずはないと思うんだけど」

「納得できるまで調べたんですか」

「船と、人を出して調べてみた。陸からは近づけないところなんだ」

一日だったとはいえ、新蔵も第八龍神丸の痕跡を探し、その辺りを通っている。寧波側の発展に比べたら、まったくなんにもない海岸だった。

「なにも見つからなかったから安全と、決めたわけですか」

重ねて言うと、うーんと曹は口を濁した。すっきりしない、もやもやしたものは残っているらしい。

「人が変われば、見方も違ってくるかもしれん。もし、調べてみたいというのであれば、便宜を図るが」

と言い出した。新蔵もその気になり、現地へ行ってみることにした。

早速曹が、船司の船を用立ててくれた。先日東風へ乗りつけてきた青海だった。黄葑が所有する船のなかで最新鋭、前帆つきの快速船だ。

乗組員は五人、顔触れは、この前やって来たものとほぼ同じ、これに新蔵と張のふたりが乗り込んだ。

はじめに定海へ寄ってみた。湾内にいたイギリス船が一隻残らず姿を消していた。代わってどこかへ逃げていた清軍がもどり、破壊された砦の修復作業をはじめていた。

年末から広州で、清政府とイギリスとの講和会議が開かれる。その合意ができたから、イギリス軍は北京攻撃を思い止まり、囲みを解いて引き揚げたのだった。

山の墓地も見てきた。墓標が三十四本立っていた。定海へ駐留していたイギリス兵は四百人あまりだったというから、一割近くが異国の土になったことになる。これではイギリス軍も、士気が上がらなかったことだろう。

象山湾を三日かけてひと回りしてきた。

大きな湾である。奥行きが深く、対岸が見えないほど幅の広いところもあり、いくつかの街や港が点在する。

ベルギー船オステンデ号の残骸はまだなんとか残っていた。しかし百年前の遺跡かと思われるほど、骨組みが辛うじて海上に突き出ているだけだった。

黄鶄村の真南に当たるという海岸は、ここの海岸では珍しい岩壁になっていた。崖は思いの外高く、船の帆柱以上の高さがある。

無人島との間の瀬戸は、幅四、五町、水深がかなりあるようで、波もなければ、潮の流れもない、沼のような静かな海だ。

ジャンクを見た漁師の家を訪ねたが、不在だった。家族の話によると、沿岸に住む親戚を訪ね、一杯機嫌で夜遅く帰ってきたときのことだという。

手漕ぎの釣り船で瀬戸に差しかかったところ、すぐ前の崖の窪みに、大きな船がすっぽりはまり込んでいた。

まちがっても船が流れつくようなところではない。まして夜中だ。

物音もなければ人もいない、静まり返った岩の間に、身を潜めている虎のような大きな船がうずくまっていたのだ。漁師は、話に聞いた幽霊船ではないかとぞっとし、無我夢中で逃げ帰った。以後夜は、この瀬戸を通らないようにしているそうだ。

ジャンクがはまっていたという崖に行ってみた。たしかに大きな船がすっぽり納まるくらいの窪みになっていた。しかしなぜ、そんなところに入らなければならなかったか。

崖の高さは船の帆柱より高く、ほぼ垂直だから、登ることなどできそうもないのだ。

崖の上は、木々がびっしり繁った濃密な森である。福江島の、大瀬崎の海岸を思い出した。あれほど荒々しくはなかったが、生えている木や森のかたちは似ていた。

新蔵が親しんだ越後の山々とは、まったくちがう暖地の森だ。丈の低い木がからみ合い、隙間なく繁った森は、野生の動物でもおいそれと入って行けそうにないほど濃いのだ。

そういう崖地がおよそ半里つづく。丹念に調べながら往復してみたが、これというものは見つけられなかった。

ただもどってきたとき、崖の先端の森に、わずかに白いものがほの見えた。ちょっと動いたら見えなくなったから、微妙な角度のちがいで、見えたり見えなかったりするようだ。

みんなの考えを聞いてみたところ、特別目がよいという乗組員がひとりいて、木が折れたか、裂けたかした痕ではないかと言った。

帰ってから曹に報告すると、あの崖からは入ってこられないと言った。あの近辺の陸は、ときどき見回っているものの、崖にはとても近寄れないのだという。

新蔵は納得できなかった。それで今度は張ひとりを連れ、何日分かの食料を用意して、陸路から行ってみた。

たしかに険しい山ではなかった。だが森の成り立ちがちがい、冬に葉を落とす木が少なく、森が暗かった。大木は少ないのだが、低い木々が密生しているから、切り開いた道以外のところへはなかなか入って行けないのだ。

岬へ近づくにつれ、木々の密度はより増してきた。丈が低くなるほど枝々がからみ合い、隙間がなくなってしまう。兎や狐なら通り抜けられそうなけもの道すらないのだった。

一日目は森のなかで野宿した。人目を避ける旅ではないから、夜は盛大に焚き火をして暖を取った。九月に入り、朝夕はだいぶ冷え込んできた。

二日目の昼も、躰じゅうに引っ掻き傷をこしらえながら、道のない森をすすんだ。

すると突然、一部の木が薙ぎ払われ、腰を下ろしたり休んだりできるくらいの平地に出た。木立が切り開かれていた。鉈(なた)、山刀、鎌、鋸(のこ)など、木々を払う道具が残されていた。めしを食った残骸もあったが、人間はいなかった。

そこから先は、たどるのが容易になった。切り開いた跡をたどって、すすめたからだ。

森が切れ、青い空がのぞいているところへ出た。

崖の先端に出たのだった。

崖先から木立のなかに潜り込むため、茂みを伐り開いた跡があった。この枝の切り口が、船から白く見えたのだ。

帰って曹に知らせた。曹はおどろき、すぐさま副官の謝以下数人を派遣して調べさせた。

すると、詳細なことがわかってきた。崖下へ、船が入ってきたところも見届けられた。

三本帆柱のジャンクだったそうだ。それを崖の窪みに突っ込ませ、組み立て式の長梯子(ながばしご)を帆柱の上に継ぎ足し、人間をよじ登らせて、上陸させていたのだった。

船は何日かおきにやって来て、未明には引き上げる。そのつど何人か上陸し、何人か船にもどりと、人が交代していた。

一昨日は、食料はじめ、いくつか機材が引き上げられた。森のなかに中継基地をつくり、すこしずつ寧波へ向かって行くつもりのようだ。

ただちに緊急会議が開かれた。孝義以下黄幇の首脳十数人が招集され、新蔵と張はその席で紹介された。そして末席ながら、会議の傍聴が許された。

黄幇としては、自己防衛のためとはいえ、内戦じみた騒ぎを起こすことは避けたかった。起こった事件の対策ではなく、起こさないための策を最上とするということで、そのための方策が討議された。

その結果、敵の準備がある程度整うまで待ち、かなり資材がそろったところで、摘発しようということになった。

おまえたちのしていたことは、なにもかもわかっていたんだぞ、と敵方に知らせる。作戦が失敗したとわかれば、敵も退散せざるを得ない。この間の努力と時間は無駄となり、しばらくは鳴りを潜めるだろうというわけだ。

五日後にその結果が出た。

森のなかで野宿しながら基地づくりをしていた四人の男が捕らえられた。

四人は首枷（くびかせ）をはめて木に縛りつけられ、交代の仲間が見つけてくれるまで、森に放置された。

かれらがいつ救出されたか不明だが、数日後に確認したところ、陸揚げしていた機材をなにもかも放り出して姿を消していた。


なにか起こったのか、表が騒がしくなった。

戸外の物音は、邸内へほとんど聞こえてこないのだが、さっきからざわめくような、人声のようなものが、海鳴りのように聞こえてくる。

いつもは落ち着き払っている阮が、緊張した面持ちで奥へ入ってきた。孝義になにか耳打ちすると、すぐ出て行った。

「梁の使者が来たそうだ」

孝義が言った。紫幇の使者を乗せた船が、前触れもなく黄幇の濠へ入ってきたのだと。

かつて黄幇と紫幇との間では、儀礼としての相互訪問が定期に行われていた。もとが同族だし、本家分家のようなつながりもあったから、使者がやって来て挨拶することは、年中行事になっていた。

初代から二代目へと代が替わり、両者の親密度がうすれてくるにつれ、行き来も絶えてしまった。

紫幇からの最後の使者がやって来たのは、黄洪政が亡くなる二年前だとか。

その使者が、なぜいまごろ突然やって来たのか。思い当たることがないから、黄幇としても騒然となってしまったのだ。

邸内がばたばたしはじめた。使者を迎える支度がはじまったのだという。

孝義も着替えるため私室にもどった。しばらくすると、黄色い袍(ほう)の正装に着替えて出て来た。

孝義は内院の接見室へ出かけて行った。接見には、阮と曹が立ち会った。

会見はけっこう長引いた。かれこれ一刻近くつづいたのだ。

終わったあと、これまでだと使者をねぎらう宴が開かれていたそうだが、今回はなかった。

使者の船が帰るというので、新蔵は見に行った。

船溜りからサンパン型の平底船が出て行くところだった。

帆柱という帆柱に、紫幇の色である紫色の旗を、これでもかとばかり掲げていた。ただ来たときほど賑やかな退出ではなかった。黄幇からは、だれひとり見送りに出ていなかったのだ。

院内へもどってきたとき曹と出会った。

「なに、無心に来ただけよ。言ってきたことは、これまでと変わりなかった」

前置きの口上ばかり仰々しかったという。

これまでの厚い交誼と友好に心から感謝するとともに、新しい時代が到来しようとしているいま、われわれはもう一度初心に返り、手を携えて前進しようではないかと、決まり文句を長々と述べた。

それからやっと用件を切り出したが、これがすべて、これまでの蒸し返しだったという。

「要するに象山湾のどこかに、紫髯が自由に裁量できる租借地を認めてくれ、ということなんだ。紫髯の連中は、漢中、北京、南京と直結する運河や、長江を利用できるこの土地が、喉から手が出るほど欲しいのだよ。先代のときからそうで、ことあるごとに話を持ち込んでは、却下されていた。福州を流れている閩江は、上流に急流があるため、内陸まで船を乗り入れられない」

欲をいえば、寧波よりさらに内側の、杭州湾内に港が欲しいのだが、それは叶わぬ夢だろうから、今回は条件を引き下げ、象山湾内ならどこでもいいと希望地まで変更して、請願してきたのだという。

実際は象山湾内からだと、内陸まで通じる河川や運河がないため、港を持てたとしても、使い道はかなり限定される。

内陸へ向かうためには、舟山諸島に向かって突き出している陸地の外側をぐるっと回らなければならず、それだけで船なら一、二日、余計な日数がかかるのだ。

ところが今回は、それでもいいと言い出したのだとか。

認めてくれたら運上金を支払うし、港の運営も黄幇の規律に従う。武装はしない。さらに見返りとして、黄幇が希望する福州のどこか、厦門か泉州辺りに、黄幇の港の開設を認めてやってもよい。

「これまでの要求を引き下げ、自分たちの縄張りに、こちらの開港まで認めようとしたことで、向こうにしてみたら大幅な譲歩をしたつもりだろう。これまでのことは棚に上げ、都合が悪くなると咽を鳴らしてすり寄ってくる。いつもの手だよ。猫のひたいほどの土地でも、自分たちの自由にできる領土を持ったら、あとはなしくずしに勢力を拡げようという、見え透いた魂胆だ」

当然のことながら、孝義は断った。

「寧波で商売をしたいのであれば、鎮江にあるうちの埠頭へ堂々と船を着けるがよい。われわれの規則に従い、決められた交易料を支払うというのであれば、けっして拒みはしないつもりだ。要は特別扱いをしないということで、来た以上はほかと同じ扱いになる。みんなが、同じ条件で、商売を競い合う、というのがわれわれの掟なのだ」

と嚙んで含めるように説いて聞かせたが、どこまで理解したか疑わしいという。けっして正当な商売はしないというのが、紫幇のむかしながらのやり方なのである。

「すると最後は物別れになったのですか」

「帰って主人に伝えるとは答えたが、明らかに不満そうだった。われわれの友誼に、これ以上ひびを入れたくないからおだやかに申し出したのだと言い出し、おれたちを脅迫に来たのかと、頭領に無礼を咎められていたよ」

その日孝義と夕食をともに取ったとき、新蔵はあらためて進言した。

「いまになってそういう話を持ち込んできたということは、なにかよからぬ新手を、思いついたからではないでしょうか。なんらかの成算がなかったら、わざわざやって来はしなかったと思うんですが」

「どういう成算があるというんだ。そう思わせるのが、やつらの手口なんだよ」

「考え過ぎかも知れませんが、家族をよそへ移されたというのが、ずっと気になっているんです。この家より安全なところが、ほかにあるとは思えないんですが」

「おれもそれは考えに考えたから、だれにも相談せず、半年かけて準備したんだ」

「この国で暮らしはじめて、まだ数カ月ですが、気のついたことがひとつあります。それはこの国の人が、他人というものをまったく信用していない、ということです。自分が清という国の人間で、その国がいまイギリスと戦っているとは、だれひとり考えているように思えません。自分のことしか考えていない人ばかりのような気がするんです」

「それはまちがいない。この国はむかしから、いろんな天朝が興っては滅んでいるが、下々の人間にとって、そんなものは、なんの関わりもないことなのだ。国という考え方、そのものがない。考えていることはただひとつ、家族と身内、精一杯範囲を拡げて自分が属している幇まで、ほかはどうなろうと知ったこっちゃない、というのが本音だよ」

「それがわかっていて、どうしていちばん大事な家族を、人の手を借りて他所（よそ）へ移したんですか」

「国や公儀が信じられないとしても、個人はちがうんだ。真心と真心が結びついたつながりほど、強いものはない。家族や身内への忠誠より、もっと優越する。友の命を救うため、あるいは友の信義に報いるため、喜んで自分の命を投げ出した男の話ならいくらでも転がっている」

「若旦那はそういったよき友に、恵まれたということですね」

「そうだな。義父の名代として走り回っていたおかげで、何人か肝胆相照らす友をつくることができた。最近は滅多に会うことができなくなっているが、何人かとはいまも、変わらぬつき合いをつづけている。住んでいる世界はちがおうが、持っている心は同じ、他人は絶対に入ることができない任侠（にんきょう）の世界だ」

「そういう友達がいるのも、若旦那の人徳でしょうね。疑うようなことを言ってすみませんでした」

　新蔵は潔く兜（かぶと）を脱ぐと、頭を下げた。

「おまえのようなものがそばにいてくれたら、なにもこんな苦労をすることはなかったのだ。弱音を吐いたり、愚痴をこぼしたり、相談できるものがいないから、これまでずっと徒手空拳だった。そういう人間が最後に頼れるものというと、あからさまにいえば金しかないことになる。忠誠も、誠意も、信用も、友情も、すべて金で買うしかない」

「金って、金で友情や誠意を買ったということですか」

「買収した、ということじゃないぞ。相手の誠意や友情に対しては、金銭や利得で報いてやることが最大の誠意だということだ」

「それは単なる欲得、商取引ということになりませんか。より大きな金銭や利得が他から提示されたら、それまでの誠意や忠誠は、即座に捨てられることになります」

「ものの喩えとして言ってるんだ」

むっとして孝義は声を荒らげた。

いつもならここで新蔵は引くところだが、今回は引かなかった。すこしもたじろがず、孝義に視線を返した。

「どういう人間を買ったのですか」

孝義が憤怒の形相になって新蔵をにらみつけた。こういうものの言い方は、絶えてされたことがないのだろう。唇が震えていた。

「そこまで言わせるのか。おれが今回動かしたのは、寧波鎮水師の司令と副官だ。そこらの下っ端とはわけがちがう」

「兵隊に頼ったのですか」

新蔵は息を継ぎ、声を変えると静かに言った。目は冷徹に孝義を見据えていた。

「呂という司令は、小頭格の外委把総（軍の階級で伍長）のころから義父が面倒を見てきた男なんだ。おれが手伝いはじめたとき、真っ先に引き合わされた。いまでもひとこと言えば、なにはさておいても素っ飛んでくる」

「良民は兵にならず、良鉄は釘にならず、ということばがこの国にあるのは、手前のようなものでも知っています」

「ふたりともそんな人間ではない。おれの命を賭けて誓ってもいい」

「司令と副官がふたりして、ここまで家族を迎えにきて、なおかつ安全なところまで、連れて行ってくれたということですか」

「むろん実際に動かしたのは部下どもだ。念には念を入れ、この土地のものでないやつを選び、一回限りの任務にして、自分がなにをしたかわからないよう、万全の手を打った」

「それで、働いてくれたものには、十分な謝礼を払ったんでしょうね」

「もちろんだ」

「だれに払ったか知りませんが、実際に働かされた連中に、その金がどれくらい渡ったと思うんです」

孝義は顔を真っ赤にして、いまにも怒鳴り声を上げそうになった。怒りのあまり、唇がわななき、声がすぐには出てこなかった。

「上のものは命令を下すだけです。その手足となって、実際に手を汚さなければならないのは、いつだって下の連中です。侍と足軽とでは、住んでいる世界がちがいます。侍は足軽の世界を知りません。知らなくとも務まるのです。足軽のほうは、侍のつき合いを隅々まで知っています。知られていないと思う侍がいたら、よっぽどおめでたい侍です」

床を蹴って立ち上がり、孝義は身をひるがえした。足音荒く、部屋から出て行ったのだ。力まかせに閉めた扉が、バタンと大きな音をたてて家を揺るがせた。

新蔵は黙然と孤絶していた。

言い過ぎたかもしれないが、悔いてはいなかった。むしろもっと早く問い詰めるべきだった。忖度(そんたく)しすぎたのだ。

自分の部屋にもどり、横になった。なかなか眠れなかった。

半刻くらいたってからのことだろうか。

物音がした。足音が近づいてきた。

「新蔵」

と呼びかけられた。孝義の声にほかならない。新蔵はあわてて部屋を飛び出した。

寝間着姿の孝義が立っていた。

「悪いが、これから杭州まで行ってきてくれんか。おまえにすべてを託したい。女房と子供を、連れて帰ってきてくれ」

説明まではしなかった。急に気がかりになってきたと言っただけ。この際全員を呼びもどしたいと。

船司を起こし、青海の乗組員が五人ほど呼び出された。今回はそれに警司の班長馮、部下の林、張を加えると合計九名の顔触れになった。林が入ったのは杭州の出身で、地理に詳しいからだ。

馮とはこれまで、話したことがなかった。格からいえば馮が指揮を執るべきだったが、今回は特例として新蔵が執る。

馮は警固の責任者として、未亡人の茶栄以下、梨花や尚義、ほかの小間使いまで、全員と面識があった。

なお新蔵をのぞいた八名は、孝義の妻子が杭州に避難していたことを知らなかった。

丑の刻（午前二時）に出航した。

寧波から杭州まではおよそ三十五里（百四十キロ）、運河伝いでも行けるのだが、それでは時間がかかるというので、今回は鎮江から杭州湾へ出て、それから満帆にしてひた走りはじめた。

休憩、仮睡、食事は交代でとり、ひたすら船を走らせた。

夜が明けてきたころから湾がすぼまりはじめ、両岸が見えてきた。

杭州湾はそこから銭塘江と名を変え、喇叭（らっぱ）の管のように曲がりくねりながら市内へと入って行く。

昼前には帆を下ろし、市内を縫っている運河に入った。そこから先は林の出番だ。かれの指示を仰ぎながら船を進めた。

杭州は寧波以上の大きな街だが、市内の運河網となると、それほど発達していなかった。とりあえず西湖（せいこ）を目標としたが、かなり回り道をしなければならなかった。

市内のたたずまいは、まったく目に入らなかった。先を急ぎ、林の言う通り、ひたすら船を進めた。

杭州一の名勝と謳われている西湖へ出た。それほど大きな湖ではなかったが、古来から有名なせいか、湖畔をそぞろ歩いている人が目についた。

虎牙潭（こがたん）と名づけられている有名な庭園は、湖畔の北の一郭にあった。長い塀で囲われているのが、水の上からでもわかる。

そこの塀に沿って延びる水路へ入って行き、二区画ほど行った。すると道路縁に石を積んだ船着き場があり、磚造りの塀を巡らした屋敷があった。塀は高く、優に三丈（九メートル余）はあって、中はまったく見えない。

「ここだ」

孝義からもらってきた見取り図と合致した。

新蔵と張、馮の三人が上陸し、鉄門につけられている金具を叩いた。

扉の一部が一尺四方ほど開き、男が顔を出した。

菅笠状の帽子をかぶっていた。筒っぽ状の服を着ている。兵隊の服装だった。

新蔵が寧波鎮からの使いだと言い、首にぶら下げてきた玉を見せた。鶉の卵大の瑪瑙製の玉で、金象眼の縁飾りがしてある。

正規の使者が持たされる身分証だそうで、出てくるとき孝義から預かってきた。

門番はろくに玉をたしかめもせず、門を開けてくれた。

中に入ると白木の真新しい木戸があって、詰め所にまだ三人いた。

みな同じ服装だった。胸に縫い取りのある外套のような上着は、乍浦や寧波で何度も見かけている清兵の格好だ。

三人の中の長と思われる男に、玉を見せた。

「茶栄様にお目にかからせてください」

馮が言い、馮鄭斐だと言ってくだされればわかりますと言い足した。長がひとりの男を、奥へ取り次ぎに行かせた。

その間三人は、出入口の床几に腰を下ろして待っていた。

木戸の内側に庭がひろがっていた。

岩を積み重ねた築山だ。穴だらけになった奇態な岩が、これでもか、これでもかとばかり折り重なっている。

奥へ行った男がもどってきて報告した。木戸が開けられて中へ通され、同じ男に案内されて、石庭に入った。

たどり着いた先に二階建ての家があった。露台に銃を持った兵士が立っていた。

扉が開き、中の兵士が入れと合図した。

詰め所のような、椅子と机しかない殺風景な部屋だった。

兵士が三人と、白い袍を着た五十過ぎくらいの女がいた。

女が馮を見るなり喜びの声を上げて立ち上がった。馮が進み出てうやうやしく口上を述べ、深々とお辞儀をした。

大奥さまです、と張が教えてくれた。

先代洪政の未亡人茶栄だった。

ふたりが矢継ぎ早に話しはじめた。猛烈な早口で、身振りから手振りまで入り、興奮しているのか、茶栄の声がうわずっていた。

着ているものは華麗な絵柄の絹布だが、茶栄の風采や話しぶりは、衣装に似合うほど品のよいものではなかった。

肌は艶々してきれいなのだが、顔に刻まれている皺は深く、拭っても取れない汚れかと思うほど色が黒かった。

「寧波鎮の将校がお迎えに来て、西湖へ船遊びに連れて行ってくれたそうです。それがもう半日になるとかで、心配だからようすを見てきてくれと、この兵たちに頼まれているところでした」

　馮が言い、張が取り次いだ。

「奥さまが船遊びに行かれたのだな」

「奥さまとご子息さま、それに小間使いが三人ついて行ったそうです」

「来たのは高という都司（大尉）でした。奥さまたちがここへやって来たとき、部隊を指揮していた将校です。不自由な避難先での暮らしに、さぞ退屈なさっておられるでしょう。お慰めがてら、西湖遊覧のお誘いに参りました、という口上だったので、だれも不審に思わなかったそうです。大奥さまも誘われたのですが、あいにく数日前から風邪気味だったため、今回は見合わせたとおっしゃってます」

　兵士のひとりが口を挟んだ。

「探せと言われても、おれたちは船を持ってないんで。いま本部まで、使いをやったところです」

「高という将校は、どんな船でここへやって来ましたか」

新蔵は尋ねた。

「ふつうのサンパンだったそうです。軍の差し回しにしてはうす汚い船だと思ったそうですが、なにしろ向こうの方が位は上ですから、あまり突っ込んだ質問はできなかったと言います。門衛たちなら船を見ているでしょうから、もっと詳しい話が聞けると思います」

「拐かされたんだ」

新蔵が言うと、張はうなずいた。

「遅かった。あと半日早く出発していたら、間に合っていた」

茶栄の手前、馮も平静を装ってはいたが、顔がこわばっていた。

「すぐ青海で、西湖を探してくれますか」

新蔵は馮に命じた。馮はうなずき、挨拶もそこそこに部屋から飛び出して行った。

新蔵は声をあらため、茶栄と兵士に挨拶をした。ご主人さまから全員を連れ帰るよう命じられ、迎えに来たものだと名乗った。

兵士らの身元を尋ねてみると、杭州鎮から派遣されてきた兵士だった。

命じられて、ここに駐留しているのは十一人。任務は屋敷の警固と、人の出入りの検査。これまで外部からは、食料を納入する商人以外、訪ねて来たものはいない。

警固隊の班長が外委千総（軍曹）の羅、要するに下士官だ。これでは大尉が乗り込んで来たら、疑問を覚えたとしても、問いただすことなどできはしなかっただろう。しかもかれらは、自分たちが警固しているものが、どこのだれなのか、知らされていなかった。上官の命令に従ったまでで、それがなんの緊張もない平穏な毎日だったので、警戒心すら薄れていたのだった。

夕日が燃えはじめたころ、青海が帰ってきた。

馮が新蔵を物陰に呼び、小声で言った。

「女の水死体をひとつ見つけました。小間使いの程でした。抵抗したので、湖に放り込まれたのではないかと思います。まちがいありません。最悪の事態を迎えてしまいました。これから、どういたしますか」

茶栄はそのとき、部屋にもどっていたのでそばにいなかった。

それで詳細は打ち明けず、残った小間使いを連れ、寧波へ帰ろうということになった。

ところが茶栄は、その話にうんと言わなかった。

帰りが遅れているのは、尚義が船酔いして、船から下りたからではないかと言いはじめた。

わが子や孫を置いて帰るなんて、とんでもない。間もなく帰ってくると思うから、わたしはそれまで待ちます。

初代頭領の未亡人として、ふだん君臨していることが習い性になってしまったか、いくら新蔵が説得しても、頑として聞き入れなかった。茶栄にしてみたら、はじめて目の前に現れた若造が、自分に指図することが信じられなかったようなのだ。

最後は茶栄が癇癪（かんしゃく）を破裂させたから、出発を翌朝まで延期するほかなかった。

その代わり夜が明け、状況に変化がなかったらすぐさま出発します、と言質（げんち）を取った。

翌朝早々、寝床から出ようとしない茶栄をむりやり起こし、出発すると告げた。

茶栄は動こうとしなかった。

それを無視して、ふたりの小間使いに荷を船まで運ばせた。それから茶栄を船まで引きずって行った。

「わたくしは全員を連れて帰れと命じられたので、ここまでやって来たのです。従って召使いふたりは連れて帰ります。奥さまがあくまでも残るとおっしゃるのであれば、置いて行きます。兵隊たちはまだいるでしょうから、めしぐらいは食わせてくれると思いますよ」

と脅迫して船に乗せたのだった。

昨日と一転して、風が強い日だった。

杭州湾に出ると西風が吹きつのり、青海は船体を大きく傾け、間切ってひたすら走った。乗り心地や揺れは無視し、一刻も早く帰り着きたかったのだ。

茶栄が悲鳴を上げ、船から降ろしてくれとわめきはじめた。小間使いはおろおろしたが、乗組員は新蔵に命じられ、茶栄を無視した。

茶栄はありったけの声を張り上げて泣きわめきつづけたが、最後は声も出なくなり、船酔いも加わって、とうとうぴくりとも動かなくなった。

おかげで青海は予定より早く、夕刻前には寧波へ帰り着くことができた。

九　紫背

新蔵の報告を、孝義は顔色ひとつ変えず聞いていた。まるで他人事のような、おざなりな聞き方だった。

「じつをいうと、女房と子供のことは、昼すぎには知っていたんだ」

聞き終えると言った。

「だれが知らせたんですか」

「梁が勝ち誇った文を送りつけてきた。これで今度こそは、こっちの言うことに耳を傾ける気になっただろうと。ほんとの要求は、あらためて突きつけてくるはずだ」

「それは、ほかの職員も知っていることですか」

「いや、いまのところ、だれにも言ってない。おれの間抜けさ加減を思い知るには、もっと独りで苦しんだ方がよいだろう」

嘲るような口調で言った。他人事どころか、新蔵のことばの一言一言に切り刻まれていたのだ。

「青海の乗組員と、馮と林、張には、こちらが許可を出すまで、口外しないように言ってあります」

「考えてみたら、こないだ来た使者の口ぶりが、そもそも思わせぶりだった。あれは、今度のことを見越した上で言ったのだと、いまになって思い当たっている」

そう言いながら、部屋の中を行ったり来たりしていた。手を腰に当て、肩が落ちている。

「取った人質は、取引の奥の手として使うつもりでしょうから、奥さまとご子息に、危害が加えられる恐れはないと思います」

「慰めはいらん。すべてはおれの浅はかさが招いたことだ。これまでは、いざとなったら人が助けてくれたが、今度ばかりは、そうもいかない。おれが自分で、落としどころを考えなきゃならなくなった」

奥の方から、引きつった女の罵声が聞こえてきた。癇癪を破裂させ、わめき散らしている。茶栄が小間使いを困らせているのだった。

「ばあさんが、だいぶ手こずらせたようだな」

「それほどでもありませんでした。船がものすごく揺れましたから、お終いは船酔いで、声を上げる気力すらなくされていました」

「あのばあさんも、ただの塩焼きの女房で終わっていたら、もっと平穏な人生が送れていただろうに。わずか三、四十年で、奴婢から后妃に上り詰めてしまったもんだから、その変化を受け入れられるほど、頭がついて行かないんだ。娘と孫のことは、当分伏せておくしかないだろう」

「院内の秘密が、外へ漏れていたということはありませんか。藤吉が裏切ったことも、だれか手引きをしたものがいるのではないかと思ったのですが」

「敵に内通しているものがいるか、ということなら、それくらいはしようがないよ。こっちだって敵の中に、諜者を何人も送り込んでいる。お互い承知の上での欺し合いなんだ。とはいえ今回の後始末は、きちんとつけなきゃならん。おまえに行ってもらいたいところがある。文を書くから、しばらく外で待っててくれ」

孝義が硯を引き寄せながら言ったから、新蔵は一礼して部屋を出た。

東屋でしばらく、どんよりした黄昏が迫ってくるのを見つめていた。

市外の茫洋とした田園風景と、塀に囲まれているいまの暮らしと、この差をどう受け止めたらよいのか、考えあぐねている自分がそこにいた。

孝義が手招いたので、部屋にもどった。孝義は書き終えた書信を折り畳んでいた。

「高とかいう都司には記憶がないんだ。ここへ迎えに来たときの、兵の指揮をしていた男ではないかと思う。信頼されていたから抜擢されたのだろうが、呂や趙にしてみたら、飼い犬に手を嚙まれたことになる。自分たちがなにを失ったか、思い知らせてやる」

　細長く折った紙をさらに結んだ。

「行ってもらうのは、寧波鎮水師の本営だ。張は連れず、独りで行ってくれ。船司に行って水師、本営と言えば、連れて行ってくれる。城門のなかにある。水師、本営と言ってみろ」

　孝義の発音を真似、おうむ返しに言ってみた。孝義はうなずき、引き出しから紐のついた根付けのようなものを取り出した。

「これが水師の鑑札だ。門衛に見せるだけで、奥まで通れる。あるいは連れて行ってくれる。話しかけられたら、手を振って話せないと示せばよい。最後に、呂という司令官のところへ連れて行ってくれる。目玉のぎょろっとした赤鬼のような面相で、八の字ひげを生やしている。うつむくことができないほどの太っちょだ。呂がいないときは、副官の趙成庸（せいよう）が出てくる。ふたりとも不在のときは、この手紙は渡さず、持ち帰ってくれ」

「返信はもらわなくていいのですか」

「どちらが読んでも、読み終えたら目の前で焼き捨てるはずだ。そうしろと書いてある。返事は、なにか言づけるとしても、文書ではないかもしれん。ことばだったら、その場で繰り返して覚えてこい」

鑑札は玉製で、天保通宝大、龍の模様が彫り込んである。黄孝義の名代としての、身分証明のようなものだった。

部屋から出て行くとき、今度は茶栄のすすり泣いている声が聞こえてきた。わめき散らすかと思えば、ひたすら泣いている。茶栄はたった一日で毀れてしまった。

警司に寄って船を出してもらうための木札をもらい、船司に行って渡した。

今回はひとりだから、猪牙舟型の小船に乗せられた。

乗組員は、顔見知りのふたり。乗るとすぐに船を出してくれた。会話はなし。新蔵がしゃべれないことを、いまではみんな知っていた。

甬江から奉化江へ入った城門の中に、寧波鎮水師の本営があった。厚い城壁で囲まれ、墻から大砲ののぞいているのが、外から見える。

船を下りたとき、ここで待っているよう手真似で伝えた。ふたりはわかっているとばかり、手を振って応えた。

城門の下に立っていた兵士に鑑札を見せると、顎で通れとうなずいた。

隧道となっている通路を通り抜け、その先の建物でまた鑑札を見せた。

そこから先は兵士が案内してくれた。ふたつの部屋を通り抜け、そのたびに兵士が変わった。監視つきの移動にほかならなかった。

大きな部屋に通され、ここでだいぶ待たされた。小半刻以上待たされただろう。その間に外はすっかり暮れ落ちた。

これまでの兵とは服装のちがう、若い兵士が出てきて、こちらへと案内された。奥へ通されるほど兵士の顔が引き締まり、動作がきびきびして、着ているものも上等になった。

二階に上がった。

調度がやたら仰々しく、金粉がふんだんに使ってある部屋に通された。

机の向こうに、目玉の飛び出した、八の字ひげを生やした大男が、身構えるような姿勢で待っていた。

冬瓜（とうがん）並の、まるまるとした顔だ。緑の房がついた帽子をかぶり、外套風の服をまとい、玉をちりばめた輪飾りを頸に巻いている。服の胸元が、釦が飛び散ってしまいそうなほどふくらんでいた。

呂姜釈（きようしやく）は、人を射すくめるような傲岸な目で、新蔵を見回した。目玉が上から下へ、下から上へぎょろぎょろ動き、あからさまに値踏みしていた。

新蔵は進み出て一礼し、預かってきた書信を机の上に差し出した。

呂は黙ってそれを開き、無表情に読み下した。眉ひとつ動かさなかった。

それから顔を上げると、にらみつけるような目で新蔵を見据えた。新蔵も臆することなく視線を返した。

呂は机の上にあった鐘を振って鳴らした。

すぐ先ほどの兵士が入ってきた。呂がなにか命じ、兵士は出て行った。

また待たされた。その間新蔵は不動の姿勢で立ちつづけていた。

四十前後の男が入ってきた。腕章で相当上の階級だとわかる。ひげなしで、顎がつるんとしていた。顔は細面、なかなかの優男(やさおとこ)だった。呂に対する態度からすると、副官の趙成庸だろう。

呂が投げやりな手つきで、孝義の書信を趙の方へ放り出した。どう見ても放り出した。

趙がそれを受け取り、目を落とした。この男も全然表情を変えなかった。

読み終えると、趙は新蔵に目を向けた。なにか感情が込められていたが、なにを言いたかったのか、新蔵にはわからなかった。

趙が書信を、机の上の燭台(しょくだい)にかざした。

紙が燃えはじめるのを、趙はじっと見届けていた。紙が燃え尽きてしまうまで、指から離さなかった。

呂がなにか言い、趙が答えた。

短いやり取りがあって、すぐ話は終わった。

呂がまた鐘を鳴らした。

入ってきた兵士になにか命じた。

高と言ったのが聞き取れた。

兵士が出て行き、また待たされた。

直立の姿勢で控えていた。

今度はひとりではなかった。趙が隣にいて、同じくしゃちこばった姿勢で立っていた。

時が止まった。

呂が引き出しからなにか取り出し、操作しはじめた。

正面を向いていたから、よく見えなかった。呂の手は休みなく動いていた。

やっと目の端で、していることをとらえた。

真鍮の、筒のようなものを、布で拭いていた。

丸みを帯びた小袋を取り出したり、棒のようなものを筒先から突っ込んだり出したりしている。

最後は棒を、筒先からぎゅうぎゅう押し込みはじめた。

きな臭い匂いがした。

我慢できなくなって、呂の手元を盗み見た。

筒と見たのは、銃床や銃身に象嵌や金細工が施された短銃だった。

突っ込んでいた棒は、弾を押し込めるための槊杖(さくじょう)だ。

呂は短筒、つまり短銃に弾を込めていた。きな臭かったのは、火縄の臭いだ。

先ほどの兵士がうろたえながら走り込んできた。

手で庭の方を指さしながら、叫んだ。

意味はわからなかったが、ことがうまく運ばなかったとき発せられる不ということばを何度も口にした。

趙が動揺した。大きな声を張り上げると、手を振り回し、矢継ぎ早にいくつかの命令を下した。

兵士が飛び出して行き、大声で叫ぶのが聞こえた。仲間を呼び集めている。それに応えたいくつもの声が、こだました。

高という名前と、都司という階級の呼び名が、このときも聞き取れた。

この間、呂と趙、新蔵の三人は、部屋に取り残されていた。

呂が不機嫌きわまりない顔になって、短銃を机の上に置いた。こめかみがひくついていた。

叫び声が階下の庭中を満たした。大勢の兵士が走り回っていた。

高がいないのだとわかった。

部屋に四、五人の兵士が飛び込んできた。身振りを交え、激しい口調で呂に訴えた。手で外を指さしている。

呂がものすごい剣幕で拳を机に叩きつけ、怒鳴り声を上げた。

すべての声、すべての物音が、一瞬にして消えた。

兵士らがうつむき、出て行った。

静寂が残った。

重苦しさが動かなくなった。

呂が目を細めて趙を見た。怒りが消えていなかった。

趙は硬直していた。

呂は無表情になった。

その右手がのろのろと動き、中指が、机の上の短銃を前の方に押した。趙の方へずるずると銃を押し出したのだ。

趙がほほえみ返したように思ったが、気のせいだったかもしれない。ただしくは引きつっていた。趙の顔色がなくなっていた。

時が止まった。

呂が目を細めて動かなくなった。

趙が手を伸ばし、短銃を取り上げた。

最後に呂を見たときの目が忘れられない。

趙は短銃を自分のこめかみに当て、引き金を引いた。

箝口令（かんこうれい）が敷かれていたにもかかわらず、頭領の妻子が誘拐された話は、数日中には黄幇内に知れ渡っていた。だれも口には出さず、知らない振りをしているだけだった。

だから表向きは、異変が起こったように見えなかった。孝義は黙々と仕事をこなしていたし、ほかのものもふだんと変わりなく仕事をしていた。

しかし来訪者や、職員の仕事が大幅に増えたことはまちがいなかった。夜も遅くまで居残るものが増えた。

曹のところへは、精悍な若者が顔を出しはじめた。どこかで特別な調練をはじめた、という声を聞いた。

そのときはだれもが、黄梨花、尚義のふたりを敵から奪い返すため、黄幇が全力を挙げて動きはじめたのだと思っていた。

しかし肝心のふたりがどこへ連れ去られたのかということになると、なにもわかっていなかった。

紫幇の本拠地である福州には、閉じ込められていない、ということが早くからわかっていた。

紫幇に潜り込んでいる諜者が報せてきたもので、福州へ連れてこられた形跡は絶対にないという。

福州は閩江の沿岸にある街だが、閩江の流れが速くて川が浅いため、大型船は横づけできない。

それで紫衲の船団は、福州から五里離れた河口の馬尾(ばび)というところに基地を置いていた。

近くには厦門、泉州といった良港を持つ街がいくつもあったから、そちらも使われており、いわば港の機能が分散していた。

それでかえって、実態がわかりにくかったのだった。

焦燥の日々が過ぎていた九月末のある日、紫衲がついに本性を現し、通告を突きつけてきた。

頭領同士が膝を突き合わせ、じかに話し合おうと、日時と場所を指定してきたのだ。

それがわずか三日後という性急さだった。突然すぎて、策を練ったり工作をしたりする間がなかった。紫衲はそこまで見越して、仕掛けてきたのだった。

会見場所として指定してきたのは、寧波と象山湾との間に突き出している陸地の沖合一里ほどの海上だった。

梁浄監(じようかん)はそこへ、旗艦の遼遠(りようえん)で乗りつけてくる。だから黄孝義も自分の船で来いと。

この通告は、黄衲側をただ困惑させた。場所が漠然としすぎていて、正確な位置さえつかめなかったからだ。

この前象山湾の探索をしたから、いまでは新蔵も、どういうところかだいたいわかっていた。それなのに、なにがあったかとなると、なんにも思い出せなかった。

曹に地図を出してもらったが、大まかな地形と島が描き入れてあるだけで、さして役に立たない。

「事実なんにもないところだ。岬もなければ、入り江も、湾も、人の住んでいる村もない。島は何十とあるが、ほとんど無人島だよ」

曹も当惑していた。

「あえて推測するとしたら、南シナ海、象山湾、杭州湾、すべてがごた混ぜになった十字路ですね。万一逃げなきゃならなくなったときの、逃げやすいところとは言えます」

副官の謝が言い添えた。

距離は寧波からおよそ十里、運河伝いに行っても、一日弱の行程だ。

とにかく状況を調べてみようということになり、新蔵が先発することにした。

それで杭州へ行ったときの乗組員から三人を選び、これに張を加えた。

大急ぎで支度を調え、午後には出発した。船は小型のサンパン、運河伝いに東の端まで行き、そこから海上に乗り出した。

夜も相当遅くなってから、陸地の先端に着いた。その夜は、小さな浜で仮泊しようということになった。

浜に下りて焚き火をはじめると、棒や櫂を手にした四、五人の男に取り囲まれた。無人の浜だと思っていたところ、林のなかに人家が三軒あったのだ。

怪しいものではないと説明し、黄幇の鑑札を見せると納得した。不審なものを見かけたら黄幇まで知らせてくれという通知は、こんな僻地にも届いていたのだ。

錦砂という部落だった。人家は三軒、みな漁師で、全員袁姓だった。

それで翌日から、この浜を拠点に、周囲を見て回ることにした。

袁一族から釣り用の小船を一隻借り受け、自分たちで乗り回した。

乗ってきたサンパンは、報告がてら船司へ帰した。李という年長の男と張が残った。

その釣り船に三人で乗り、はじめに岬となっている突き出した陸地をひと回りした。

幅が半里くらいあるどてっとした陸地で、険しくはないが平地はなく、高さにして百尺（三十メートル）足らずの山がずるずると海に押し出されている。崖も、岩礁もないから波が立つこともなく、海はおだやかだ。

海上は島だらけで、どこが東シナ海なのか、舟山島なのか、見分けがつかない。

船を止められる陸地が数カ所、あることはあった。それで上陸してみたが、それだけのこと。道はついていないから、山の先へは一歩もすすめない。

錦砂までもどると、見張りに立っていた李が、船が見えますと言った。

南に浮かんでいる島の間から、大型船が姿を現したところだった。

三本帆柱、高く上がった船首と船尾、板戸を立てかけたような幅の広い舳先、翻っている紫の旗、幟、福州船にまちがいなかった。

そこらのジャンクを圧倒しそうな大型船だ。ざっと千五百石積みくらいの大きさである。

船が帆を下ろしはじめた。停泊するつもりのようだ。

こうなったら近寄って、偵察してみるほかなかった。それで袁の長(おさ)に相談し、怪しまれないよう蟹籠(かにかご)を積み、漁師に扮して近づくことにした。

問題は格好だ。これも袁一族に頼み、かれらが着ているものを借りることにした。一度も洗濯したことがなさそうな、垢と汗と体臭の染み込んだ、鼻が曲がりそうなほど臭い服だ。これを新蔵と張が借りて着た。

弁髪は灰でまぶし、竈(かまど)の煤を手足や顔に塗りたくって真っ黒に汚した。

三人が乗り、袁が漕いでジャンクに向かった。それも真っ直ぐは向かわない。漁をしていたら、大きな船が入ってきたのでびっくり、という風を装わなければならない。

日が西へ傾きはじめていた。

遼遠と書かれている船名が読めてきた。

蟹籠を仕掛けに来た漁師三人は、やって来た船の大きさにびっくりし、口をぽかんと開けて、こわごわ周りを一周しようとした。

するといきなり、船の上から声をかけられた。大きな男が、舷側から身を乗り出して叫び声を上げていた。

袁が気づかなかった振りをして遠ざかろうとすると、男はさらに大声を上げた。

「蟹があるかと言ってるんです」

張があわてて袁に言った。

袁が答えた。船の男がなにか言うと、袁は錦砂の浜を指さした。かれこれ十町くらい沖へ出ていた。

男と袁とのやり取りを、張が通事した。

「蟹はこれから籠を仕掛けるところだから、ないと言ったんです。けど家まで帰ったら、生け簀に十匹ぐらいはいると。そしたら家はどこだと聞くから、あの浜だと答えたら、全部買ってやるから持って来いということになったんです。大将の夕飯に間に合わせたいから、急げって」

即座に商談を受けるよう、袁に言った。自分からもハオハオとうれしそうな声を上げ、船に手を振ってみせた。

大急ぎで浜へもどった。心配していた李とほかのものが、駆け寄って来た。

袁が興奮して叫び声を上げた。思わぬ商売ができそうだというので、新蔵のことなど忘れて夢中になっていたのだ。

残念だなあ、という声がほかの家族からあがった。今朝市まで売りに行ったから、いくらも残っていないのだという。

三軒の生け簀を全部かっ攫って、十二匹しか集まらなかった。

それを籠に詰めて邃遠に向かった。

船の上から、こちらを見ている男の数が増えていた。停泊したから、手の空いたものが出てきたのだ。

新蔵と張は、船の男らに向かって精一杯愛想を振りまいた。

だがつぎの瞬間、心臓が止まったかと思った。蟹を受け取るため、呼ばれた男が、笊を手に甲板へ出てきたのだ。

それがなんと、藤吉だったのだ。

藤吉がぎょろ目をこちらに向けてきた。なに食わぬ顔をしているから、新蔵もそれに合わせた。

藤吉が笊に綱をつけて下ろし、新蔵らがそれに蟹を入れた。藤吉は笊を引き上げ、蟹を持って船室の中へ消えた。

袁が男から金を受け取った。あいやーと抗議の声を上げはじめたから、予想外に少ない額しかくれなかったのだろう。

男が邪険に手を振り上げ、行けと追い払う仕草をした。袁がなお文句を言いそうだったから、あわてて新蔵が引き留めた。

「藤吉でしたよね」

船が遼遠を離れてから、張が小声で言った。

新蔵はうなずきながら、遼遠から目を離さなかった。藤吉は二度と出てこなかった。

蟹代もふくめ、袁には世話になった礼金をはずんだ。そのせいか、夕食で獲れたてのスズキの唐揚げを馳走になった。うまかったが、料理を賞味するような気分ではなかった。

夜用の寝間として、長が物置小屋を一軒提供してくれた。李と張は早々と横になったが、新蔵は浜に出て、遼遠を見張りつづけていた。

寒くなってくると、木刀の素振りをして躰を温めた。

水の上にぽっかり浮かんだ黒い塊には、早くから気づいていた。

塊はすこしずつ近づいてきた。

上になにか載せていた。足の立つ深さまでやって来ると肩が現れ、それから胴が出てきて、人間のかたちになった。頭の上にくくりつけていたのは着ていたものだ。

藤吉は紐をほどきながら浜へ上がってきた。新蔵がいると気づいてからも、しばらく黙っていた。手でざっと体の水気を払い、衣類を身につけはじめてから言った。

「たまげたなあ。まさか、こんなところで出っくわそうとはよ」

「あの船で、なにをしていたんだ」

「笑ってやってくだせえ。なんと、炊ですぜ。このおれを、使うに事欠いて、うすのろのがきと一緒に、炊ときやがった。まるっきりしゃべれねえから、使い道がねえのはわかるんだけど」

「とんだ思惑ちがいだったということか。いまごろは阿片を売りさばき、お大尽暮らしをしてるはずじゃなかったのか」

「それを言われると、面目ねえ。まんまと欺されたんだからよ。船が港の外へ出た途端、それまでの兄いから、いきなり奴隷にされちまったんだ。受け取りの船がやって来たときも、おれとキャシーだけ働かされた。ところが、最初の荷を運び込んだ途端、どこに隠れていたか、鉄砲をそろえた敵が殴り込んできた。問答無用でズドンときたから、たまらねえや。逃げろっということになって、運よくおれたちが乗り移っていた船は、なんとか逃げられたってぇわけ。あとのやつらが、どうなったかは知らねえ」

「逃げたあと、どこへ行ったんだ」

「逃げ帰ったところは、南鎮という港でさ。船を修繕したり、塗り直したりする作業場があるほか、なんにもねえところだ。おれはその日から炊、キャシーは女中として、こき使われた」

「福州へ行ったんじゃなかったのか」

「福州には行ったことねえよ。南鎮はその、ずっと手前、福建省の外れだ」

「それがなぜ遼遠に乗っていたんだ」

「遼遠は六日前に、南鎮へ入ってきたんだ。そしたら炊の頭に呼ばれ、明日からあっちの船に乗り移れって。炊ってのはいちばんの若造か、役立たずのうすのろがやらされる仕事だろう。本物のうすのろに比べたら、よっぽどましってことだったんだろうと思うけどよ」

「すると遼遠は、どこから南鎮に来たんだ」

「厦門とか言ったかな。紫髯の船は何艘かあるけど、それぞれ港が決まってるらしいんで」

「遼遠に二十七、八の女と、四、五歳の男の子は乗ってなかったか」

「そんなやつ、乗ってねえ」

「おまえが見てないだけじゃないのか。船乗りとはちがうんだ。客かもしれん」

「だったら乗ってねえ。お客だったら、めしをつくらされるからわかるはずだ。乗ってねえよ。もっとも十八、九の、ぽっちゃりした女はひとり乗ってたけどね。若えやつらが女だ、女だって大騒ぎしてたけど、親玉の梁が連れ込んだ女だとわかって、しゅんとなってた。ここへ来る途中、部屋の前を通るたび、やりまくってたって、若えやつらが口惜しがってたわ」

「それで、キャシーはどうなったんだ」

「しばらく一緒にこき使われてたけどよ。あの通り、海千山千の女だからね。ろくにしゃべれねえくせに、いつの間にか、男どもを丸め込んでしまうんだ。そのうちどっかから呼ばれたとか言って、行ったきり帰って来なくなった」

「だれか偉いやつに、囲われたんだろう」

「そんなこたぁねえよ。南鎮に偉いやつはいないんだ」

「へえ、珍しくむきになったな。キャシーを寝取られたのが口惜しいのか」

「ちがうんだって、そんなんじゃねえよ。おれがおっかあと呼んだら、キャシーはそれが気に入って、ほかのやつらに対しても、おっかあ気分になっちまったんだ」

「ははあ。だれかれかまわず、添い寝するようになったんだな」

かまをかけると、藤吉はまんまと引っかかった。

「キャシーはだれとも寝てねえよ。おれだって寝てねえんだ」

憤然として言った。顔がゆがんで鼻の穴が開いていたから、どうやら本気で怒っている。

「へー、そうかい。継母までやっちまったやつが、そんなことを言って、信じてもらえると思うのか」

「おれもはじめは、やらしてもらう気満々だったよ。定海の波止場で、いきなりほっぺたを引っぱたかれるまではな。だいたい年増をものにするときは、胸元へ首を突っ込んで、くんくんやりながら、ああ、おっかあの匂いがするなあ、とやったらまず失敗しねえものなんだ。キャシーもそのときは、見え透いたこと言うもんじゃないよって、でれでれして、おっぱいまさぐっても、うふん、うふん、なんて鼻声出してたんだから。それがいきなり、ちんぽをぐっとつかまれて、ほっぺたぱちんだ。このばかたれが、どこの世界に、おっかあのおっぱいをまさぐって、おちんちんをおっ立てるがきがいるんだって、えらい怒りようでよ。おれもかっとなって、怒鳴り返したら、怒って行っちまいよった」

ぶたれたほっぺたが火のついたように熱くなったから、つい逆上して怒鳴り返したのだが、キャシーが行ってしまうと、なぜか、わけのわからない変化が、体の方に起こったのだという。

火のような熱さが、火照りのような、温もりのような、それまでとちがった、ふんわりとした温かさを持った、熱っぽいものに変わってしまったのだ。

「うまく言えねえんだが、なにかが狂っちまったんだ。気がついたら、ぎんぎんにおっ立ててたちんぽが、借りてきた猫みてえにちっちゃくなっていた。そして餓鬼のころ、悪さをしては、おっかあにぶっ叩かれたことを思い出した」

よその干物を盗んで売りに行き、その金で買い食いしたのがばれたときは、泣きながら叩かれたそうだ。

「おれぁ、おっかあの言うことなんか、全然聞かなかったなあと思い出すと、なんか鼻の辺りがつんとしてきて、着ていたものを身ぐるみ剝（は）がされたような、恥ずかしさが込み上げてきたんだ。ものすごく心細くなってきて、気がついたら、おっかあと、呼びながら後を追いかけていた。以来、おっぱいを揉んでも、触らせてもらっても、ちんぽは全然立たなくなった。べつに真人間に生まれ変わったって言うつもりはねえよ。子供のころできなかった親子の真似を、楽しませてもらってるってことになるのかな」

張が見たときの藤吉は、子供みたいにぴょんぴょん飛び跳ねていたというから、その光景が想像できる。

「それでこの浜には、なにしに来たんだ。まさか、逃げてきたわけじゃないだろうな」

「だめかい。旦那や張の顔を見た途端、ああ、おれぁとんでもねえことをしちまったんだなと、はじめて気がついたんだ。しゃべれねえ、ことばが通じねえってのが、こんなに情けねえことだとは思ってもみなかった。詫びてすむことじゃねえかもしれないが、もう一回、そっちへ置いてもらえねえかなと思って」

「よくそんなことが、ぬけぬけと言えるな。おめえはこれまで、いつだって、自分から、自分の居場所をなくしてきた人間なんだぞ。第一キャシーはどうなる。せっかく巡り会ったおっかあを、また見捨てるのか」

「やっぱり、そういう理屈になりやすかねえ。旦那は人がいいから、ひょっとすると、許してもらえるかもしれねえと思って、ものは試しと来てみたんだけど」

それほど気落ちしたとも思えない顔で、藤吉はぶつぶつとぼやいた。それから一度着た衣類をまた脱ぎ、畳んで頭に載せはじめた。

藤吉は海にもどった。

泳いで行くところがしばらく見えていたが、新蔵はそれを見届けることなく、寝る小屋へと向かった。

翌日が梁の指定してきた会談の日だった。

錦砂の浜へ、昼前に青海が入ってきた。

乗っていたのは曹と、配下のもの十数人、新蔵の知らない顔が多かった。

新蔵に対してはみな挨拶をしたが、顔が硬かった。火縄の匂いがしていたから、いざというときの備えもしていたのだろう。

新蔵は曹とふたりになり、昨日の出来事を話した。遼遠に人質が乗っていないことを、なによりも伝えたかった。

「それを聞いただけで心強い。命の保証はできないが、一緒に来てもらえますか。貴公がいると、千人力だから」

「残念ながらそれはできません。昨日蟹を売りに行ってるんです。炊頭(かしきがしら)をはじめ何人もの男に、顔を見られてます」

孝義の名代として遼遠に乗り込むのは、曹、副官の謝、これに小頭格の宋（そう）がつき従う。武院の幹部が総出でやって来たことに、今回の黄幇の緊迫感が表われていた。

励ましのことばをかけて送り出した。

青海が遼遠に横づけし、船から下ろされた梯子を三人が登って行くところまで、浜から見送っていた。

それ以後はなにも見えなくなった。たっぷり一刻かかった。

「帰ってきます」

李が真っ先に見つけ、大声をあげた。青海はなにごともなかったような船足で、こちらへもどって来はじめた。

曹が青海の舳先で棒立ちになっていた。怖ろしい形相で海をにらみつけている。

袁一族に別れを告げ、船で送ってもらい、新蔵ら三人は青海へ乗り移った。

そのまま寧波へ帰りはじめた。

沖の遼遠も帆を上げて、帰ろうとしている。

曹が新蔵のところへ、なかなかやって来なかった。

避けているのだとわかった。顔がどす黒くなっていた。見ると謝も目が吊り上がり、唇を噛みしめていた。

「なにがあったんです」

「謀(はか)られた。やつらの書いた筋書きにまんまと踊らされた」

反吐を吐くような顔で曹がうめいた。


遼遠船上で行われた会談を振り返ってみると、紫幇が黄幇を笑いものにするために仕組んだ企て通りに、ことは運んでいた。

遼遠の甲板に上がった曹らを待ち受けていたのは、床にじか置きされた床几だった。三人がこれに腰かけさせられたのに対し、紫幇の連中は五尺以上高い船尾楼に陣取り、嘲笑(あざわら)いながら三人を見下ろしていた。

船尾楼中央の背もたれ椅子に、紫色の外衣をまとった梁浄監、周りに部下が数十人、思い思いの格好で床几に腰を下ろしていた。

「あれほど礼を尽くして招待したのに、なぜ黄は来なかったんだ」

はじめは梁がおだやかに切り出した。目許、口許とも整った、一見温和そうな顔立ちで、声にも闊達な響きがあった。年は四十三。目と眉をほとんど動かさずしゃべったが、それでもときどき、引きつったみたいに唇の端がゆがんだ。すると一転して癇癪持ちの、ぴりぴりした顔が現れた。

黄幇側の受け答えはすべて曹がした。

「時間が足りなかったんだ。ここへ着てくるつもりで、わざわざイギリス人に仕立てさせていた王衣が間に合わなかった」

「おれはてっきり、怖じ気づいたのかと思ったが」

「半分はそうかもしれない」

「おやおや、素直だな。ここへ来る途中、イギリス軍の軍艦三隻とすれちがったが、定海にはいま、どれくらい残っているんだ」

「その三隻が最後だったかもしれない。今日は一隻もいないと聞いた」

「どうやら広州に集結しはじめたようだな。年末から広州で講和会議が開かれるそうだ。結果次第では、ふたたび戦争がはじまるかもしれん。そのときは、福州や寧波も、安全とは言えなくなる」

「そうならないように願っている」

「下手をしたら、この国が滅びるかもしれん。つまりいまわが国は、存亡の危機に立たされている。こういう大事なとき、内輪喧嘩でいがみ合うのは、どういうものかと思ってな。もともと同族なんだし、寧波は紫幇にとっても父祖の地だ。憎み合うことなく、仲むつまじく暮らしたいものじゃないか。われわれが力を合わせ、協力して、今後の情勢に立ち向かったら、まちがいなく浙江省と福建省で、無敵の幇になれるぞ」

「国のことは国にまかせる。われわれは地道に、いまの商売をつづけて行くばかりだ。人の力を借りる気はない」

「お互いの立場を尊重しながら、独自にやって行くということでは、おれも異論はない。そこで、ものは相談だ。そっちの邪魔はしないから、この近くに港をひとつつくらせてもらいたい。費用はすべてこっちで出す。土地の使用権だけ認めてくれ」

「どこを希望しているのだ」

「穴山村（けっせん）」

　ということばを聞いたときは、頭を殴られたかと曹は思ったそうだ。

　ここから寧波側へ海岸線に沿って数里行くと、大樹（たいじゅ）という島にぶつかる。平坦な島で早くから開け、住民も多い。

　その大樹島と幅一町ほどの瀬戸を挟み、本土側に位置しているのが穴山村だ。

なんの取り柄もない小さな村だが、寧波から延びてきた運河の出入口になっている。

杭州、紹興、寧波の都市を結んできた運河の、東の端が穴山村になるのだ。

　ここに港をつくり、荷を川船に積み替えることができたなら、杭州湾へ出ることなく、運河のみを使って全土にものが運べる。

「返事は？」

「おどろきすぎて声も出ない。そんな都合のよいことを、本気で考えていたのか」

「もちろん、大真面目だ」

「もうすこし、身の丈に合った請願をしたらどうなんだ。たとえば、象山湾のどこか端っこの港でよいとか」

「象山湾はだめだ。西塘河とか、余姚江、曹娥江など、寧波や杭州を結んでいる運河へつながっている川がない」

「おれはただの使いだから、とりあえず、帰ってそちらの申し出は伝える。それで、穴山村が第一希望地だとして、つぎの候補地はどこだ」

「一に穴山村、二に穴山村、三、四、五も穴山村」

「穴山は黄幇が切り開いた土地だ。なにもなかった荒れ地に鍬を入れ、運河を掘って西塘河につなぎ、船で物を運べる恩恵をみなで分かち合ってきた。自分たちが汗を流してつくり、金を出し合って維持してきたんだ。それをなぜ、なんの所縁もないものに、ただで使わせてやれる。どんな返事がもらえるか、考えなくてもわかるだろうが」

梁の顔にほくそ笑みが浮かんだ。身を乗り出すと、ことさら丁寧なことばを並べた。

「なにか、勘違いしているようだが、おまえたちは、うんとしか言えないと思うんだがね。拒否することなど、できないのとちがうか」

「おれは返答できる権限を与えられていないが、この返答だけはまちがいなく言ってやれる。ばかも休み休み言え」

「だからそれが、勘違いだと言ってるんだ。いまのおれたちは対等じゃねえ」

「その通り、対等だったことは一度もない。黄幇はつねに紫幇の上だったし、いまもそうだ。これからも未来永劫変わらないだろう」

「きさま、ばかか。おれたちの手に、いまなにが握られているか、知らんわけじゃねえだろうが」

「なにがあるというんだ」

「てめえ、人をおちょくりに来たのか」

梁は一喝すると拳を振りかざして曹をにらみつけた。口許が痙攣していた。

曹は一歩も引かず、梁をにらみ返した。

「黄幇の名代として来ているから、聞き返しているんだ。そちらの無理難題を、なぜこっちが受け入れなきゃならん。その根拠があるなら、いまこの場で見せてくれ」

梁が顎を引いて曹を見やった。

目を細めていた。顔に浮かんでいた笑いの意味が、さっきとちがっていた。冷酷、かつ残忍、してやったりという笑みにほかならなかった。

曹の背筋にずしんと戦慄が走った。しまったという狼狽だ。梁の術中にまんまとはまったことを、瞬時に悟ったのである。

梁が右手を上げた。

船室の扉が開けられ、なにか引きずり出されてきた。

若い女だった。

一目見るなり曹の腰が浮いた。

目の前に連れてこられたのは、胡明鈴、十九歳、黄家の嫡男尚義づきの小間使いだったのだ。

後手に縛られていた。胡はなぜこんなところに引き出されたのかわからないまま、おびえきった目を周囲へ走らせた。

その目が曹をとらえた。

胡は必死の形相になって身を乗り出し、曹に訴えかけようとした。縋りつくような目と、慈悲を求めるか弱さ、それを見ただけで曹の肝っ玉は木っ端微塵に砕けた。

紫幇の男がひとり、するすると帆柱を登って行った。上から投げ下ろされた一本の綱。先端に、丸く結わえた輪ができていた。

輪が胡の首にかけられた。男がにやにや笑いながら輪を締める。叫ぼうとして声の出ない胡。

男が胡を前へ突き出そうとした。懸命に抗がおうとする胡。その目が曹に突き刺さった。梁の笑い声が響いた。

「やめろ」

われを忘れて曹は悲鳴を上げた。

つぎの瞬間、胡が音もなく曹の方へ飛んで来た。

目の前をぶらーんと横切って行ったひとつのもの、もと人間。

もどって来て、曹の目の前を再び横切った。

行って、またもどって来る。

行く。

もどる。

「どうだ、とっくり見届けたか。帰ったら黄に伝えろ。紫幇は今度こそ本気ですとな。今度届ける文には、削いだせがれの鼻を添えてやってもいいんだぞ」

梁浄監の勝ち誇った声が響き渡った。

十　阿片

「あの光景がどうにも忘れられない。目を閉じるたび、瞼に浮かんでくるんだ」

話すたび、曹は瞼を押さえた。

「いま思い返したら、おれが言い返したり、挑発したりしなかったとしても、胡を助けることはできなかっただろう。それでもおれが、あの娘を殺したことに変わりはない。この負い目は、一生負って行かなきゃならん」

「だったらわたしも同じです。まさか、あの娘が乗せられていたとは、夢にも思わなかったのです。梁が連れ込んだ女と聞いたもので、それ以上は、考えが及ばなかった」

同じことばは孝義からも出た。

「母ひとり、子ひとりという親娘だったんだ。外へめしを食いに行ったとき、給仕してくれたのが縁で知り合った。尚義がなついたからわけを話し、行く行くはわが家から嫁に行かせますからと、母親に約束した。いまさらどの面下げて、母親に報せることができるだろう」

寧波鎮水師の副官趙が自殺したと報告したときの孝義は、平然としていたのだ。

「これまで築き上げてきた信頼を、すべてふいにしてしまったんだ。呂としては、なんらかの形で責任を取るしかなかっただろうよ」

醒めきった顔で、そう言った。

趙が呂の娘婿であったと知ったときは、新蔵の方が冷水を浴びせられたような気がした。弾を込めた短銃を、呂が指先で、趙の方へ押しやったのを見ていたからだ。

あのときの呂と、いまの孝義の顔とが、どこか似ていた。ふたりとも、そういう酷薄な世界で生きてきたということだ。

梁が要求してきた穴山村の件は、その後黄幇で連日討議されていた。

一方で藤吉から聞いた南鎮という港のことは、ついぞ話題に上がらなかった。孝義と曹が、討議の場へ持ち出さなかったからだ。

ふたりとも南鎮という地名には、心当たりがなかった。

その後の調べで、浙江省から福建省へ入ったところにある村の名だとわかった。大型船の入れる港があるが、土地が狭いのと、ほかの町と離れているのとで発展することもなく、時化のときの避難港として使われている程度の寒村だという。

浙江省にもっとも近いことから、紫幇が目をつけたのか。一年前から基地の整備をはじめていた。

近いといっても寧波からだと百五十里の距離があり、福州からでも五十里（二百キロ）離れている。

黄帮の勢力はほぼ浙江省内に限られているので、南端の窓口は温州にしかなかった。南鎮はその温州から、さらに十五里先なのだ。いま大あわてで温州と連絡を取り、南鎮のようすを探っているところだった。

連日の会議、来訪者、日々の業務、この頃の孝義は、それこそ躰がいくつあってもたりないくらい多忙だった。

まして妻子が誘拐されている。その心労は大変なものだったろう。見るからに疲れ果てていた。

ときどきぼんやりしたり、あくびをしたり、眠気を必死にこらえたり、端で見ていてもわかるくらい、疲労ぶりがはなはだしかった。

夜もろくに眠れていないのだろう。昼間でも顔色は冴えず、口数が少なくなり、新蔵に話しかけてくる回数もめっきり減った。あれほど生気に満ちていた容姿さえ、いまではくすみ、精彩を失くしていた。

それを毎日見ていながら、なにもできない自分が、なんとも情けなかった。とうとう新蔵まで悶々としはじめ、夜も眠れなくなってきた。

その日も闇のなかで目をこらし、長いこと天井をにらみつけていた。

頭に浮かんでくる雑念が大きくなり、どうにも追い払うことができなくなった。我慢できなくなって起き上がり、木刀を持って中庭へ出て行った。素振りをはじめたとき、ごく小さな、明かりが目に入ってきた。

孝義の部屋からだった。

新蔵は足音を殺して戸を開け、なかに入った。

甘酸っぱい匂いが漂ってきた。

灯明の光が揺れていた。ジジジジと、なにか炙っているような音がする。

小休止するとき使っている、寝所の隣の小部屋からだった。

毛氈を敷いた露台がしつらえてある。

横滑りしたような格好になって、孝義が横たわっていた。

足を投げ出していた。

手に長煙管を持っていた。

その煙管の吸い口をくわえ、目を閉じ、身じろぎもしなかった。

その目が開いた。

躰がのろのろと動き、伸びた手が壺を引き寄せた。

壺をまさぐってなにか取り出すと、煙管を持ち替えた。手にした粒状のものを、煙管の中ほどにある窪みに詰め込んだ。

煙管を灯火にかざした。窪みに詰めたものを、火で炙りはじめたのだ。

ジジジジ、という音をたて、生阿片がくゆりはじめた。かすかに煙が立ち昇った。

孝義が半眼になって、それを吸った。

目を閉じ、それきり動かなくなった。

陶然としている顔には見えなかった。恍惚境からはほど遠い、苦渋に満ちた修験者のような顔をしていた。

目が開いた。

目玉がわずかに動き、こちらへ向いた。新蔵のいることに、はじめて気がついた。動じなかった。うろたえも、恥じらいもしなかった。どちらかといえば、平然とした目を向けていた。

「知っていたのか」

「いいえ。しかし最近は、疑いはじめていました」

返事がなかった。新蔵はことばをつづけた。

「蘇州へ行ったとき、貧民窟に迷い込んだことがあります。そのとき、路上に打ち捨てられて死を待っている、ぼろ雑巾のような男を見かけました。阿片でぼろぼろになり、だれにも看取られないまま、死にかけている男です。そのとき手前を見つめていた男の目が、いまの若旦那の目そっくりでした」

「おれを怒らせるつもりで言ってるんなら、心遣い無用だ。恥じてはいないのだ。悔いてもいない。おまえが、子供のころよりずっと賢くなり、洞察力まで備えてきたから、いずればれるかもしれないとは思っていたが」

「それでは言わせていただきますが、こうした悪習に染まり、阿片の虜になるため、この国へやって来られたのですか。もっと金を稼ぐため、あえて一攫千金を望まれたからこそ、この国へやって来られたのではありませんか」

「これまでそういう疑いの目で、おれを見ていたのか」

「一番番頭の長兵衛さんから、蝦夷地へ行かれたとき、お店の金を黙って八百両持ち出されていたと聞きました。大旦那さまに申し上げてよいものかどうか、いまだに決心がつかない、とこぼされたのです。そのときはじめて、これはひょっとすると、抜け荷を企てられていたのではないか、という疑問が頭に浮かびました。それで、三国屋に残されていた若旦那の持ち物や、蔵書など、すべてに当たり、目を通させていただきました。長崎奉行所がまとめた長崎犯科帳の写し、唐船風説書など、みな読みました。西川如見が書いた華夷通商考という本には、寧波から長崎までの航路が記してありました。仏教の聖地として有名な、補陀洛山寺がある舟山島から長崎までの航路も記されていました」

「そうだった。そういうものを、読みふけった時期もあった」

「疑いに確信を持ちはじめたとき、大旦那さまから大坂出張を命じられたのです。三国屋の将来をまかせたいから、そのつもりで二、三年修業をしてこいと言われました。ただし、前にも申し上げましたが、行かせるのは大坂であって蝦夷地ではないんだぞと、釘を刺されました。孝義の行方を探すつもりだろうが、それはならん、とおっしゃったのです。一番番頭さんは隠しきれなくなって、若旦那が持ち出されたお金のことを、大旦那さまに申し上げたそうです。それで大旦那さまも、若旦那のお考えになっていたことをうすうす察し、それ以上追及しようと、なされなかったのだと思います。お店から八百両という金子が紛失していたにもかかわらず、この問題ではだれひとり、責任を追及されていないのです」

ここでは言えなかったが、佐江からは小此木家の収入が、このところ年間五千両内外で伸び悩み、膨れあがった所帯を切り回しかねていると打ち明けられていた。

わたしが父に代わることで経費を切り詰め、家人に倹約を強いることでしか、当面の取るべき手段がないのよ、と苦衷のほどを聞かされていたのだ。

「そうか。そこまでばれていたのか。父は豪毅（ごうき）な性格の反面、隅々のものにまで気を配る神経を持ち合わせていたが、計数に明るいとは言えなかった。父から代を引き継ぎ、算盤をはじいてそれがわかったときは、それこそ愕然としたものだ。おれに課されたことは、父の体面を汚さず、なおかつ早急に、小此木家の財政を立て直さなければならないということだった」

「その苦衷はいま、そっくり佐江さまが引き継がれています」

「思い上がりもはなはだしいことに、当時のおれは自信満々だったんだ。いざ手を出してみたら、なにひとつできはしなかった。苦労知らずで、甘やかされて育ってきたおれに、そんな知恵や才覚があろうはずはない。あったのは世間知らずの、向こう気だけだ。そんな人間にできることがあるとしたら、伸るか反るかの大博打くらいのものよ。功名心だけは人一倍強かったから、おれはそいつに賭けてみようと思った。それで考えたのが、漂流船に扮して唐へ乗りつけ、濡れ手で粟の大儲けをしてやろうという筋書きだ。そこから先は、この前話した通り。難破して、おれひとり死に損なった。一旦死んだ人間だから、その気になったらなんでもできる。その果てが、いまこうして、おまえの前にいる骸だよ」

「ご自分を、それほど悪く言うことはありません。紆余曲折はあったかもしれませんが、若旦那が、あたらしい生き方を手に入れられたことはたしかなのです」

「これまでの道程が平坦だったというつもりはない。いま振り返ってみると、ひたすら苦しかった。いくらか余裕ができ、ほっとしたときは、三年たっていた。北前船でもそうだが、廻船業の旨味というのは、送り荷と返し荷、双方が拮抗するようになってはじめて生まれてくる。片荷だけでは、いくらいい捌き方をしたところで、たかがしれている。おれはその道理を、サンパンの、もっとも零細な連中に一から教え込んだ」

すこし間が空いた。また阿片を一服したからだ。

「つまり、塩を運んだ帰りに米を仕入れ、杭州湾や舟山諸島の隅々まで持って行って売りさばく。すべての流れを一商売として循環させたら、稼ぎをいまの五割増しにできるぞと煽ったのだ。それがうまく行き、ひと通りかたちができたところで、収支を締めてみたら、なんということだ。黄幇本体の収入は一割と増えていなかった。どういうことかというと、そういうやり方を教えてもらって得た利益から、黄幇へ差し出すべき冥加金を、だれも出していなかったということだ。つまりごまかすことが、やつらの商売の鉄則だったのだよ」

「なんとなくわかります」

「だが義父は、おれの愚痴を全然気にしなかった。それが黄幇の信用と名声のもとになっているのだから、気にすることはない。これからも引きつづき、黄家の名を高めてくれたらいいんだ。わたしは娘によい婿が来てくれたことを、心の底から喜んでいるのだよ、と励ましてくれた。その裏で義父は、おれの整備した運送網を使い、阿片を密かに運んでいた。つまり義父までが、おれを欺して利用していた」

「そういうことは、先代が急死されるまで気がつかなかったのですか」

「まったく知らなかった。いつかおまえも、わたしのしたことがわかるようになるだろうとは言われていた。わたしはおまえが、わたしのつくりあげたものを、なにもかも継承してくれると信じている。だからいつ死んでも心残りはないのだ、とよく言っていた。たしかに気づいたときは、なにもかも、そっくり受け継ぐことしか、おれにできることはなかった」

十万の人間の暮らしが、自分の肩ひとつにかかっているとわかった以上、もはや引き返すことはできなかっただろう。そしてたしかに、孝義は洪政の敷いた道を継承、発展させてきたのだ。

「おことばを返すことになるかもしれませんが、事業の継承と阿片の吸引とは、まったく別問題だと思います。阿片には強い毒性があり、度重なる吸引は躰をむしばみ、最後は廃人となって死んで行くと聞いています。蘇州で見たのが、そういう人間でした。いずれ自分もそうなると、覚悟した上での吸引ですか」

「おう、おう、泣き所を突いてくるなあ。じつをいうと、だんだんそうなりつつあるんだ。はじめのうちこそ、本音と建前のせめぎ合い、良心と現実のちがいすぎる苦しみ、第八龍神丸の乗組員への負い目など、忘れてしまいたいことが多すぎて、つい手を出してしまったという事情はある。それがいまでは、ただの日課になってしまった。毎日一度はこうして、この部屋へ来ずにいられなくなっているんだ」

「この半月ばかりの、ご心労のほどはお察しします」

「もとは十日に一回くらいの、軽い息抜きだったのだ。それが四、五日に一回となり、二日に一回となり、いまでは毎日になっている。これではいかん、すこし間を開けなければ、とは思うものの、それができない。毎日夕刻になると、あくびが出はじめ、気だるくなって、落ち着かなくなり、不安が増して、息苦しくなり、悪寒で躰が引きつったり、震えたりしはじめる。阿片を吸わない限り、その責め苦がつづくのだ」

「それこそ阿片中毒のしるしではありませんか。いまや廃人への道をまっしぐらです。やめたいという気持ちはあるのですか」

「あるとも。なんとしてもこの悪習を断ち切りたいと、毎日思っている。嘘ではない。これまで何度か、懇意な医者に相談して、治療を試みたこともあるのだ。しかし長続きしなかった。根本から治療しようと思えば、日常生活を断ち切り、いかなる懇願も聞き入れてもらえない禁断生活を、一カ月つづけなければならないと言われた。人の力を借り、力ずくで治してもらわない限り、自力ではできないと。ほんとを言うと、おまえに見つかってよかったと思っているのだ。おまえなら、こういうおれを、なんとかしてくれるんじゃないか」

「手前になにもかも任せる、とおっしゃるのですか」

「任せる。任せるから助けてくれ」

けだるそうなことばにわずかな力を込め、孝義は言った。阿片の陶酔が言わせたのか、その場しのぎの言い逃れか、新蔵の方はその判断ができる材料を持っていなかった。

十月も十日余りたった。

日本だと山でそろそろ雪のちらつく季節だが、だいぶ南へ下がってきたせいで、それほどの厳しさはなかった。しかし朝夕は格段に冷え込みはじめた。

人々の服装が冬用の綿入れに替わった。だれもが袖の長い冬用の外套を着用した。袖口から手を出さなくてすむ服装だ。色はほとんど黒、男女によるちがいはないから、人が大勢歩いている街の光景は、まるでねずみの大群が動いているように見える。

鄭とななえから、近況報告が届いた。

ふたりとも元気、ななえの父親周は、支えられれば家の外へ出られるまで回復してきた。

鄭のほうは、順調といえなかった。イギリス軍の侵攻によって経済が大混乱を起こしたからで、思うように荷が集まらないのだという。この分だと出港がだいぶ遅れるかもしれないとあった。

紫幇との問題は、その後も交渉はつづいていたが、進展はしていなかった。一部のもののしか関与しない秘密交渉だったから、表だっては見えなかったのである。

実際は人質を取られている黄幇が、紫幇の要求に押しまくられていた。

紫髯はあくまでも強硬で、寧波の内濠ともいえる穴山村の租借を主張して譲らなかった。

いまや両者が対等でなくなっているのは明らかだ。

黄髯も内心では負けを認め、あとは紫髯の要求をどこまで下げさせるか、交渉の重点をそちらに移しつつあった。

早く言えば、港の位置だとか、大きさだとか、入港できる船の数だとか、細かなことをいちいちあげつらっては、交渉を長引かせていたにすぎなかった。

ただこの間、この態勢を一気に覆してやろうと、死にもの狂いになって奔走しているものたちもいた。

目指したことはただひとつ、誘拐された人質の奪還だった。人質さえ奪い返すことができれば、紫髯の存在など取るに足りないのだ。

ところがそれが、まだなんの手がかりもつかんでいなかった。

温州から南鎮へ潜入した間者が、苦労していた。

数年前まで名も知られていなかった寒村という点では、その後も大きく変わっていなかった。紫髯がきて住民は増えたものの、数は百人足らず。外部の人間は村に入っただけで目立ってしまうのだ。

一方この時期、新蔵は張を連れ、頻繁に外出していた。

行き先は城内の天封塔近くにある、天主教会跡だった。元カソリック、つまり天主教の教会があったところで、かつてイエズス会の宣教師が布教活動をしていた。五、六年前まで滞在していたフィリッポスという宣教師が、布教活動のかたわら医療行為を行っていた。フィリッポスは宣教師より医者としての方が有能だったらしく、かれに学んだ大勢の支那人が、優秀な医者となって各地で活躍していた。

その後イエズス会は清朝ににらまれ、布教活動を禁じられ、宣教師は国外に追放された。このとき寧波の天主教会に留まって医院を引き継いだのが、フィリッポスの一番弟子だった漢人の王徳啓（おうとくけい）だった。日本風にいうと蘭医（らんい）である。王自身は天主教徒ではなかったし、医者として優秀だったから咎められることもなく、診療所は各地からやって来る患者、医学生によって大繁盛していた。

この王が、黄家出入りの主治医だった。新蔵は王の元へ何回か足を運び、阿片中毒を断ち切る治療法を教えてもらった。

王のしゃべったことは張に筆記させ、帰ってからそれを熟読した。わからないこと、あらたな疑問が出てくると、日をあらためて訪問し直し、再度教えてもらった。

孝義はその後も、阿片の吸引をつづけていたようだ。新蔵にばれてからは自制していたが、それでも断ち切ったという状態にはほど遠かった。早くやめさせないと、症状が重くなり、治療の際の苦しみも増すことになる。

もうひとつ、孝義の義母茶栄の悲嘆が、その後さらに激しさを増していた。どうやら娘と孫の誘拐を、知ってしまったようなのだ。当然嘆きや悲しみはもっと大きくなった。ひとたび発作を起こすと手がつけられなくなり、周囲をほとほと困らせていた。

それがこのごろ、声を聞くことがほとんどなくなった。本人の姿は、帰宅してから見ていないのだが、声まで聞こえなくなったというのは尋常でない。

思いあまって孝義に聞いてみた。

「ああ、一服吸わせているんだ」

孝義は気にもかけない顔で言った。阿片を吸わせると静かになるので、発作を起こしそうになるたび、与えているのだという。

新蔵の顔に気づくと、孝義は居直った。

「梨花と尚義の代わりになる薬がほかにない以上、仕方がないだろうが」

孝義の治療をはじめるに当たっては、阮と曹、ふたりには大筋を打ち明けた。阿片の治療であること、そのため極秘の治療所へしばらく入所させることなど。

ただしそれがどこかは、教えなかった。

ふたりはそれをほかの職員には隠し、孝義が毎日執務しているかのように、芝居してもらうことになる。孝義不在の間の決裁は、このふたりが代行するのである。

その治療所を、新蔵ははじめから仙雅洞と決めていた。

ただそのためには、難題がひとつあった。仙雅洞が旅店として、いまでも営業していることだ。

この際できたら、だれも立ち入れないようにしたい。とはいえいきなり閉鎖するわけにいかないから、周囲に悟られないよう、いくつか事前工作をほどこすことにした。

まず仙雅洞を運営している許夫婦の旦那の方、桂順が病気になり、これまで通りの営業ができなくなったということにした。

宿泊業務は大幅に縮小、これまで会員ならだれでも宿泊できたのを、当分の間、一日二組までということに変更したのだ。

そして桂順の代わりになる男手として、警司の林に来てもらった。用心棒兼下男である。

また治療の助手として、張と李を仙雅洞に滞在させる。緊急の事態が起こったときは、どちらかを使いに走らせることができるからだ。

こうしてすべての準備が整ったところで、孝義の身柄を仙雅洞に移した。真夜中、黄家の表玄関を内側から開け、孝義を密かに連れ出したのだ。

治療用の部屋としては、二階のいちばん奥、ほかの部屋からいちばん遠いところを充てた。

部屋に持ち込んだのは二台の寝台と、小机、椅子、水差し、湯飲み、おまる、それだけだ。

新蔵はこれから四六時中、孝義とこの部屋で過ごすことになる。便所に行く以外、部屋から出ないのである。

隣の部屋は、予備として空室にした。その隣に張、さらに隣へ李が詰める。林は一階入口脇の部屋、出入りするものを監視するためだ。

治療は孝義が移ってきた日からはじまった。当然のごとく、一日目はなにごともなく平穏に過ごせた。

孝義も快活で、久しぶりに仕事から解放されたことを、素直に喜んでいた。

家の外の空気を吸ったのは、何年ぶりだろうと懐かしんだ。そしてこうなったら、本を読みたいとか、将棋を指したいとか、軽口まで叩いた。

食事も、これから体力を消耗するだろうから、いまのうちに十分食っておこうと、旺盛に食った。

二日目も平穏、おだやかに過ごした。

孝義に変化はなく、よくしゃべり、終始元気を装っていた。しかしよくよく見ると、それほど楽しんでいる顔ではなかった。

めしもふつうに食った。食欲が食わせたのではなく、これからのことを考え、むりして食っていた。

李が手に入れてきた絵入り草子を、半日かけて読みふけっていた。しかし熱中していたようには見えなかった。新蔵との会話もそうで、はずんだとは言えなかった。すべてが上の空だったのだ。

午後も遅くなってくると、新蔵のほうを見ようとしなくなった。無口になり、ときたま眠そうにあくびをしはじめた。問いかけられたら答えたが、自分からはしゃべろうとせず、夕方になると手枕をして横になった。

夕めしは新蔵に押しつけられたので、なんとか食った。

三日目は横になったきり、日が高くなっても起きようとしなかった。新蔵には背を向けたまま、話しかけてもこない。

新蔵もようすを見るだけにした。昨日からは、話しかけることもやめていた。ときどきうつらうつらしているように見えたが、実際はすこしも眠れていなかった。

息遣いが荒くなり、独り言とも、うめき声ともつかぬ声を上げはじめた。

背を丸めて躰を縮め、両腕を足の間に挟んで強く押さえていた。耐えていたのだ。運ばれてきためしには、生返事をしただけ、まったく手をつけようとしなかった。

「うるせえな」

突然声を上げて罵りはじめた。大きな声ではなかったが、苛立ちでこめかみが脈打っていた。

廊下の反対側から、かすかな物音が響いてきたのだ。

今夜はたしか、二組の客が宿泊していた。常連か、身元の知れている人物のみ受け入れているから、騒がしい客ではなかったが、築土の壁に足場のようなものを突き出し、その上に廊下を載せているからすべてつながっている。ときによっては意外な物音が伝わってくるのだ。

宿泊客の人数は、毎日林が知らせてきた。ふた組以上の客が泊まるのは今日までで、明日はなし、明後日はひと組。すこしずつ減らしていたが、それ以前から決まっていた客は、断るわけにいかないのだ。

夜がこれまでになく長くなりはじめたのも、その日からだ。

横にはなっているが輾転（てんてん）として、ほとんど眠れていないようだった。ときおりが、隠せなくなった。ときどき呪いの声や、罵声を発した。自分を罵っているのだった。

四日目になると、躰の動きや姿勢がはっきり苦痛を訴えはじめた。荒い息遣いと唸り波となって押し寄せてくる悪寒や苦痛の頻度が多くなり、痛みの度合いまで増してきた。唸り、歯ぎしり、呪い、怒声と、上げられる声はすべて上げながら耐えていた。

海老のように曲げた躰の、細かな震えが止まらなくなった。これ以上ないほど躰を縮こまらせ、歯をぎりぎり噛み鳴らし、ときどきくそー、くそーとうめき声を上げていた。

午後になると、ついに悪寒が限界を突破した。

叫びと、呻きと、罵りと、悲鳴の洪水、手足から躰、五体すべてが絶え間ない痙攣に襲われ、恥も外聞もなくなって、ただただ、のたうちはじめた。

顔はゆがみっぱなし、口は開きっぱなし、よだれまで垂らしはじめた。

とうとう新蔵に、部屋から出て行けと怒鳴り出した。こんな惨めな格好を、見られたくないというのだ。

終いには、新蔵が身じろぎするだけで文句をつけるようになった。気配でわかるというのだ。他人の息遣いさえ、苦痛として伝わってくるというのである。

新蔵は耳を貸さなかった。口も、手も出さなかった。一切無視して、孝義を見下ろしていた。

新蔵に怒りをぶつけることで、いくらかでも時間を費やすことができるなら、御の字だ。そういう我慢なら、いくらでもするつもりだった。

本当の苦しみは、これからはじまるのだ。それは教えを乞うた王徳啓から、懇々と聞かされていた。いまのところ、すべての症状が、王の言った通りにすすんでいた。

相手がのたうち回った挙げ句、最後は動かなくなり、このまま事切れてしまうのではないかと思われる事態に至っても、絶対に助けてはならないと言われていた。

なにを言い出そうが、聞き入れてはならない。すべては阿片が欲しいがために言っていることだから、絶対真に受けるな。最良にして唯一の治療法は、放置して、なにもしないことに尽きると。

まだ立ち直ることができる肉体なら、放ったらかしにしたところで、死にはしない。運悪く死んだとしても、それはもともと、それまでの寿命だったと思ってあきらめろ、とまで言われていたのだ。

夜になると、阿鼻叫喚（あびきょうかん）としかいいようのない叫び声が、土楼中へ響き渡りはじめた。

今夜は客がいなくてさいわいだった。

しかしこの分だと、明日からの客は断らなければならない。新蔵が考えていたよりも、事態の悪化がはるかに早かった。

孝義は暴れ回った挙げ句、最後は気力が尽き、動かなくなってしまった。

それを見届けてから、束の間うとうとした。

はっと目を覚ました。

立ち込めている異臭で目が覚めたのだ。

孝義が失禁していたのだった。

翌朝、張と李を呼び入れ、三人で抱きかかえて、孝義を一階の牛小屋へ移した。

以前、内陸の百姓が米をここまで運んでいたころ、使役に使っていた水牛の小屋だ。かつては仙雅洞の向かいに、水牛を休ませるための池まで掘られていたという。運送が船になり、水牛の役割が終わると、池は埋め立てられ、水牛小屋は物置に転用された。その小屋へ、孝義を移したのだ。これからはここが、孝義と新蔵の居室になる。

小屋の構造はほかの物置と同じだが、ここだけ床に、牛の糞尿を洗い流すための小溝が切ってある。いくら汚しても水で洗い流せるのだ。

とはいえ寝台はなしになった。石敷きの床へ、孝義をじかに横たわらせた。上掛けひとつ与えず、放置することは同じだ。

新蔵は小屋の隅に椅子を持ち込み、そこに腰を下ろして、ただ見守っていた。

自分が垂れ流しの身となったことが、孝義にはわかったのだろう。人間としての最後の矜持が、これをきっかけとして崩壊した。

それまでなんとか保たれていた抑制の箍が外れた。

ついに孝義は、それまで口にしなかった阿片を吸わせろという禁句を、口走りはじめた。

それも脅迫、哀訴、買収、あらゆる手管を弄して、新蔵に迫ってきた。

それが聞き入れられないとわかると、猛烈に暴れはじめた。

ついには「死んでやる」と、壁に向かって頭をぶつけはじめた。

こうなるとまた、張と李の力を借りるしかなかった。三人がかりで押さえつけ、手足を縛って動けなくして、ようやくその動きをやめさせた。

それからの孝義は、人間であることまで捨てた生きものになった。わずか数日で、元の姿からは想像できなかった人相に変わってしまった。

泣いたりわめいたりしかできない子供、唸り声しか上げられないけだもの、悪鬼、妖怪、物の怪、人以外の動物になってしまい、動物ならやるであろう、ありとあらゆる動きをするようになった。

唯一の主張が声だった。泣き、わめき、怒鳴り、ののしり、脅し、暴れ、哀願し、泣訴し、声が出なくなるまで叫びつづけた。

力が尽きて動かなくなってから、着ているものを剝ぎ取った。

沸かした湯を持ってこさせ、顔や躰を拭いてやった。汚物で汚れた床を洗い流した。

これを新蔵はひとりでやった。毎日それをやった。

十日目ぐらいのことだったろうか。

ぐったりしている躰を拭いてやっていると、孝義がいま起きたような目で新蔵を見上げた。

あ、正気にもどりはじめたな、とはじめて思った。

事実はじめて、孝義は感謝のことばを口にした。そしてこれからは、躰を拭く間隔をもっと空けてよいぞと言いだした。そこまでおれに尽くすことはないんだ。

そのあと、家から持ってきた着替えの中に、油紙製の股引があるはずだから、あれをはかせろと言った。おまえの手間が、いくらかでも省けるだろう。

張の部屋に置いておいた衣類をあらためると、たしかに下着が何枚か入っていた。股引が出てきたから慎重に調べた。裾の縫い目がわずかにふくらんでいた。

糸目を切ってほぐしてみた。黒ずんだ半固形の練り物が縫い込まれていた。

裾を切り落として、孝義のところへ持って行った。

裾が切り落とされているとわかったときの、孝義の目がすごかった。これほど憎しみと、怒りに燃えた人間の目を、見たことがなかった。

その夜、うとうとしているとき襲われた。

はっと気がつくと、糞まみれの手が新蔵の咽首を鷲づかみにしていた。剝き出した歯の間から、ひゅうひゅう咽を鳴らしている鬼と化した顔が目の前にあった。

「殺してやる、殺してやる」

とわめいていた。撥(は)ねのけようとしたが、それ以上に孝義の力が強かった。

ありったけの憎悪を振りしぼった殺意が、万力のような力となって、これでもか、これでもかとばかり締めつけてきた。

なんとかねじ伏せられたのは、孝義の力が長くつづかなかったからだ。

新蔵は自分に被さっていた汚物を丸ごと持ち上げ、憤怒の衝動を込めて床に叩きつけた。

十一　南鎮

のたうち回る苦痛が延々とつづき、錯乱の挙げ句最後は気を失ってしまう症状が、何回か繰り返されるようになった。

それでも手は出さず、黙って放置していた。

あるとき気を失っていた孝義が、突然、はっと目を開けた。そして、どうしておれは、こんなところにいるのだろうといった、不思議そうな目で新蔵を見た。

正気にもどったのだ。昏睡（こんすい）から覚めたような、おだやかな顔になっていた。

回復の兆しにほかならなかった。

そのときは、しばらく憑（つ）き物が落ちたようなさっぱりした顔になって、気分もよいのだろう、自分のことなど謙虚に語りはじめる。これまで見せなかった素顔がのぞいた。

「負け惜しみかもしれんが、まだまだ苦しんで当然だと思っているのだ。おれが犯してきた罪の報い、神仏から下された罰だと思えば、逃げるつもりはない。甘んじて受ける。もっともっと切り苛（さいな）まれていいのだ」

そのときは、ここまで自分を支えてくれた新蔵への感謝のことばも出てくる。ただしこの時間は、それほど長くつづかない。つぎの悪寒がぶり返してきて、ふたたび地獄の責め苦へ突き落とされるまでの、ほんのひとときの平安でしかないのだ。

しゃべっていることばの歯切れが悪くなり、途切れたり、口ごもってきたりしはじめると、そのときは、つぎの地獄の門が開いている。

「なんにもできはしない若造が、日本にいられなくなったからといって、よその国へ行って生まれ変われるわけがない。自分を突き放してみればみるほど、おれはなんにもできない能なしだった。そんなおれにたったひとつできたことが、主家の娘を籠絡して、婿に納まることだった。これはそんなに、むずかしいことじゃなかった。醜女とまでは言わんが、梨花はお世辞にも美しい女ではなかった。当然だろう。水の出ない貧相な島で、塩を焼いてかつかつ食っていた貧民夫婦の間にできた子供なんだ。梨花のあとで生まれた弟や妹は、どちらも三つまで生きられなかった。そういう暮らしからなんとかして抜け出そうともがいていた男が、塩づくりではなく、運ぶことで、ようやく生きる道を見つけた。艱難辛苦の挙げ句、やっと手に入れた人並みな暮らしを、おれはまんまと受け継いだ」

自慢したのではなかった。口調は明らかに恥じていた。

「梨花は面相はともかく、頭は悪くなかった。自分が男心をそそる女でないことを、よく知っていた。そういう女を妻とした以上、人間は顔ではない、心なのだということを、おれは身をもって証明して見せなければならなかった。よき婿、よき夫として、おれは自分の役柄を常に演じてきた。すべては自分の居場所を見つけんがための、お芝居にすぎなかったが、ある日気がついてみると、義父の率いていた一統は黄幇と呼ばれる大組織になっており、万を超える一族郎党が、つぎの頭領としておれを仰ぐようになっていた」

小此木家の内情についても、自分の気持ちを正直に話した。

「親父のことを悪く言うつもりはないが、あの人はしょせんお山の大将、担がれて愛想を振りまいていればいい人だった。一国を束ねたり、雑多な集まりを統率して、より大きな組織に育て上げたりする技量はなかった。担がれて、気前のよい大旦那を演じているのがお似合い。だがそれでまっとうしようとすれば、なにもかも任せられる信頼できる部下が必要だ。残念ながら親父は、そういう人づくりをしてきたとは言えない。自分にも、人にも、厳しさを求めたことがない素人芸、それが親父の限界だった」

とはいえ、あのまま自分が跡を継いでいたら、小此木家がいまでも安泰だったかどうか、疑わしいと言い切った。

「そういう意味では、佐江が親父に替わって采配を振っていると聞き、ほっとしているんだ。頭領としての資質なら、佐江の方がおれよりはるかに上だった。ものごとの決断が必要なとき、細部にこだわらず、ずばっと決められる思い切りのよさは、とてもおれの及ぶところではない。おれは佐江が、志保ひとりを産まされただけで、酒匂家と縁が切れたことを、小此木家のためにつくづくよかったと思ってるんだ。あとはなんとか、いい男を見つけてもらいたいのだが」

そう言ったとき、一瞬ちらと新蔵の反応をうかがった。

「おまえは、自分が、ただの、森番の子だとは思ってないだろうな。そうか、知っているのか。生家には行ってみたことがあるのか。ほう、ご隠居さまがご健在だったか。それで、名乗りは上げたのか。上げろよ。おまえのほうに遠慮する理由はないだろうが。親父もおれよりはるかに、おまえを買っていた。こんなところで埋もれさせるつもりはない。どういう道へ進むにしろ、いずれ名を挙げる人間になってくれるだろう。元来が人の上に立つ器なのだとな。おれにはそんなこと、一回も言ってくれたことがないんだぞ」

多分そのころが、禁断症状の頂点を越え、下り坂になりはじめたところだったのではないかと思う。

つぎの発作がはじまるまでの間隔が、だんだん長くなりだした。間遠になってくるにつれ、その分正気にもどっている時間が長くなってくるのだ。

十四日目から、孝義の居室をもとの二階にもどした。

「女房子供がさらわれて、何日になる」

からっと晴れ渡った気分のいい日、壁に寄りかかって孝義が尋ねた。

「今日で三十二日になります」

「ほう、もうそんなになるのか。そろそろ、決断すべきだろうな。のたうち回って暴れていたときでさえ、黄幇のことは片時も忘れてなかった。ようやくその決心がついたから言うが、とはいえ、いつぐらつくかもわからんから、一回しか言わん。曹にきちんと伝えてくれ。梁に手紙を書けとな。文面は、おまえたちの要求をすべて聞き入れてやる。だから穴山村まで来て、存分に実地検分するがよい。自分たちで好きなように縄張りし、境界を決めろ。人質を返してくれるのは、それが終わってからでよい。実地検分のときは、連れて来なくてよい」

新蔵は孝義のことばを復唱し、わかりましたと答えた。

「やつらがやって来たら、隙を見て襲いかかり、皆殺しにしろ。ただの一人も討ち漏らすな。全責任は、おれが負う。もちろんわれわれにも、少なからぬ犠牲が出るだろうが、すべては黄幇の将来のための礎(いしずえ)だと割り切れ。人質のことは気にするな。人質より、黄家の血筋より、黄幇の方がはるかに大事なのだ。頭領とか妻子とかは、必要だったらいつでもつくり出せる。いいな。すべては黄幇のためだと、みなの頭に、徹底して叩き込むんだ」

一気に言い切り、それからゆっくり息を継いだ。新蔵の顔を真っ向から見つめていた。

「ほんとのことを言うと、おまえを日本へ帰したくないのだ。できたらおまえに、黄幇を引き継いでもらいたいと思っている」

「それはできません。どういう事情があるにせよ、手前は岩船に帰ります」

「新在家村の、杉村本家を継ぐのか」

「いいえ。佐江さまの元へ帰ります。岩船を出てくるとき、なにがあっても、絶対に帰ってきてくれと言われました。お父上さま同様、佐江さまも手前が、若旦那を探しに行くのではないかと心配されていたのです。いくら釘を刺したところで、手前なら黙ってそういうことをしかねないと、思われていたのだと思います。ですから、そういうことをやめさせることができないなら、せめて帰ってきてくれと。そして自分を助けてくれとおっしゃったのです。そのとき手前は、佐江さまに誓いました。どんなことがあっても、絶対に岩船へ帰って参りますと」

孝義は心持ち目を細め、新蔵の顔を見つめていた。かすかに首を落として、うなずいた。数回まばたきをした。

孝義のことばを伝えるため、新蔵は仙雅洞を抜け出して、黄幇の本部へ行った。

明かりを点した部屋の中で、曹はひとり居残って仕事をしていた。

「ちょうどよかった。使いを走らせて、知らせようと思っていたところなんだ。温州から吉報が入ってきた」

新蔵を見るなり言った。

「確実に見届けたわけではないが、南鎮で、人質が押し込められているかもしれない家を見つけた。どこかの金持ちが建てた別荘だそうで、長らく使われず、空き家になっていた。その家をいま、何人かの男が詰めて護っている。用のないものは近寄れないそうだが、それほどきびしい警戒ではないという」

と言いながら、新蔵の前に一枚の紙を広げて見せた。大まかな南鎮の地図だった。

「いま南鎮にいるのは、船大工や下働きの連中が大半で、兵隊や、船乗りはそれほどいない。人数は、全部合わせて七、八十人ぐらい。藤吉らしい男は判明したが、近づけないので、そのままになっている。別荘に、だれがいるかは不明だ。下女のいることはわかっているが、三十前後の女や、子供がいるかどうかは、確認されていない」

細長く突き出した岬と、その内側にあるふたつの港が書き込まれていた。外寄りの港が、もとからある漁村で、これが南鎮。人家は六、七十戸、三、四百人が住んでいる。

南鎮と小さな崎を挟んで、反対側にある入り江が西嵜(にしざき)、ここがいま紫冑の港となり、岸壁や、作業場などが設けられている。

その中間にある山中、南鎮寄りに記入してある点が、別荘だという。

「別荘には、まだだれも近寄ったことがない。だから家の見取り図はない」

「これだけでも、ありがたいです」

新蔵は地図から顔を上げて言った。

「頭領は順調に回復しておりますから、あとは見守っているだけでよいと思います。つまりわたし以外のものでも、看護がつとまります。ですからここは、わたしをぜひ南鎮へ行かせて下さい」

「だったらおれも行くよ」

「それはだめですよ。あなたは留守を預かっている侍大将だ。ここはどっしり構えて、われわれを使い回していればいいのです」

「おれは侍大将なんて器じゃねえよ」

珍しくぞんざいな口調で曹は言った。

「これまでなんとかぼろを出さずにやって来たが、こないだの遼遠で、完全に化けの皮が剝がれてしまった。おれにできることは、銭勘定と、舌先三寸。もともと番方の人間じゃないんだ。刀はおろか、竹刀すら振り回したことがない、はったり侍にすぎん」

「そんなこと、気にすることないですよ。はったり、けっこうじゃありませんか。みんな、そうなんです。大事なことは、そのはったりを最後まで押し通すこと。侍大将にいちばん大事なことです」

曹をなだめ、南鎮行きを認めてもらった。

すぐさま、支度にかかった。

連れて行くものは、張と、杭州へ行ったときの顔触れから三人、あとは船司が推薦する船長の範以下、有能な船乗りから五人が選出された。

ただ新蔵と張が抜けると、仙雅洞には李と林しかいなくなる。

そちらは許桂順の病いが重くなったことにして、当分営業を中止することにしてもらった。日中から門を閉ざし、来訪者は黄幇の本部へ行ってもらい、そちらで処遇してもらう。

李と林には、孝義の扱いについて、懇々と言い聞かせた。絶対に私情を入れるな、食事以外の世話はするなと、くどいほど念を押し、誓約させたのだ。

翌日早朝、特別仕立ての青海に乗り、総勢十名で寧波を出発した。

外洋へ出て帆走に入ると、全員が交代で舵を握り、三昼夜で温州に着いた。

ここで船を乗り換えた。

用意してもらった船は、船体すべてを幌で覆ったいわゆる家船だった。

福建省から広東省に多い水上民が、家族ぐるみで暮らしている船だ。船首に魔除けの目玉と、賀宝という船名が書き込んである。

ただし三十年以上使い古したおんぼろ船だった。それにふさわしいうす汚い衣服が支給され、躰じゅうに煤や泥を塗りたくって、それらしく扮装した。

用意が整うと、休む間もなく南鎮へ向かった。

賀宝は一枚帆の家船だから、速度は遅い。ただしいざとなると、四挺櫓で突っ走れる力を隠し持っている。舷側には櫓床が切ってあり、予備の櫓も備えているのだ。

多島海の中を突っ切り、寧波を出て五昼夜で、福建省南鎮に入港した。

南鎮そのものは、沙堤(さてい)湾に突き出した岬の内側にある小さな村だった。

湾を挟んだ対岸に沙堤という街があり、こちらには商業港があって、湾内一の都邑になっている。

港としては、南鎮の方がすぐれているのだが、平地が少ない上、陸路がまったくないため、寒村のまま今日を迎えている。

人家は狭い海岸部と山の斜面にひろがり、すべてが一カ所に固まっている。住民はすべて漁師である。

港は小さく突き出した小山で二分されており、南が南鎮、隣が西嵜、紫嵜が目をつけて手に入れた港はこちらだった。むかしから船造りが行われていたところだそうで、そのため住んでいる人間は少なかった。

南鎮と西嵜を分けている丘陵の南鎮寄りに、城壁のような塀を巡らせた家が見えていた。反り返った屋根を見ただけで、漁師の住む家ではないとわかる。

その家を海の上から望みながら、賀宝は南鎮の船溜りに入港した。

知らない船が入ってくるのは珍しいらしく、あっという間に村の子供らが集まって来た。それだけ人目を引いたということで、あまりありがたいことではなかった。

乗組員の大半を幌の内側に隠し、新蔵が張を連れて上陸した。

温州で用意してきた南瓜（カボチャ）売りに扮していた。十個ばかりの南瓜を天秤棒（てんびんぼう）で担ぎ、行商に来たという格好だ。

張がつかず離れずのところをついて来る。新蔵よりもっと汚い乞食の格好をしていた。子供らがぞろぞろついて来た。

村をひと回りして四個の南瓜が売れた。すべて手真似で押し通したが、どこでも怪しまれなかった。それですこし自信ができた。

つぎは、別荘に向かった。

道が西嵜へ向かう道から、途中で分かれた。別荘までは石を敷いたゆるい坂道になっている。

ほどなく到着したが、別荘にしては出入口がそこらの家と変わりなかった。開き戸があって、赤く塗られている。

板木を叩いて知らせると、陰気な目つきをした若い男が出てきた。兵隊でも商人でもない、規律には縁のなさそうなだらしない格好をしていた。

手真似で南瓜はいらないか、笊を見せて言った。いらん、行け、と首を振って追い払われた。

それでも開き戸が開いたとき、一瞬、詰め所らしい部屋が見えた。男が三人いた。

別荘から西嵜へも、道が通じていた。しばらく登り、尾根を越したところで、港が見えてきた。

海岸の大方は、ごつごつした岩礁になっていた。そこを埋め立て、石を積み、船を横づけできる岸壁が新設されている。岸壁の先には桟橋が延び、先っぽの方は小船の停泊地になっていた。

港そのものは大きくなかった。三町ほど先に建造中の船が見えており、三百石積みぐらいの平底船が、ほぼ船の形になりかけていた。その先は手つかずの山だ。

足下に大屋根がふたつ、さらにいくつか作業場らしい建物が並んでいる。また長屋も何棟か。人影はほとんど見えず、木槌を打っている音だけが聞こえてくる。

道を下りて行くと、大屋根の横に出た。

壁のない素通しの作業場で、差し渡しが十四、五尺ある箱のようなものがつくられていた。ジャンクの大元になる箱形の船室ではないかと思った。人影からすると、ざっと二十人前後働いているようだ。

奥の方から煙が流れてきた。炊事場かもしれないと思い、行ってみた。

果たして炊事場だった。大釜で湯が沸かされていた。働いている人影は三つ、ただし藤吉はいなかった。

後から、咎めるような声が聞こえてきた。

振り返ると、ひたいの禿げ上がった男が、険しい目をして、新蔵に指を突きつけていた。

ぎょっとした。

大きな鼻、口の周りの黒ひげ、てらてら光っている顔、このまえ象山湾で蟹を買ってくれた炊頭だったのだ。

空とぼけて挨拶したものの、炊頭の声は変わらなかった。今度は頭を指さした。

ちがう、ちがう、人違いだ、と手で打ち消したところ、いきなりぐいと、髪をつかまれた。

声が怒声になっていた。つかんだ髪を力まかせに引っぱる。

ようやく、なにを言っているのかわかってきた。頭に巻きつけた髪の形が、同じだと言っているらしい。髪を伸ばしはじめて間がないので、弁髪といっても一尺ほどの長さしかない。その短さで見破られるとは思いもしなかった。

離れたところから、張が泣きそうな顔になって新蔵を見つめていた。いまにもションベンをちびりそうになっている。

一瞬、逃げようかと思った。逃げようとすれば、逃げられた。だがそんなことをしたら、ここまでやって来た甲斐がない。

炊頭に呼ばれ、男がふたりやって来た。左右から新蔵の腕をつかみ、押し出すようにして、奥の方へ連れて行かれた。

石造りの建物のなかへ連れ込まれた。大きな窓があり、椅子と机が置いてあるところを見ると、事務室のようだ。人足よりもっとましな身なりの男が三人いた。

肘掛け椅子に腰かけていた男の前へ引き出された。

男が冷ややかな目で新蔵を見上げた。房のついた帽子をかぶり、紐釦(ひもボタン)のついた服を着用していた。年は三十前後、引き締まった顎と、すこしゆがんだ口許を持っている。

ついて来た炊頭がなにか注進した。

帽子男が新蔵に質問しはじめた。矢継ぎ早で、容赦ない口ぶりだ。

新蔵はうわずった声を張り上げ、狼狽と恐怖でおろおろしながら必死に打ち消した。

「不対(プーシー)、プーシー、我(ウオ)タイワン、カレオバナ・ツー、ウォ、タイワン、カレオバナ・ツー」

手を振り、かぶりを振り、泣き声になっておろおろ訴えた。恐ろしさにおののきながら、惨めさと、ぶざまさを全身で演じた。

しゃべれないことが、ようやくわかってもらえたようだ。尋問が止まった。

どうするか、みたいなことをみなで話しはじめた。都司ということばが、ふたりの口から、何度か出た。

そこへ、台所にいたひとりがやって来た。都司という男に、持って来た棒を差し出した。

新蔵が南瓜を担いできた天秤棒にほかならなかった。つまり鉄芯入りの木刀だ。

なにげなく受け取った都司の顔が、一瞬にして変わった。口許をひん曲げて立ち上がると、棒を片手で振った。目の色が別人になっていた。男はあとのふたりに、その天秤棒を手渡した。

天秤棒を手にした男が、なにか言った。

そちらに顔を向けた途端、横から鋭い打撃が腹部へめり込んできた。都司が渾身の力で、拳を叩き込んできたのだ。

がくんと躰が折れたとき、今度は足蹴りが飛んできた。それをもろに首で受け、新蔵の躰は壁際まで吹っ飛んだ。

わめき、泣き、哀訴し、許しを請うて、叫びつづけた。だが今度は一切通じなかった。三人は聞く耳を持たず、転げ回る新蔵を寄ってたかって殴り、蹴り、なおかつ鉄芯入り木刀で打ち据えた。

なんとか急所だけは防ごうと、しばらくは必死に躰を丸めてかばっていた。しかしそれも時間の問題にすぎなかった。そういう意識まで粉々になってきて、お終いにはどうでもよくなってしまった。

こんなところで死ぬわけにはいかん、絶対に死ねない、内なる自分に叫びつづけながら、それすらいつしかわからなくなった。


佐江のほの白い顔が浮かび上がってきた。記憶の奥底にしまい込んでいる温もりと、吐息が、闇の中から呼びかけてくる。

「かならず帰ってくると、誓って」

目が覚めた。

真っ暗だった。

冷たい床の上に転がされていた。

覚醒したことによって、あらゆる痛みがぶり返してきた。全身が苦痛の塊となり、床に縫いつけられたかと思うほど、躰が重く、なにひとつ動かせなかった。

息をすることが、これほど苦しいものだったか。

だが生きていた。

痛みしかない感覚のるつぼから、正常に機能するもの、なんとか動くものはないか、五体の状態をたしかめる意識が働きはじめ、全身を隅々まで駆け巡っていた。

目、鼻、口、足、手と、動かせるものから順に動かしてみた。

すべて機能していた。

ひとつひとつはうめき声しか出ないほどの傷手を負っていながら、躰全体としては互いに繋がり、支え合って、自分に課せられている動きを取りもどそうとしていた。

目を動かして、闇を凝視した。

この暗さからすると、夜になっているようだ。

耳がいくつかの物音をとらえた。ということは、まだ人が起きている時間だ。

冷たさが深まっていることを考えると、夜のとば口だ。夜が明けるまで、たっぷり時間はある。それまでに躰を休ませ、体力と、気力を、回復させるのだ。

頬に意識を集め、部屋の気配を感じ取った。倉庫のようなところらしい。窓はないようだが、扉の下から寒気が入ってくる。

すこしずつ、できるところから躰を動かしはじめた。腕一本、足一本動かすことに、信じられないほどの忍耐と、努力と、意志の力を必要とした。

痛みの正体を探ってみた。ずきずき、じんじん、ひりひりはするが、錐で刺し貫かれたような鋭い痛みはない。骨折はしていないということだ。

ゆっくりと、躰を起こしはじめた。目を閉じ、息を溜め、腹に力を込め、鉛と化している重い肉体を床から引き剝がした。

引き起こしたら、つぎは左、右、動かせるところを動かしてみる。指を這わせ、あっち、こっちに触ってみる。顔も、手も、傷だらけだ。歯も右奥がぐらつき、口の中がしょっぱかった。

今日の売り上げを入れた小銭入れがなくなっていた。

しかし足の裏に貼りつけていた小粒は無事だ。上着の裾に隠してある一寸(三センチ)の錐も残っている。いざというときの最低限の武器は残っているのだ。

目が慣れてきた。闇にも濃淡がある。

物音がしなくなった。夜が更けてきたのだ。

床の上を這いつくばり、出入口まで五体を運んだ。壁は泥。扉は分厚い木製。押すと、がたつくものの開きはしない。扉の下の隙間は、なんとか指先が這い出せるくらいだ。もちろん光はどこにも見えない。

疲れた。

壁にもたれ、足を前に投げ出した。休むことにする。今夜のところはこれまでだ。

いくらかまどろんだ。

声がした。呼びかけられた気がして、目を開けた。

扉の外に、人がいた。

「おい、生きてるか」

藤吉の声だった。生返事をした。

「よく殺されなかったな。最後は手加減したみたいだけど、なぜか、わかるか。ことばが通じなかったからだ。何日かしたら、また邏遠がやって来る。あの船には、口を割らせるのが仕事の、牢番が乗ってるそうだ。それまでになんとか、逃げられる体力を取りもどしておけ」

扉の下から、なにか押し出されてきた。食いものの匂いがした。手を伸ばすと、平べったくて、ふわふわしたものが指に触れた。

「山の別荘にはだれがいるんだ」

「知らん。なんせ話せん、聞けんのだから、どうしようもねえ。ひょっとすると、キャシーはそっちにいるんじゃないかと思うんだが」

「まだ会ってないんだな」

「頭の目が光ってるから、出歩くのは御法度なんだ。どうも、おめえの仲間じゃないかと疑われてるみたいで、気に入らねえ」

「房つきの帽子をかぶった、都司と呼ばれてたやつは何者だ」

「ここの場長だ。あの帽子は、鎮台の兵隊をやってたときのもので、本人も場長より、都司と呼んでもらいたがっている」

「名前は」

「高、高なんとかいうたが、知らん。それよりここへ、ひとりで来たわけじゃねえだろう。仲間はどこにいるんだ」

「南鎮の港に船を止めている」

「どんな船だ」

「おんぼろの家船だ。張が乗ってる」

「わかった。明日また、なにか持ってきてやるから、それまで辛抱せえ」

行ってしまった。

持って来てくれたのは饅頭だった。なんにも入っていない白い饅頭で、味もほとんどしなかった。だがこうなったら、なんでも食ってやる。

藤吉があれだけの深手を負いながら生き返ったのは、出されたものをなんでも食ったからだ。死にかけの怪我人とは思えない大めしを食らい、食うたびに生き返った。

やつが手本を示してくれた以上、負けるわけにはいかん。おれの生きたい執念の方が、あいつより強いということを見せつけてやる。なにしろおれには、帰ってくるのを待ってくれている人がいるのだ。

翌日は一日中放っておかれた。

昼すぎに一度扉が開き、前日痛めつけてきた男のひとりがのぞきこんで、団子を蒸した粽のようなものを置いて行った。新蔵が壁に寄りかかっているのを見ると、ほう、と感心したような声を上げた。

夜遅く藤吉が来て、昨日の白い饅頭を差し入れてくれた。

三日目は昼前、今度はちがう男が、焼いた餅のようなものを持って来た。餅米の入っていない餅だった。

昼をすぎたころ、にわかに外が騒がしくなった。人の動きがあわただしくなり、声高な会話が聞こえてきた。

そのあと、みんな出かけて行ったか、なんの物音もしなくなった。遠くから声が聞こえてくるところをみると、港へ行ったようだ。

外でがちゃがちゃという金属音がした。

扉が開き、入ってきたのは藤吉だ。

「船が入ってきた。遼遠じゃあねえ。ここから台湾に行ってた船が帰ってきたんだ。いまのうちに逃げろ」

「おれを逃がして、おめえはどうなるんだ」

「心配するねえ、おれも逃げる。おまえらの乗ってきた船、賀宝というぼろ船だろう。あとでおれも、駆けつけるから。キャシーを見つけたら、連れて行ってくれ」

立ち上がろうとする新蔵に手を貸してくれた。

「痛た、た、たっ」

「歩けるか」

「歩けるとも。歩かなきゃ逃げられねえだろうが」

背中に百貫（三百七十五キロ）もの石をくくりつけられたほど五体が重く、足が動かなかった。壁に背中を押しつけ、重さをいくらかでもいなしながら一歩、また一歩と足を出した。

それにしても、ひどい格好をしていた。顔、手、足、なにもかも血まみれ、傷だらけだ。

外に出たら、陽光に目がくらんだ。

港に入ってきた船の格好は、しっかり見えた。岸壁に三本帆柱のジャンクが横づけしていた。遼遠の半分ほどの大きさだ。

西嵜の全員が出迎えに出ていた。歓声と、笑い声、賑やかなやり取りがはじけている。場長の部屋の前を通りかかった。机の上に、新蔵の木刀が見えた。

藤吉に取って来てもらった。いい杖になるのだ。

藤吉と別れると、杖にすがって山道を上がりはじめた。

これが、あらたな拷問のはじまりだった。背負わされている石が、倍の二百貫（七百五十キロ）になった。膝を突き、四つん這いになり、足に手を添えて持ち上げ、ひとつ、ひとつと、坂を上がって行った。

坂の途中で振り返った。港の全容が見渡せた。

ジャンクが荷下ろしをはじめていた。船に掛けられた梯子状の桟橋を伝い、菰包みを背負った男がつぎつぎに下りてくる。

頭上から声が聞こえてきた。

地べたへ突っ伏し、耳をすませた。

男ふたりの声だ。入港した船の見物に出てきたか。とすると、村のものではない。

男らの下を這って潜り抜けた。後へ回り、見えないところまで行って、道にもどった。

別荘の玄関が目の前だった。

建物の陰に入り、体を動かしはじめた。手を上げ、下げ、突き出し、回し、足を踏ん張って、最後は木刀を振ってみた。

情けないほど動きが鈍かった。動くたびに、肉体から筋肉、神経が悲鳴を上げた。あとできることは、なにも感じまいとすることだけだった。体の都合は一切無視し、自分が生身の人間であることを忘れてしまうしかないのだ。

壁際に身を潜めて待った。

ふたりがもどってきた。ばか話をしながら、すこしも警戒していない。

扉についた樫棒を叩くと、中にいた男が応じ、扉を開けた。ふたりが中へ入った。

その機を逃さず、後から躍り込んだ。

それほど敏捷にも果敢にも動けなかったが、鈍重な牛が鼻面を突っ込んで行ったくらいの勢いはあった。ふたりは前へ撥ねとばされ、あとのふたりはなにが起こったかわからず、動き出すのが一歩遅れた。

ためらいも、手加減もしなかった。

持っている力のすべてを振りしぼり、四人を叩き伏せた。

どんな風に動いたか、どう戦ったか、まったく覚えていない。無我夢中、必死、めちゃくちゃ、逆上、火事場のばか力。

気がついたら壁にもたれ、なんとか立っていた。咽を鳴らし、胸を掻きむしっていた。肺まで入ってこない空気に、呪いの声を上げていた。

いまの物音を聞きつけたか、いきなり中から、扉が開いた。

身構える暇がなかった。

女だった。新蔵を見て声もなく凍りついた。

三十前後の女だった。髪は結っていたが、顔色がつくりものみたいに白かった。着ているものは明らかに絹もの、手はほっそりして、指が華奢(きゃしゃ)だ。

「梨花？」

呼びかけた。女はすくみ上がったまままうなずいた。

「ありゃー」

つづいて出てきた女が頓狂な声を上げた。キャシーにほかならなかった。

小間使いの服を着て、前掛けをかけていた。持っていた蒸籠（せいろう）の中で、ふかした饅頭が湯気を上げていた。

「みんなを呼び集めろ。逃げるんだ」

饅頭を三つつかみ取るなり、キャシーに命じた。

それからは一気呵成（いっきかせい）、あっという間だった。小間使いもふくめて女三人、男児ひとりを追い立てながら、饅頭を食い食い、南鎮の漁港へ向かってまっしぐらに坂を駆け下っていた。

躰がさっきより確実に動いていた。自分ひとりの身ではなく、四人の身柄を預かったことが、躰を生まれ変わらせた。いまや責任感の塊、自分のことはどうでもよかった。

「藤吉を忘れてないかい」

キャシーが言った。

「やつはあとから来る」

「船はあるの」

「あるから助けに来たんだ」

船溜りに走り込んだ。

声を上げて賀宝を呼び寄せようとし、棒立ちになった。

いなかったのだ。乗ってきた家船が、どこにも見えない。

「どうしたのよ」

「ない。船がないんだ」

「ないって、どんな船よ」

「家船だ」

「汚らしい幌のかかった、ぼろ船か」

「そうだ」

「その船だったら、今日入ってきたジャンクの先の、停泊地に止まってたわよ。さっき山の上から見たんだ」

くそったれが！　思わず呪いの声を上げた。

その船だったら新蔵も、さっき山の上で振り返ったとき、見ていたのだ。

ジャンクが横づけになっている埠頭の先、桟橋つきの小型船の停泊地だ。
五、六隻の船が止まっていたが、そのなかに、丸い屋根を掛けた家船がたしか停泊していた。
あれが賀宝だったのだ。ジャンクに気を取られて、気づかなかった。新蔵が捕えられたと知り、危険も顧みず、あそこまで船を回してきたのだ。

「くそっ、こうなったら引き返すぞ」

全員に回れ右を命じ、いま来た道を駆けもどりはじめた。

海沿いの道をすすむ。南鎮と西嵜の境にある小山の切り通しを抜けた。港に入って来た船を見物に行くのか、村人と子供らが数名西嵜に向かっていた。そのなかに加わった。道がやや下りになって、一町ほど先にジャンクが見えてきた。迅順（じんじゅん）と書かれた船名が読み取れる。その船の後方、岩礁の間に設けてある船溜りに、賀宝が止まっていた。人の姿が見えないのは、幌の内側に隠れているからだ。

迅順はただいま、荷下ろしの真っ最中だった。恐らく西嵜の全員が駆り出されているのだろう。

その動きが、すこしおかしかった。

いやな予感がした。一見なにもなさそうでいて、ぎこちなく、常とはちがう雰囲気が感じ取れるのだ。

荷役の動きから目を逸らさず、新蔵はキャシーにささやきかけた。

「見物に来た村人に紛れこんで、船の横を通り抜けろ。通り抜けたら、あとは一目散に、あのぼろ船目指して走れ。船の幌の中に、味方が隠れている。声を上げたら、飛び出してくるはずだ。わかったか」

新蔵のことばを、キャシーが手真似を交えて、三人に伝えた。

三人がうなずいた。四歳の尚義が、口をきりっと結んで、母親の手を握っている。利発な子だ。いまがどういうときか、本能的に悟り、さっきからすこしも足手まといにならなかった。

四人が歩きはじめた。

村人といっても、数は七、八人、そのなかに交じり、船を見上げながら歩いている。

それだけでも、馬の群れに鹿が交じっているくらい目立った。

野次馬は動かないが、この四人はつま先立ちで、いまにも走り出さんばかりの忍び足なのだ。動きが全然ちがう。

ジャンクの横まで行かないうちに、後方から鋭い声が上がった。

振り向くと、高台に立っている男ふたりが、こちらを指さして大声を上げていた。

見つかったのだ。

「行け！」

新蔵が叫んだとき、ぼろ切れの塊がこっちに向かって素っ飛んできた。手を上げて、大声を上げている。

張だった。見物の中に紛れこんでいたらしい。動きの変な四人連れを発見し、一目ですべてを察したのだ。

「あの男について行け。船に着くまで、絶対に止まるな」

怒鳴り声を上げて、四人を追い立てた。その後姿を見届け、岸壁の真ん中で踏みとどまると、振り返った。

仕込み杖を手に、仁王立ちになった。

ここで敵を食い止めるつもりだったのだ。先刻までとはちがう血が、沸騰しながら体内を駆け巡っていた。

騒ぎはじめた荷役人夫の中へ、ジャンクの桟橋から、男がひとり駆け下りてきた。新蔵を見るなり、白い歯をのぞかせた。

房つきの帽子をかぶっていた。紐釦のついた軍服を着用していた。手に鞭のようなものを持っていた。

余裕たっぷりの表情で、高は鞭を振りかざして見せた。それから桟橋の張り番をしていた男に近づき、男の持っていた棒を取り上げた。

長さ一間（百八十センチ）、一寸半（五センチ）角ぐらいの樫棒だ。その端を握って軽く振り回すと、新蔵の方に向き直った。それとわかる冷笑を浮かべていた。

新蔵は高に身構えると見せ、そのじつ高の後、賀宝めざして駆けて行く五人の後姿を見守っていた。

幌の中から、ばらばらっと男が飛び出してきた。船を支え、手を差し伸べながら、五人を迎え入れようとしている。

梨花が乗り移り、尚義が抱きかかえられて乗った。舫い綱を解きながら、賀宝を出せと命じているのは船長の範だ。

「都司！」

後方から高に呼びかけた声が聞こえた。船の上からだ。

舷側から身を乗り出した男が、手にしたものをかざしながら呼びかけていた。掲げていたのは、鉄砲だ。マスケット銃と呼ばれている火縄銃だった。

それを見るや否や、新蔵は飛び出した。

構えなし、間合いなし、にらみ合いの対峙なし、一瞬も止まらず、動き、疾（はし）り、叩き伏せる。

新蔵が打ち下ろした木刀を、高が余裕を持って払い返した。

そのときは二の太刀を下から上へ撥ね上げていた。と見る間もなく三の太刀を首筋目がけて振り下ろしていた。

高は一間ほど後方へ跳び下がり、杖を両手に持ち替え、腰を落として半身に構えた。

顔が硬直し、目が吊り上がり、躰じゅうが総毛立っていた。

三度打ち込んできた木刀の速さと、払った棒を通して伝わってきた手応えで、新蔵がどれくらいの力量の持ち主なのか、はじめてわかったのだ。

高の目に浮かんでいたのは狼狽だった。

「都司、都司」

船の上から狙いを定めようとしていた男が、苛立って叫び声を上げた。新蔵と高の動きがめまぐるしく、狙いをつけられないのだ。

そのとき新蔵は横に飛び、かわされた空間に飛び込んで、高との体を入れ替えていた。高と銃とをひとつの視界に入れ、双方の動きを見極めていた。

マスケット銃までの距離、およそ二十間（三十六メートル）。動かない標的なら楽に仕留められる間合いだ。

その間を与えなかった。ひとつところに留まらず、銃と、高と、自分とを、つねに一直線上に置こうとした。

高が後へ後へと下がり、より銃に近づこうとした。新蔵はすぐさま横へ走り、張り番をしていた男をつかまえて引きずり込み、撃たさなかった。

賀宝が帆を張りはじめていた。船はすでに桟橋を離れかけている。

それを見届けると、大きく息を吸い込んだ。左袈裟懸けの体勢に構え、打ち込むなりすぐ返し、上まで撥ね上げることなくまた振り下ろし、最前の三回だった連続攻撃を五回にして、息継ぐ間もなく仕掛けつづけた。

受けきれなくなった高は後退一方になった。しかも銃口から遠ざかる方へ、遠ざかる方へと追いやられていた。新蔵の狙いと、その仕掛けにはまってしまった自分に気づくと、高はうろたえ、われを忘れた。

真っ向から振り下ろされた木刀をかわしきれず、両手に持った棒で受け止めてしまったのだ。

その棒が、叩き下ろしてきた力を止めることができず、伸びてきた木刀の先端が、高の首筋をかすめた。声も上げず仰け反った頭上に、新蔵は返す木刀を思い切り叩きつけた。

倒れる高を見届けもせず、勢いもそのまま、前方へ走り抜けた。火縄銃が轟いたが、弾はかすりもしなかった。

一気に走り切って賀宝へ飛び乗った。

「出航だ」

範が叫んだ。両舷四カ所の櫓杭に櫓を取りつけ、待ち構えていた四人が一斉に漕ぎ出そうとした。

「待て、藤吉は乗ったか」

「えっ、じゃああれは、やっぱり藤吉さんだったんだ」

張がうろたえて叫んだ。

「頭に毛が生えていたから、似ているけど、ちがうと思ったんです」

「どこで見た」

「だったら、ジャンクの中だと思います。荷下ろしをしている人の中にいました。荷を下ろしたあと、また船にもどって行ったんです。それからは見ていません」

「あの男が人足なんかやってたの」

幌から顔を出したキャシーが言った。

「働かされていたんだ。船をジャンクへ寄せろ。いまの騒ぎで、この船に気づいたかもしれん」

舵棒を握っている範に、舳先を迅順に向けるよう命じた。鉄砲に気をつけながら、賀宝はジャンクの後方へ近づいた。

桟橋伝いに追ってきた一団が、停泊地に繋いであった小船に乗り、追いかけてこようとしていた。こちらは気にしなくてよい。船はあっても櫓はないからだ。

迅順の船上で騒ぎが起こっていた。

だみ声や叫び声とともに、右往左往している人影が見えた。

煙が上がっている。

はじめは薄い白煙だったが、途中から真っ黒い煙になって、噴き上がった。

男がひとり、甲板上を逃げ回っていた。

藤吉が追いかけられていたのだ。見る間に追い詰められ、船尾の先で逃げ場を失った。

銃声がとどろいた。

藤吉がもんどり打って海に転げ落ちた。

新蔵はそちらへ賀宝を向かわせた。

一方で船上の動きにも目を光らせていた。火縄銃はいまのところ、ひとつしか見ていない。つぎの弾込めまで、まだ時間はある。

「あそこだ」

張が気づいて左前方を指さした。新蔵らが予想していたよりはるか遠くだ。人間の頭らしいものが、海上に浮かんでいた。

手を上げている。自分の位置を知らせようとしたようだが、すぐ沈んだ。ばたばたと水を掻き、水しぶきが上がった。

「急げ」

新蔵は叫んだ。藤吉の動きが明らかにおかしかった。

四つの櫓を使って漕ぎ寄せた。

のぞきこむ。見えなかった。探せと、ほかのものに指示を出した。みんなして船縁から海をのぞき込んだ。

「そこだ」

新蔵が叫び、数人に自分の足を押さえさせた。それから飛び込むように水中へ身を躍らせた。

なんとか残っていた足を、数人がかりでつかまえ、みんなして新蔵を船の上まで引き上げてくれた。新蔵の手の先に、藤吉の腕が握られていた。

藤吉は賀宝の船上で横たわった。ぐったりしていた。目を閉じている。ほほを叩いたが応えない。

「怪我をしています」

張が見つけた。

左の肩口だった。刃物でえぐったような傷があった。そこから血がにじみ出ている。

背中を調べた。こちらにも小さな穴が空いていた。

「運のいい野郎だ。背中に当たって、弾が突き抜けたんだ」

と言ったときだ。突然キャシーが怒りの声を張り上げた。

「このばかたれの、こそ泥めが」

藤吉の股間に手を突っ込んでいたキャシーが、なにかずるずると引っ張り出した。

皮製の袋だった。ずしりと重かった。手を触れただけで、金が入っているとわかった。

こんなものをぶら下げてたのでは、泳ぐに泳げなかったのも当然だ。

この、この、この、盗っ人めがと言いながらキャシーが藤吉の顔をぶちはじめた。口惜しそうに顔をゆがめ、本気で怒っている。

「痛えよ、おっかあ」

藤吉がはじめて口を利いた。弱々しい、半泣きだ。叱られている子供のような声だった。

「なにが痛えだ、この大泥棒めが」

「ちがうよ。おれぁおっかあを、すこしでも楽にしてやりたいと思って」

「嘘つけ、おめえはただの、根性の腐った、こそ泥じゃねえか。今度という今度は愛想が尽きたぞ。この金抱いて、海の中へもどれ。海の底で金勘定しながら、竜宮城で暮らすがいいや」

キャシーが口惜しそうに、藤吉の腹を思いきり踏んづけた。

藤吉の口からびゅーっと水が噴き上がった。

十二　帰国

師走の十日、黄帬中院の集会室で、寧波を去ることになった新蔵のため、全職員が出席しての送別会が開かれた。

はじめは有志ということだったが、希望者が続出したため、それなら全員でということになり、黄帬の公式行事となって、孝義まで出席することになったのだ。

全部で三十四人が出席したから椅子が足りなくなり、あっちこっちから寄せ集めてきた。おかげで全員が席につくと、肩が触れ合わんばかりのぎゅうぎゅう詰めになった。

部屋の真ん中に据えられた卓子の奥、つまり主賓席に新蔵と孝義が並んで着座した。つづいて右端から文院の長、阮と副官の毛以下、左端から武院の長、曹と副官の謝以下が役職順に坐り、あとは適当に腰を下ろした。

はじめに孝義が挨拶をした。

長らく患っていた胃腸病が、海南島(かいなん)での転地療養によって完治し、帰ってきたばかりということになっている。

大方の職員の前には、一カ月ぶりに姿を現したところだ。やつれてはいたが、血色はよくなっていた。

つぎに新蔵が立ち、これまでのお礼と、感謝のことばを述べた。

乾杯をすると、ただちに宴がはじまった。

料理が運ばれてきた。

給仕として料理を運んできたのは、ふだん中院には出てこない奥の女性たちだった。小間使い頭の楊をはじめ、若い女性が四人、それにキャシーこと、くままで加わっていた。院内で女性を見たのははじめてというものが少なくなかったから、みんな大喜びだ。

張は招かれて末席に坐っていたが、藤吉の姿はなかった。背中から肩に抜けた鉄砲傷が、まだ癒えていなかったからだった。

宴は賑やかに、和気藹々とすすんだ。

だがしばらくして、新蔵がふと気がつくと、さっきまでいた女性が全員姿を消していた。

え、なぜ、と思った途端、隣の部屋から銅鑼を叩いたような、耳をつんざく大きな音が轟いた。

宴席が一瞬にして静まり返った。

そこへ、だれかが入ってきた。

ふだん爺としか呼ばれていなかった雑役夫の于だった。

葬儀のときかぶる白衣をまとっていた。

手に盆を持っていた。

盆には白磁の酒器と、三つの杯が載せられていた。

はじめはなにかの余興かと思っていたみんなの顔が、このときになると息を吞んで、于の動きを見つめはじめた。

視線を一身に浴びながら、于は足を引きずり、引きずりして、主賓席の方へ歩いて行った。

孝義の前まで来て、足を止めた。

孝義が于の盆から、酒器を受け取った。

于は向きを変え、今度は自分の手で、阮の前に杯を置いた。

毛の前にもひとつ。

あとひとつ残っている。

于はさらに歩き、新蔵の後を通って曹の横へ来た。

三つめの杯を置いたのは、曹の副官謝の前だった。

于は一言も発しないまま、のろのろと足を引きずって、出て行った。

酒器を手にした孝義がゆっくりと立ち上がった。

阮と毛が凍りついていた。

目を大きく見開き、顔は土気色、生きている人間の相ではなかった。

謝は卓子の上で拳を握りしめ、唇をわななかせていた。目が開いたきりだ。

孝義が阮の杯に、無言で酒を注いだ。

つづいて毛の杯。

最後に謝。

孝義は席へもどり、腰を下ろした。

ひとこともしゃべらず、前を向いたまま。三人には目さえ向けなかった。

みなの目が三人に注がれた。

阮と、毛が、ぎこちなく首を動かし、一座を見回した。だれも、なにも言わなかった。

謝の拳の震えが大きくなった。目が飛び出さんばかりに開いて、置かれている杯を見つめていた。

阮がなにか言ったように思えた。

声を出したのではなく、息を吸い込んだのだった。

前方に目を向けたまま、阮は杯を取り上げた。

毛は目を伏せ、口許を強く結んで杯を持った。

謝がようやくふたりにつづいた。

阮がいちばん平然としていた。だが眼中でたぎっていたのは、明らかに無念の色だった。敗北した自分を呪い、自己の手抜かりを憤っていた。

阮は杯を口許へ運び、一気に呑み干した。

毛は無表情にあおった。

謝は、ふたりが呑んだのを見て、目を閉じて、一息に呑み下した。

その途端、うっとうめき声を上げげた。椅子を引いて立ち上がると、よろめきながら部屋から出て行った。

阮と、毛は、微動だにせず坐っていた。前を向いて動かず、目はかっと正面をにらみつけていた。

ふたりが突っ伏したのは、四、五十も数をかぞえられるほど、間があってからだ。

目を閉じたかと思うと、ゆっくり前のめりに倒れ、周りのものがのぞき込んだときは事切れていた。

「阮の裏切りには、早くから気づいていた。義父が存命中からその兆候はあったのだが、おれが二代目を継承してからは、いっそう露骨になった。義父と血がつながっていた阮にとって、赤の他人の入り婿に主人面されるのは、屈辱以外のなにものでもなかったのだろう。やつはおれが、黄幇を乗っ取ったと、心の底から信じていた」

阿片中毒に陥った孝義が、転地療養と称して一カ月不在にしたことは、阮に最後の決断をうながした。

阮はその決起を、孝義が快気祝いを兼ねて開く新年（道光二十一年）祝賀会の日と決めていた。

それを見破った孝義が先手を打ち、新蔵の送別会にかこつけ、一気に覆してしまったのだ。

「キャシーをはじめ小間使い連中が、おまえの送別会なら、感謝の気持ちを込めて、ぜひ出席させてもらいたいと言い出したから、渡りに船と利用した。じつをいうと、女房の梨花も出席したがったのだ。しかし、とは言うものの、阮は従兄だからな。さすがに出席させられなかった」

「するとこれまでは、若旦那の方が、旗色は悪かったのですか」

「よいとは言えなかった。阮という男がもうすこし愛想がよく、人望のある人間だったら、おれと曹とじゃ勝てなかっただろうよ。だがそこへ、ある日突然、おまえという人間が現れた。べつになにかしでかしたわけではないが、予想もしなかったものが出現してきたことによって、これまでの事態が思いもよらない力で掻き回された。それこそ根こそぎ引っ掻き回されたのだ」

と満足そうに言った。

「それがおれにとっても、千載一遇の好機となったことはまちがいない。すべておまえのおかげだ。阿片中毒の治療をはじめたことは、阮にとって計画を進行させる最上の時間となったかもしれないが、同時にこれで、勝ったという油断にもつながった。おれはおれで、一カ月舞台に出なかったことで、死んだ振りをしながら、起死回生の裏工作を巡らすことができた」

「あの治療のさなかに、仙雅洞から指示を出していたというんですか」

「そうじゃない。曹をはじめ少数のものが、必死に動いてくれていたということだ」

「あの席へ突然于が出てきたときは、みんな呆然としていました。あの爺さんは、目くらまし役だったのですか」

「その通り。あの男には、だれの頭にも思い浮かんでこない人間となって、いつも聞き耳を立てていろと命じていた。于は与えられた役を、完璧に演じてくれたよ。足の悪いのは生まれつきだが、あののろのろした動きも、周りを油断させる上で大いに役立った。楊ばあさんの方は、おれが金の草鞋をはいて探してきた逸材だ」

これはやや自慢そうに言った。

「あの小間使いの婆さん、お茶の目利きばかりではなかったということですか」

「楊は毒物の専門家なんだ。おれが三顧(さんこ)の礼(れい)を尽くして北京から迎えた。いつ毒を盛られるかもしれない恐怖が、この二年、ずっとつづいていたんだ。おれは義父が、阮から一服盛られてるんじゃないかという疑いを、ずっと捨てきれなかった。頑健そのもので、どこも悪くなかった義父が、たった一年で、見る影もないほど痩せ衰えたからな」

「若旦那はそれを、ずっと見てきたわけですか」

「見てきたとも。なにもかも自分の目に焼きつけ、じっと我慢していたんだ」

新蔵はそれ以上ことばを継ぐことができなくなった。

すべてが耳を疑うような話だった。

孝義は義父が毒を盛られているかもしれないと思いながら、それを黙って見ていたのだ。

阮はいずれ自分が、黄幇の二代目として、洪政の跡を継げるものと確信していた。それがどこの馬の骨ともしれぬ男が入り婿になることによって、なにもかも狂ってきた。そこから焦りや狼狽が生まれ、思惑まで破綻しはじめたのだ。

実態はどうであれ、孝義が黄幇を乗っ取ったことにまちがいはなかったのだ。その仕上げとして、阮は完全に取り除かれてしまったのである。

謝は曹が才能を見込んで教育し、副官に抜擢した男だった。曹は謝が、いつから阮に取り込まれていたか知らなかった。

阮派と見られていたものは、ほかにも何人かいたが、その夜のうちに逐電していなくなった。翌日から登院して来なくなったものが、四名いたという。

孝義はその連中を追わせなかった。

「なぜ見逃したのです。将来の禍根となるかもしれないじゃありませんか」

「なるもんか。黄幇の結束は、そんな柔なものじゃねえ。今回逃げた連中は、もともと阮が、自分の身の周りを固めるために北京から呼び寄せた連中だ。黄幇とはなんのつながりも持ってない。そういう連中がなにかしようとしたって、手を貸してくれるものなんかいるわけがない。梁の元へ何人か走ったようだが、そんなことははじめから織り込みずみだった」

自信たっぷりにせせら笑った。

「そいつらの口から、阮や毛がどのように死んで行ったか、梁に伝えたかったのよ。これで梁もすこしは知恵がつき、しばらくはおとなしくしているだろう。だが福州に閉じこもっている限り、やつに上がり目はない。ほとぼりが冷めたら、またなにか小細工をしはじめるだろう。今度こそは、おれの方からやつをおびき出してやる」

「こちらから戦を挑むわけですか」

「そんな割りの悪いことはしねえ。味方はひとりも失わず、やつを虜にする」

「戦わずに捕らえると」

「梨花の望みなんだ。叶えてやらなかったら、おれの度量が疑われる」

梁は象山湾へやって来る数日前、遼遠で南鎮に立ち寄った。そのとき、元水師の高を連れ、梨花が閉じ込められている別荘へ押しかけてきた。

梁の性格を考えたら、商売敵の妻を陵辱する気満々だったものと思われる。

ところが梨花は、梁の好みに合わなかった。それでいちばん愛くるしかった胡を選び、連れて行ったのだ。

「梨花は梁の前に引き出されたとき、やつの狙いがわかったそうだ。自分がなぜ目こぼしされたか。それだけで梨花は、梁を絶対許さない気になった。胡をなぶり殺しにされたばかりか、自分の誇りまで傷つけられ、復讐せずにおくものかと、恨み骨髄に徹して誓った。だからやつを殺すときは、その前に、必ず引き合わせてくれと言ってきかない。女の恨みを買うとどうなるか、あんまり見たいとは思わねえな」

憫笑を浮かべて言ったが、格別大袈裟に言ったとは思えなかった。梨花という女は、新蔵の目には夫を支えるしっかりものの女房、としか映らなかったが、つき合ったのはわずか数日でしかない。とても本性は見抜けなかった。

ひとつわかったことは、孝義といい、梨花といい、かれらの棲んでいるところは、新蔵の世界とはかけ離れ過ぎた修羅の世界だということだ。

結局その段階で、新蔵は孝義を連れ帰ることも、説得することもできないと、悟るしかなかった。

通事の張真均は黄嵜に残り、曹の元で働くことを希望して認められた。

南鎮での献身が認められ、キャシーは孝義の方から頼み、黄家へ残ってもらうことになった。

ただし住み込みではなく、外からの通いだ。キャシーが、せがれと一緒に暮らすことを望んだからだった。

せがれの方は、新蔵の供として帰国する予定だったが、真面目に働くからおふくろと一緒に居させてくれと、本人が懇願した。

「あの男の性根は、さっぱりわからん。どう考えたらいいのだろう」

「人間はまったく信用できません。だが使いどころさえ誤らなければ、使えます」

「なんでえ。まるっきりおれの周りの人間と同じってことじゃねえか」

その結果、新蔵はななえだけを連れて長崎へ帰った。ななえは一年後、長崎で父親の周と再会する約束を交わしている。

帰路は天候が悪く、長崎まで十三日かかった。

そのため天保十二年（一八四一）の初日は、東シナ海で迎えた。

この作品は二〇一九年十月小社より刊行されました。

双葉文庫

し-20-03

新蔵唐行き（しんぞうとうゆき）

2021年10月17日　第1刷発行

【著者】
志水辰夫（しみずたつお）

【発行者】
箕浦克史

【発行所】
株式会社双葉社
〒162-8540 東京都新宿区東五軒町3番28号
［電話］03-5261-4818(営業部)　03-5261-4840(編集部)
www.futabasha.co.jp（双葉社の書籍・コミックが買えます）

【印刷所】
大日本印刷株式会社

【製本所】
大日本印刷株式会社

【カバー印刷】
株式会社久栄社

【DTP】
株式会社ビーワークス

【フォーマット・デザイン】
日下潤一

ISBN978-4-575-67075-2 C0193
Printed in Japan

双葉文庫　好評既刊

約束の地

たったひとりの肉親だった祖父を目の前で殺害された渋木祐介少年の生活は、その日を境に一変した。事件を契機に、大物右翼の庇護を離れて成長していった祐介は、やがて祖父と自身の出自、そして祖父の死の真相を知ることになる。運命に弄ばれるかのように、波乱の人生を送る祐介の姿を描いた長編冒険小説。